KB163805

전쟁과 평화 Ⅱ

일러두기

• 이 책은 Leo Tolstoy, Trans. Maude, Louise and Maude, Aylmer 『War and Peace』 (Project Gutenberg, 2001)와 프랑스어판인 traduit par Henri Mongault, 『La Guerre et la Paix』, (Bibliothèque de la Pléiade, Gallimard, Paris, 1952)를 참고했습니다.

전쟁과 평화 II

톨스토이 지음

전쟁과 평화 Ⅱ **차례**

제8부

제9부

제10부

제11부

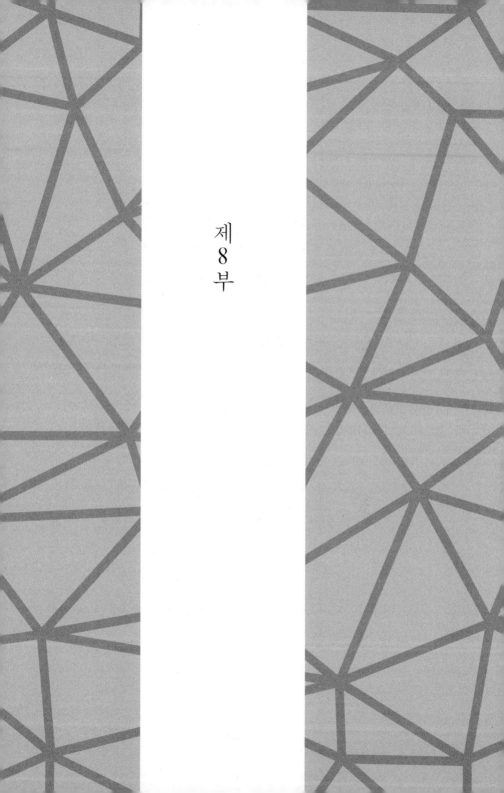

제
8
부

제1장

1811년 말부터 서유럽 여러 국가들에서 군비 증강이 이루어지고 병력이 집결되기 시작했다. 그리고 1812년에 이르자 이렇게 집결된 수백만의 병력들이 러시아 국경을 향해 이동하기 시작했다. 마찬가지로 러시아 병력들도 국경을 향해 집결하기 시작했다.

드디어 1812년 6월 12일 서유럽 군대가 러시아 국경을 넘었고, 전쟁이 발발했다. 하늘의 율법은 물론이고 인간의 도리와 법에 어긋나는 그 가증스런 전쟁이 발발한 것이다! 수백만의 사람들이 살인, 약탈, 사기, 배반, 도둑질, 방화, 강도 등 가장 추악한 범죄 현장에 뛰어든 것이다! 그 모든 짓들이 백주 대낮에 벌어졌으며, 그것도 몇 세기에 걸친 재판 기록을 다 모아도 모자랄 만큼의 어마어마한 양의 범죄가 짧은 기간에 벌어진 것이었으니…… 그럼에도 불구하고 정작 그런 악행을 저지른 당사자들은 자신을 범죄자라고 생각하지 않는 것이었으니…… 오 전쟁이란!

이 끔찍하고 이상한 일은 어떻게 하여 벌어지는 것일까? 그 원인은 어디에 있는가? 당시 사람들은 정치·외교적으로 벌어진 구체적인 사건들을 예로 들기도 하고 나폴레옹의 권세욕, 외교관들의 미숙한 협상능력과 외교적 오류 등을 예로 들기도 한다. 그리고 각자 자신의 입장에서 나름대로 그 원인을 찾는다. 하지만 이 거대한 사건을 총체적으로 바라보고 이 가공할 현실의 진정한 원인을 좀 더 깊이 있게 규명하고 싶어하는 우리 후세 사람들이 보기에 그들이 내세우는 원인들은 충분해 보이지 않는다. 나폴레옹의 야심이 컸기 때문이라거나, 알렉산드르 황제가 너무 완강했기에, 혹은 영국이 너무 교활했기에 수백만의 기독교인들이 서로 살해하는 일이 벌어졌다는 설명을 우리는 납득할 수 없다.

그렇다면 그러한 역사적 상황들과 실제로 벌어진 살육과 폭력 사이에는 무슨 연관이 있는 것일까? 비록 역사적으로 그런 상황이었다 할지라도 어찌하여 수많은 사람들이 유럽에서 러시아로 몰려 들어와 스몰렌스크와 모스크바의 수많은 주민들을 파멸시키고 그들 자신도 살해당하는 일이 벌어진 것일까? 우리가 궁금해하는 것은 바로 그것이다.

우리는 역사학자가 아니니 그 원인을 규명하기 위해 섬세한 연구를 할 수는 없다. 다만 상식적인 차원에서 그 사건을 살펴보는 데 만족할 수밖에 없다. 그리고 역시 아주 상식적인 차원에서 말할 수밖에 없다.

우리가 깊이 살펴보면 살펴볼수록 아주 다양한 원인들을 발견하게 된다. 그리고 아무리 보아도 그 모든 것들이 옳은 것처럼 보이기도 하고 아닌 것처럼 보이기도 한다. 그것들이 빚어낸 엄청난 결과에 비해서 그 원인들이 너무 사소해 보이기 때문이다. 결국 우리는 그 모든 것들을 총체적으로 함께 고려해야 그럴듯한 결론을 얻어낼 수 있다고 말할 수밖에 없다.

우리로서는 그 사소해 보이는 상황, 그 디테일들이 모두 전쟁의 원인이라고 말할 수도 있다. 나폴레옹이 알렉산드르 황제의 요구를 받아들여 비슬라강 저쪽으로 퇴각했다면 전쟁은 일어나지 않았을 것이다. 또한 프랑스의 한 병사가 이 전쟁이 싫어서 군 복무를 거부했고 수천 명의 프랑스 병사들이 그의 뜻을 따랐더라도 이 전쟁은 일어나지 않았을 것이다. 또 영국의 음모가 없었고 알렉산드르가 나폴레옹이 한 행동에 대해서 모욕감을 느끼지 않았다 하더라도 마찬가지였을 것이다. 또한 러시아에 군주 독재가 존재하지 않았던들, 더 거슬러 올라가 프랑스 혁명이, 그 뒤를 이은 독재정치가 없었던들, 다시 더 거슬러 올라가 프랑스 혁명을 유발한 여러 요인이 없었다면 전쟁은 없었을 것이다.

이렇게 본다면 그 모든 사건과 상황이 개별적으로 이 거대한 사건의 원인이라고 단정 지을 수 없다, 그 모든 것들이 이 거대한 사건을 일으키기 위해 결집된 것이다. 결국 그 사건은 '일어날 수밖에 없는 일이 일어나고 만 것'일 뿐이다. 마치 수세기 전에 말을 탄 무리들이 자신의 동족인 인류를 살해하면서 동쪽에서 서쪽으로 나아갔듯이, 이번에는 수백만의 사람들이 인간으로서의 이성과 감정을 저버린 채 역시 동족을 살육하기 위해 서쪽으로부터 동쪽으로 나아간 것이다.

사람들은 전쟁 같은 큰 사건이 일어나거나 일어나지 않고는, 나폴레옹이나 알렉산드르 황제의 결단이나 그들의 말 한마디에 달려 있다고들 말하기도 한다. 하지만 징집을 당한 모든 병사들에게 이 전쟁이 낯선 것이듯이 그들에게도 이 전쟁이 낯선 것은 마찬가지다. 그들이 도대체 어찌할 수 있었단 말인가? 겉으로는 자신의 의지와 명령에 의해 그들이 모든 것을 좌지우지하는 것처럼 보인다. 하지만 그들이 그 어떤 일이건 실행에 옮기기 위해서는 무수히 많은 여러 조건이 갖춰져야만 하고, 그 조건들의 도움 없이는 아무것도 할 수 없다. 그런 점에서 일선에서 총을 쏘고 식량과 대포를 나르는 병사들과 그들은 조금도 다르지 않다.

역사적으로 벌어지는 비논리적인 현상, 우리가 이해할 수 없는 현상들을 보면서 우리가 그것을 이해하려 애쓰면 애쓸수록 역사 내에서의 숙명론은 불가피해 보인다. 인간 개개인은 자신을 위해 살면서 자신이 추구하는 목표 달성을 위해 자유롭게 활동한다. 그리고 자신의 판단으로 어떤 행동을 할 수도 있고 하지 않을 수도 있다. 하지만 그 어떤 행동을 한순간 그 행동은 이미 자신을 벗어나 역사에 속하게 된다. 그리고 그 역사 속에서 그 행동은 본래 의도했던 자리나 의미를 갖지 않게 된다.

그렇다. 인간은 아무리 자기의 개인적 삶을 의식하며 살더라도 역사와 인류의 무의식적인 도구가 될 수밖에 없다. 그가 사회적으로 높은 지위에 오르면 오를수록 더 많은 사람들과 관계를 맺게 되는 것이며, 그가 권력을 지니면 지닐수록 그의 모든 행동은 더욱더 숙명적이 되고 불가피한 것이 된다.

'왕의 마음은 신의 손아귀에 있다.'

'왕은 역사의 노예다.'

역사, 다시 말해 모든 개인들의 집단적인 삶은, 왕이라는 개인의 매 순간순간의 삶을 자기 목적을 이루기 위한 도구로 이용하는 것이다.

사과는 익으면 떨어진다. 왜 떨어지는 것일까? 무게 때문인가? 사과를 매달고 있던 줄기가 시들기 때문인가? 바람이 흔들기 때문인가? 아니면 사과 아래 있던 소년이 사과를 먹고 싶어했기 때문인가?

그 어느 것도 원인처럼 보이지만 실은 원인이 아니다. 사과가 떨어지는 것은 모든 유기적 생명체의 극히 미미한 활동까지 지배하는 총체적 원인들이 작용한 결과다. 따라서 세포 조직의 분해 때문에 사과가 떨어진다고 말하는 식물학자나, 사과가 먹고 싶어 사과나무 밑에 서서 제발 떨어져 달라고 빌었더니 사과가 떨어졌다고 말하는 소년이나 피장파장이다. 그러니 나폴레옹이 원했기에 그가 모스크바에 입성했다고 말하는 사람이나, 알렉산드르가 나폴레옹의 패망을 원했기에 그가 패망했다고 말하는 사람들 역시 옳기도 하고 그르기도 하다. 그것은 마치 거대한 광산이 한 광부가 마지막으로 가한 타격 때문에 무너졌다고 말하는 것과 마찬가지다. 그 타격이 없었으면 광산은 무너지지 않았을 수도 있었겠지만, 그 타격이 광산 붕괴의 원인은 아니다. 우리가 역사 속에서 영웅이라고 부르는 사람들은 마치 그 광부와 같다.

제2장

나폴레옹은 독일 드레스덴을 6월 4일에 떠났다. 그는 그곳에 3주일을 머물러 있었다. 그리고 6월 12일 이른 아침, 군대를 거느리고 네만강을 건넜다. 나폴레옹이 모스크바를 향해 진격을 개시한 것이다.

당시 알렉산드르 황제는 페테르부르크를 떠나, 네만강 지류인 비슬라강변에 위치한 빌나에 한 달 이상 머물면서 군대의 열병(閱兵)과 기동연습을 참관하고 있었다. 오래전부터 전쟁이 발발할 것을 예상하고 있었고 황제도 그 준비를 위해 이곳으로 온 것이었다.

하지만 전쟁 준비는 제대로 되어 있지 않았으며 구체적인 작전 계획도 없었다. 그리고 황제의 빌나 체제가 길어질수록 모두들 전쟁을 기다리다 지쳐 더욱 그 준비가 지지부진할 수밖에 없었다.

그러던 6월 어느 날, 폴란드의 한 시종 무관이 시종 무관 일동의 이름으로 황제를 위한 무도회를 베풀기를 제안했고, 6월 13일 빌나 현의 한 지주의 별장에서 무도회가 열렸다. 나폴레옹이 네만강 도하 명령을 내린 후 그 전위대가 러시아 첨병이라고 할 수 있는 카자크 병을 제압하고 러시아 국경을 돌파한 바로 그날, 러시아 황제 알렉산드르는 시종 무관들이 주최하는 무도회에서 즐거운 저녁 시간을 보내고 있었던 것이다.

무도회는 밤 12시까지 이어졌다. 마주르카 춤이 시작되고 무도회의 흥이 절정에 올랐을 때였다. 황제의 측근 중 한 사람인 시종무관 발라셰프가 어느 폴란드 귀부인과 이야기를 나누고 있던 황제에게 다가갔다. 궁중 예의에는 어긋나는 짓이었다. 황제는 그가 그런 행동을 하는 데는 이유가 있을 것이라 짐작하고 발라셰프를 향해 고개를 돌렸다. 그러자 발라셰프가 황제의 귀에 몇 마디 속삭였고 곧이어 황제의 얼굴에 경악의 빛이 떠올랐다.

이윽고 황제는 발라셰프와 함께 홀 밖으로 나갔다. 발라셰프를 통해 나폴레옹이 네만강을 건넜다는 소식을 들은 황제는 흥분했다.

"선전포고도 없이 러시아를 침범하다니! 짐의 제국에 무장한 적병이 단 한 명이라도 발을 딛고 있는 한, 더 이상의 평화는 없다!"라고 황제는 단호하게 말했다. 그 말을 하면서 황제는 자신의 표현이 마음에 드는 듯 만족스러운 표정을 지었다. 황제는 다시 무도회가 열리고 있는 홀로 돌아가 30분 정도 더 머물다가 돌아갔다.

숙소로 돌아온 황제는 밤 2시 반에 비서관을 불러 날이 밝으면 군대에 전할 명령을 하달한 후, 원수(元帥)인 살티코프 공작 앞으로 칙서를 전달하게 했다. 황제는 그 칙서 내에, 앞서 발라셰프 앞에서 내뱉었던 내용을 반드시 포함시키라며, 그 명문(名文)을 반복했다.

이어서 그는 곧바로 나폴레옹 앞으로 보내는 친서를 작성했다. 친서에는 나폴레옹이 러시아를 침공한 소식을 듣고 놀랐다, 아마 사소한 오해 때문에 자신이 프랑스에 대해 지니고 있는 호의가 와전된 것 같다, 지금이라도 양국 국민이 피를 흘리는 것을 원치 않을 게 분명한 나폴레옹이 러시아 땅에서 물러난다면 지금 러시아 땅을 침범한 일 등 과거의 일은 일절 불문에 부치고 두 나라가 협약을 맺을 수도 있을 것이라는 내용이 들어 있었다. 그리고 다음과 같은 경고로 끝을 맺고 있었다.

> 만일 그렇지 않을 경우, 전하, 우리로서는 우리에게 아무
> 런 책임도 없는 귀 군대의 침공을 격퇴할 수밖에 없습니
> 다. 인류를 새로운 전화(戰禍)에서 벗어날 수 있게 있게 해
> 줄 것이냐 아니냐는 전적으로 전하의 손에 달려 있습니다.

6월 23일 밤 2시, 황제는 발라셰프를 불러 나폴레옹에게 전할 친서를 읽어준 후, 이 친서를 직접 나폴레옹에게 전달하라고 명령했다. 황제는 발라셰프에게 '짐의 제국에 무장한 적병이 단 한 명이라도 발을 딛고 있는 한, 더 이상의 평화는 없다!'라는 문구를 되풀이하면서 반드시 나폴레옹에게 전하라고 말했다. 강화를 위한 마지막 노력을 하면서 친서에 그 말을 써넣는 것은 온당치 않다는 생각에 생략했지만 아무래도 자신의 명구를 나폴레옹에게 과시하고 싶은 욕망을 참을 수 없었던 것이다.

발라셰프는 나팔수 한 명과 두 명의 카자크 병사를 데리고 출발했다. 그는 프랑스 전초부대를 거쳐, 뮈라 장군을 만난 후, 다시 다부 보병 군단에게 거의 사로잡히다시피 하는 온갖 고초를 겪은 후에 나흘 만에 나폴레옹을 만날 수 있었다. 그런데 기

가 막히게도 그곳은 바로 나흘 전에 그가 알렉산드르 황제의 친서를 가지고 출발한 빌나였다. 그사이에 그곳이 나폴레옹 군에게 점령당한 것이었다.

나폴레옹은 알렉산드르가 발라셰프를 떠나보냈던 바로 그 임시 황궁에서 발라셰프를 접견했다. 나폴레옹은 이미 연락장교를 통해 친서를 전달받고 읽은 터였다.

나폴레옹은 발라셰프를 만나자마자 말했다.

"짐도 알렉산드르 황제 못지않게 평화를 원하고 있소. 지난 18개월 동안 평화를 이룩하기 위해 내가 얼마나 노력했는지 귀관은 모른단 말이오? 나는 귀국의 해명을 18개월간이나 기다리고 있었단 말이오! 그런데 그대들은 도대체 협상 조건으로 내게 대체 무엇을 요구하고 있는 거요?"

"폐하, 폐하의 군대들이 네만강 저편으로 철수하기를 우리는 바라고 있습니다." 발라셰프는 황제가 친히 부탁한 명구(名句)를 입가에 떠올릴 엄두도 내지 못하고 말했다.

"뭐? 네만강 저편 기슭으로 철수하라고? 두 달 전에 오데르강과 비슬라강 저편으로 철수하라고 제안하더니 이제 와서 똑같은 제안을 하는군! 설사 러시아가 짐에게 페테르부르크와 모스크바를 내준다 해도 그런 제안을 받아들일 수 없소! 그대들은 내가 먼저 전쟁을 일으켰다고 우기고 있지만, 대체 어느 쪽 군주가 먼저 말을 몰고 군대로 향했단 말이오? 알렉산드르 황제가 먼저 아닌가? 먼저 전쟁할 마음이 있었고 전쟁 준비를 한 것 아닌가? 영국과 동맹을 맺고도 상황이 불리해지니까 이제 와서 강화를 요청한다? 그사이 내가 들인 수백만의 국고는 어찌하라고? 대체 귀국이 영국과 동맹을 맺은 이유가 뭐지? 오로지 우리와 전쟁을 벌이겠다는 것 아닌가?"

나폴레옹은 평화의 가능성과 상황을 논하는 대신, 의도적으로 자신의 권리와 힘, 그리고 알렉산드르의 잘못을 늘어놓는 것으로 이야기를 시작한 것이다.

"귀국의 황제는 터키와도 강화조약을 체결한 모양이더군. 몰다비아와 발라키아도 포기한 채! 나와 강화를 맺었더라면 그 이상을 얻을 수 있었을 것을! 오로지 주변에 나의 적들을 모으려 하는 게 아니라면 무엇일까?"

이어서 나폴레옹은 러시아군대의 무능을 비웃기 시작했다. 그는 러시아 장군들 이름을 일일이 열거하며 바그라티온 장군만 제법 용감할 뿐 나머지는 정말 쓸모없는 인간들이라고 말한 후 덧붙였다.

"당신 나라의 황제는 이런 오합지졸들 한가운데서 대체 뭘 하겠다는 거지? 전쟁이 시작된 지 겨우 1주일 만에 빌나도 지키지 못하고 폴란드로 쫓겨 간 군대를 갖고. 아마 병사들도 모두 절망에 빠진 채, 불만투성이일걸."

발라셰프는 겨우 입을 열어 반박했다.

"폐하, 아닙니다. 저희 병사들은 희망에 불타고⋯⋯."

"어허, 내가 다 알고 있는데⋯⋯." 나폴레옹이 그의 말을 도중에 끊었다. "자, 잘 들으시오. 나는 귀국의 병력과 우리 병력의 숫자까지 알고 있소. 귀국 병력은 20만밖에 안 되지만 우리는 그 세 배란 말이오!"

나폴레옹은 픽 비웃음을 흘리며 코담배를 맡았다. 발라셰프는 그의 말을 반박하고 싶었고 또 반박할 말도 충분히 있었다. 그러나 그때마다 나폴레옹이 그의 말을 가로챘기에 식은땀만 흘리며 듣고 있을 수밖에 없었다. 이윽고 나폴레옹이 두어 번 발로 마룻바닥을 굴렀다. 그러자 시종이 들어오더니 황제에게 공손히 모자와 장갑을 건넸다.

"자, 알렉산드르 황제에게 전하시오. 나는 여전히 그를 믿고 있으며 그가 고결한 품성의 소유자라는 것을 인정하고 있소. 자, 이제 더 이상 귀관을 붙들지 않겠소. 서한은 별도로 주겠소."

말을 마친 후 나폴레옹은 총총 걸음으로 알현실에서 나갔다.

발라셰프는 알렉산드르 황제에게 나폴레옹으로부터의 최후의 서한을 전한 후 접견의 자초지종을 상세히 보고했다. 그리하여 전쟁은 드디어 시작되었다!

제3장

　모스크바에서 피에르를 만난 뒤 안드레이는 페테르부르크로 떠났다. 집안사람들에게는 그곳에 볼일이 있다고 말했지만 실은 아나톨리 쿠라긴을 찾기 위해서였다.

　하지만 아나톨리는 페테르부르크에 없었다. 안드레이와 아나톨리 간에 결투가 벌어질 것을 염려한 피에르가, 안드레이가 그곳으로 간다고 처남에게 미리 알려주었던 것이다. 아나톨리는 몰다비아에 주둔하고 있는 러시아군에 입대해버렸다.

　언제나 안드레이에 대해 호감을 갖고 있던 쿠투조프 원수가 그에게 참모부에서 근무할 것을 권했다. 안드레이는 쿠투조프가 몰다비아 주둔군의 총사령관에 임명되어 곧 그곳으로 갈 것임을 알고 있었기에 그 제안을 받아들였다. 그들은 함께 그곳으로 떠났다.

안드레이는 아나톨리에게 바로 도전장을 보내는 것은 적절치 못하다고 생각했다. 새로운 구실도 없이 대뜸 아나톨리에게 결투를 신청하는 것은 오히려 나타샤의 명예를 더럽히는 것이라고 생각한 그는, 아나톨리를 직접 만나 새로운 결투 구실을 마련할 작정이었다. 하지만 그는 터키 주둔 러시아군 내에서 아나톨리를 찾을 수 없었다. 안드레이가 그곳에 도착하기 바로 전에 아나톨리는 러시아로 돌아간 것이다.

새로운 나라의, 이전과 다른 환경에서 안드레이는 지내기가 훨씬 쉬워졌음을 느꼈다. 약혼녀에게 배신을 당한 후 그 충격을 감추려 하면 할수록, 그 배신은 그에게 더욱 견디기 어려웠다. 그리고 전에 그에게 그토록 행복하게 여겨졌던 친숙한 환경도 견디기 어려웠다.

이제 그는 그가 전에 그토록 애착을 갖고 있던 자유와 독립을 오히려 무거운 짐처럼 여겼다. 그리고 아우스터리츠 전쟁터에서 하늘을 보며 맛보았던 그 새로운 비전을 떠올리는 것도 부담스럽게 느껴졌다. 그는 저 멀리 지평선에서 그가 흘낏 보았던, 저 무한 속에서 영원히 빛나는 그 빛을 떠올리는 것을 오히려 두려워했다. 이제 그를 사로잡고 있는 관심사는, 그에게 과거를 전혀 상기시키지 않는 매일 매일의 일상적 일들이었다. 마치 이전에 그의 머리 위로 끝없이 펼쳐져 있던 하늘이 머리를 짓누르는 무겁고 음울한 뚜껑으로 변해버린 것 같았다. 그리고 신비와 영원이라고는 존재하지 않는 그 안에 갇혀버린 것 같았다.

지금 그가 가장 손쉽게 해낼 수 있는 일상적인 일은 바로 군대 업무였다. 그는 쿠투조프 사령부의 부관으로서 사령관이 놀랄 정도로 열심히, 그리고 꼼꼼하게 일에 몰두했다. 그리고 굳이 아나톨리를 찾아 러시아로 돌아갈 마음도 들지 않았다. 하지만 그는 알고 있었다. 그가 아무리 아나톨리를 경멸하더라도, 그런 형편없는 사나이와 결투를 할 필요가 있겠느냐고 자신을 아무리 타일러보아도, 그를 눈앞에서 보게 된다면 마치 굶주린 사람이 먹을 것에 달려들 듯 그에게 도전할 수밖에 없다는 것을. 아직 모욕을 갚아주지 못했다는 감정, 아직 채 풀리지 않은 분노 등이 그가 일에 몰두하면서 억지로 찾은 평온을 좀먹고 있었다.

1812년, 나폴레옹과의 전쟁이 시작되었다는 소식을 접하자 안드레이는 쿠투조프에게 자신을 서부전선으로 보내달라고 간청했다. 당시 쿠투조프는 마음에 든 한 발라키아 여인의 품에서 밤낮을 보내고 있었다. 안드레이가 성실하게 일하는 모습이 꼭 나태한 자신에 대한 비난으로 보여 부담을 느끼고 있던 쿠투조프는 선선히 그의 청을 들어주었다. 안드레이는 바르클라이 드 톨리 부대에 근무하라는 사령장을 받고 서부전선으로 떠났다.

안드레이는 6월 말경에 톨리 장군의 사령부에 도착했다. 황제가 직접 지휘하는 제1대는 드리사 강변에 진지를 구축하고 있었고, 톨리 장군이 바로 그 제1대의 사령관이었다. 풍문에 의하면 제2대는 이미 프랑스군에게 궤멸되어 뿔뿔이 흩어진 채 제1대와 합류하기 위해 후퇴 중이라고 했다. 하지만 모두들 러시아군의 전황에 불안해하고 있으면서도 설마 적군이 러시아 본국까지 쳐들어오리라고는 생각하지 않았으며, 전쟁은 서쪽 폴란드 지역에서만 벌어지리라 믿고 있었다.

진지 근처에는 마을이 없었기에 장군들과 궁정 고관들은 양쪽 강가에 있는 적당한 집을 골라 부근 10킬로미터에 걸쳐 분산되어 있었다. 톨리 장군의 숙사는 황제가 거처하는 곳에서 4킬로미터 정도 떨어진 곳에 있었다.

톨리의 진영에 새로 근무하게 된 안드레이는 정확한 임무를 부여받기 전에 우선 진지를 둘러보았다. 하지만 그는 이 진지가 유리하다거나 불리하다거나 하는 문제에 관심을 두고 있지 않았다. 실제로 전투를 겪은 후 중요한 것은 치밀한 전략이 아니라는 것을 그는 깨달았던 것이다. 그가 보기에 전투의 승패는 적의 기습 공격을 예상할 수 있는 능력 및 그 공격에 대처하는 능력에 달려 있었으며, 군대의 행동을 현장에서 지휘하는 지휘관의 통찰력에 달려 있었다. 안드레이는 그런 관점에서 러시아 각 부대의 지휘체계를 비교적 상세히 알아보았다.

황제가 빌나에 체제하는 동안 군대는 셋으로 나뉘어 있었다. 제1군은 바르클라이 드 톨리, 제2군은 바그라티온, 제3군은 토르마소프의 지휘하에 있었다. 앞서 말했듯 황제는 제1군을 지휘하고 있었지만 명목상으로는 황제가 총사령관이 아니었다. 문서로도 황제가 군을 지휘하는 것이 아니라 다만 군과 함께 있다고 명시되어 있을 뿐이었다. 하지만 형식상으로만 그럴 뿐 실제로 황제는 군을 통솔하고 있었으며 측근들이 고문 역할을 하고 있었다.

안드레이는 황제의 측근들을 면밀히 관찰한 결과 그들을 각기 다른 경향을 지닌 아홉 부류로 아주 상세하게 나눌 수 있었다.

첫째 부류는 프풀리 장군과 그 추종자들로 이루어진 전쟁 이론 신봉자들이었다. 그들은 그들이 신봉하는 이론과 전쟁 법칙에 따라 러시아군이 국내 깊숙이 퇴각할 것을 주장하고 있었다.

두 번째 부류는 첫째 부류와 정 반대로 극단적 행동파들이었다. 바그라티온을 대표로 하는 두 번째 부류는 이미 빌나에 있을 무렵부터 폴란드를 침공하여 선제공격할 것을 주장했다.

황제의 신임을 가장 많이 받고 있는 세 번째 부류는 앞선 두 부류를 조정하고 화해시키려는 조정 관료들이었다. 그들은 아무 신념도 없으면서 마치 대단한 신념이나 이론이 있는 듯 행세했다. 예를 들어 그들은 보나파르트 같은 천재와 전쟁을 치르려면 무조건 후퇴를 하거나 선공을 하기보다는 주도면밀한 검토와 과학적인 지식이 필요하다고 주장했다.

네 번째 부류는 황태자 측근들로 이루어진 부류로서 나폴레옹을 두려워했고, 아군이 무력하다는 것을 솔직히 인정했다. 그들은 빌나에서도 쫓겨났으니 이제 드리사에서도 곧 쫓겨날 것이며, 남겨진 단 한 가지 현명한 방법은 보나파르트와 강화조약을 맺는 것뿐이라고 주장했다.

다섯 번째 부류는 육군 대신을 겸하고 있는 바르클라이 드 톨리의 추종자들이었다. 그들은 모든 실권을 드 톨리에게 맡기고 그의 결정을 따라야 한다고 주장했다. 그들은 러시아군이 그래도 질서정연하게 별 피해 없이 드리사까지 퇴각할 수 있었던 것은 오로지 톨리 덕분이라고 주장했다.

여섯 번째는 톨리의 반대파로서 황제 측근 베니그센 장군의 추종자들이었다. 그들은 아군이 드리사까지 퇴각한 것은 수치스러운 일이라고 말했으며, 베니그센만이 이제까지의 실패를 거울삼아 반전을 꾀할 수 있다고 주장했다.

일곱 번째 부류는 젊은 황제의 주변을 감싸고 있는 이른바 '충복들'이었다. 그들은 황제의 재능과 인품에 반한 인물들로서 황제가 모든 실권을 쥐고 군을 지휘해야 한다고 주장했다.

여덟 번째 부류는 비율상으로는 99퍼센트를 차지하고 있는 대다수 사람들이었다. 그들은 강화(講和), 전쟁, 후퇴, 진격 중 그 어느 것도 원하지 않았다. 그리고 누가 지휘를 해야 하는가 하는 문제도 그들에게는 조금도 심각한 문제가 아니었다. 그들이 바라고 있는 것은 오직 하나, 자기 자신의 이익이었다. 그들은 어떻게 하든 책임을 회피하려 했고 황제의 비위만 맞추려 애를 썼다. 그들은 돈과 훈장과 직위를 위해서라면 언제든 변신이 가능한 무리들이었다. 그리고 어떤 문제가 발생했을 때 마치 벌 떼처럼 윙윙거리며 사태를 더 어지럽게 만드는 것도 바로 그 무리들이었다.

마지막 아홉 번째 부류는 안드레이가 드리사에 도착했을 때 막 형성되기 시작하여 목소리를 높여가고 있는 부류였다. 바로 나이가 많고 국사 경험이 많은 원로들로 이루어진 부류였다. 그들은 위에 언급한 어느 부류에도 속하지 않은 채, 이곳 황제 주둔지에서 어떤 일들이 벌어지고 있는지 올바르게 판단한다. 그리고 이 우유부단하고 혼란스런 상황에서 탈피할 수 있는 방법을 모색한다. 그들은 이 모든 혼란은 황제가 측근 무리들을 이끌고 군대와 합류했기 때문에 발생한 것이라고 과감하게 말한다. 황제의 본분은 국정을 돌보는 데 있지 군대를 지휘하는 데 있지 않다는 것이다. 그들은 황제가 측근들을 데리고 한시라도 빨리 전선을 떠날 것, 독립된 기능을 가진 총사령관을 임명할 것을 요구했다.

　그리고 이 파의 대표자격인 국무 서기 슈슈코프가 용감히 황제에게 서신을 올려 황제의 군대가 물러날 것을 진언했다. 그는 전쟁에 승리하기 위해서는 황제가 민심을 고무해야 하며, 국민들에게 조국을 수호할 열정을 불러일으켜야 한다고, 그러기 위해서는 황제가 수도인 모스크바로 돌아가야 한다고 진언했다. 황제는 그 진언을 받아들였다.

안드레이는 진지와 각 부류의 성격들을 분류하는 한편, 전투 부대 장군들 및 황제 측근 장군들의 대책 회의에 참석할 기회도 여러 번 갖게 되었다. 안드레이는 아무 결론도 내리지 못한 채 거의 인신공격에 가까울 정도로 격론을 벌이는 그들의 모습을 보면서 전쟁에서 논리적인 이론이라는 것은 절대로 존재할 수 없다는 사실을 다시 한번 확인했다. 따라서 전쟁의 천재라는 것도 존재할 수 없다는 결론에 그는 도달했다. 아군이건 적군이건 하루가 지나면 어떻게 될 것인지 알고 있던 사람은 아무도 없었으며 앞으로도 없을 것이다. 불리한 싸움에서 한 병사가 우연히 용감하게 "만세!"라고 외치면 몇 배의 적을 물리칠 수도 있는 것이 전쟁이다. 반대로 아우스터리츠에서는 5만 명이 8,000명에게 보기 좋게 패주했다. 그렇게 무수한 돌발 상황에 좌지우지될 수밖에 없는 전쟁에 무슨 과학이 있을 수 있고 이론이 있을 수 있단 말인가? 지금 상황을 놓고도 어떤 이는 강을 등지고 있어서 유리하다고도 하고 어떤 이는 그래서 불리하다고도 한다. 그들이 내놓는 안은 뛰어난 안이기도 하고 쓸모없는 안이기도 하다. 하지만 그 모두 일이 벌어진 다음에야 판가름이 날 수 있을 뿐이다. 전쟁의 천재라는 것은 우매한 대중이 붙인 환상일 뿐이다.

어느 날 황제가 터키 군대 소식을 듣고 싶다며 안드레이를 불렀다. 그 자리에서 황제는 안드레이에게 어디 근무하고 싶으냐고 물었다. 안드레이는 일선에 근무하고 싶다고 말했다. 수뇌부에서 전력을 짜는 일이 무의하다고 느낀 때문이었다. 그는 황제 옆에 머물 수 있는 자리를 마다함으로써, 궁중 그룹에 속할 기회를 스스로 버린 셈이었다.

제4장

니콜라이 로스토프는 전쟁이 발발하기 전 양친으로부터 편지를 받았다. 편지에는 나타샤의 파혼 소식(부모는 나타샤의 거절로 파혼이 되었다고 썼다), 나타샤가 병에 걸렸다는 소식들이 들어 있었다. 그리고 니콜라이가 제대하여 돌아오기를 바란다고 적혀 있었다.

하지만 니콜라이는 퇴역원을 내지도 않았으며 휴가도 얻지 않았다. 그는 답장에 나타샤에 관한 일들이 심히 유감스럽다고 쓴 후, 부모님이 원하는 대로 하기 위해 최선을 다하겠다고 쓰는 정도로 부모의 마음을 달랬다.

그는 소냐에게 따로 편지를 썼다.

사랑하는 그대에게

내가 귀향하지 않는 것은 오로지 명예 때문이오. 전쟁이
코앞에 다가왔는데 조국에 대한 의무와 헌신 대신 일신
의 행복을 구한다면 주변의 전우들뿐 아니라 우리 가족
모두에게 면목이 없는 파렴치한 행동이 될 것이오. 단언
하지만 이번이 우리들의 마지막 이별이 될 것이오. 전쟁
이 끝난 뒤에도 내가 살아남고, 그대의 사랑이 변치 않는
다면 나는 모든 것을 버리고 그대 곁으로 날아가겠소. 그
리고 그대를 이 뜨거운 가슴으로 꼭 껴안아주겠소.

전쟁이 발발하자 니콜라이가 속한 부대는 폴란드로 진주했
다. 니콜라이는 대위로 진급해서 이전에 자신이 속해 있던 경
기중대를 지휘하고 있었다. 빌나에 주둔하고 있던 경기병들은
곧이어 스벤샤니로 퇴각하고 이어서 퇴각에 퇴각을 거듭한 끝
에 러시아 국경 근처까지 이르게 되었다. 전투다운 전투도 없
이, 어찌 보면 한가하기 그지없는 퇴각이었다.
　7월 13일 파블로그라드 휘하의 경기병 연대는 드디어 전투
에 돌입했다. 전투 전날인 7월 12일 밤에는 무서운 폭풍우가
몰아쳤다. 새벽 3시, 드디어 오스트로브나로 진격하라는 명령

이 경기병대에 떨어졌다. 경기병 대원들은 모두 말에 올라타고 네 줄로 나란히 서서, 보병과 포병 뒤를 따라 자작나무가 심긴 가로수 길을 전진했다.

병사들이 전진하는 사이 날이 개기 시작했다. 돋는 해에 자줏빛으로 물든 조각구름이 바람에 빠르게 흩어졌다. 주변이 차차 밝아오기 시작했다. 니콜라이는 부대를 지휘하며 선두에 서서 말을 몰고 있었다.

이전에는 전투에 나설 때면 흥분과 함께 약간의 두려움을 느끼던 니콜라이였지만 이제는 조금도 두렵지 않았다. 이제 포화에 길들었기 때문일까? 아니다, 위험에 길이 들다니, 그런 일은 있을 수 없다! 다만 그가 자신을 통제할 수 있게 되었을 뿐이다. 위험이 다가오고 있는 바로 이 순간, 그가 최대의 관심을 기울여야 할 것은 바로 전투가 임박한 지금의 상황 바로 그것이었다. 하지만 그는 이제 자신의 흥미와 관심을 그 '지금의 상황'이 아닌 다른 것으로 돌릴 수 있게 되었다.

예를 들면 태평한 표정으로 자작나무 가로수 길을 전진하면서 어쩌다 손에 닿는 나뭇잎을 따기도 하고 때로는 발끝으로 말 옆구리를 가볍게 건드리기도 했으며 때로는 뒤도 돌아보지 않은 채 입에 물고 있던 파이프 담배를 뒤따라오던 병사에게 건네기도 했다. 멀리서 보면 마치 한가롭게 산책이라도 하는 것 같았다.

그는 옆을 따라오는 나이 어린 병사를 연민의 시선으로 바라보았다. 소년 병사는 불안해서 뭔가 자꾸 중얼거리고 있었다. 니콜라이는 이미 경험으로 그 병사가 죽음에 대한 공포로 얼마나 큰 고통에 사로잡혀 있는지 잘 알고 있었다. 또한 시간만이 그 고통의 치료제라는 것을 그는 잘 알고 있었다.

해가 구름 띠 위로 조금씩 모습을 보이자 바람도 잦아들었다. 마치 뇌우 뒤에 찾아온 이 여름 아침 풍경을 망치지 않으려는 것 같았다. 아직 빗방울이 몇 방울 떨어지고 있었지만 곧 잠잠해졌고, 이윽고 해가 완전히 모습을 드러냈다. 별안간 천지가 밝아졌고 녹색 나뭇잎들이 햇빛을 받아 미소 짓듯 반짝였다. 그리고 이 반짝이는 빛의 물결을 비웃듯, 저 앞에서 포성이 들려왔다.

이어서 경기병대에 구보 명령이 떨어졌다. 경기병대는 진지의 좌익 쪽으로 나아가 창기병대의 뒤에서 멈춰 섰다. 오른쪽에는 보병 예비대대가 정렬해 있었고 조금 높은 언덕 위에는 아군의 포가 비스듬한 햇빛을 받아 반짝였다.

이윽고 전투가 시작되었다. 창기병들은 프랑스 경기병들을 향해 돌진했고, 경기병들은 포대를 지원하기 위해 언덕 위로 옮기라는 지시를 받았다. 니콜라이는 부대원들을 이끌고 약간 위쪽으로 말을 몰았다.

아래쪽의 전투 상황이 한 눈에 들어왔다. 적을 향해 용감히 돌진했던 러시아 창기병들은 얼마 후 구름처럼 몰려든 프랑스 용기병들에 의해 밀리고 있었다. 니콜라이의 눈에 적들에게 쫓기고 있는 아군의 모습이 들어왔다. 니콜라이는 마치 사냥터에서 먹잇감을 바라보듯 날카롭게 그 모습을 지켜보았다. 그는 지금 러시아 경기병이 프랑스 용기병을 공격하면 쉽게 패퇴시킬 수 있음을 직감으로 느꼈다. 그는 공격 명령을 받지 않았지만, 지금이 공격 기회라고 독자적으로 판단하고 공격을 감행하기로 결심했다.

그의 공격 명령에 전 대원이 일제히 아래를 향해 달려 내려갔다. 아군 창기병들과 그들을 추격하는 프랑스 용기병 간의 거리는 더욱 좁혀져 있었다. 아군의 기습 공격에 프랑스 용기병들이 우왕좌왕하더니 말머리를 돌려 달아나기 시작했다. 니콜라이는 그중 잿빛 말을 타고 있는 적군의 뒤를 쫓았다. 복장으로 보아 장교 같았다. 그는 안장에 엎드리다시피 해서 군도로 말 옆구리를 때리며 도망가고 있었다.

제8부

니콜라이의 말은 군마가 아니라 그가 직접 고른 카자크산 말이었다. 말 감식에 일가견이 있는 니콜라이는 자신이 직접 그 말을 골라 사들였으며, 그가 그 말 위에 올라 질주하면 아무도 따라올 수 없었다.

니콜라이의 말은 금세 적의 말을 따라잡았다. 니콜라이가 탄 말의 가슴이 적군 말의 엉덩이를 들이받자, 적군의 말이 넘어질 듯 휘청거렸다. 바로 그 순간 니콜라이는 검을 높이 치켜들고 적을 향해 내리쳤다. 그런데 바로 그 순간 그를 사로잡고 있던 열정이 어디론가 사라져버려 군도를 든 팔에 힘이 쑥 빠져버렸다. 로스토프는 자기가 내리친 적이 어떻게 되었는지 바라보았다. 적군은 말에서 떨어져 한쪽 발은 여전히 말등자에 걸친 채 한쪽 발로 껑충껑충 뛰고 있었다. 그는 니콜라이가 내리친 군도에 맞아 떨어진 것이 아니라 말이 튀어 오르는 바람에 말에서 떨어진 것이었다. 군도는 그의 팔꿈치에 가벼운 상처만 입혔을 뿐이었다. 적군 장교는 곧이어 두 번째 공격이 있으리라 예상하고 겁에 잔뜩 질려 있었다.

진흙이 여기저기 튀어 있는 그의 얼굴은, 앳되고 창백했다. 금발과 맑고 푸른 눈에, 턱에는 보조개가 패어 있는 그의 얼굴은 이런 전쟁터에서 만나기에는 어울리지 않았다. 차라리 평화로운 가정에서 만나는 게 어울릴 법한 순진하고 귀여운 얼굴이었다. 니콜라이가 상대방을 어떻게 할 것인가 잠시 망설이고 있는데 상대방이 재빨리 "항복!"이라고 외쳤다. 니콜라이는 그 젊은 프랑스 장교를 포로로 잡아 돌아왔다. 하지만 그의 기분이 묘했다. 그 프랑스 장교를 내리치는 순간, 그리고 그를 포로로 잡는 순간 뭐라 설명하기 어려운 혼란스러운 감정이 그를 사로잡았고, 좀처럼 그 감정이 사라지지 않는 것이었다.

그가 포로를 잡아 오자 오스테르만 톨스토이 백작이 그의 공로를 치하하고 훈장을 수여했다. 공격 명령을 받지 않고 독자적으로 공격을 감행한 데 대해 질책을 들을 것으로 니콜라이는 예상하고 있었다. 하지만 오히려 칭찬을 듣고 훈장까지 받았으니 기뻐해야 마땅했다. 하지만 뭔가 모호한 슬픔이 그를 괴롭혔다. 그는 자문했다.

'나를 이토록 괴롭히는 게 무엇일까? 내가 잘못된 행동을 한 것일까? 아니다, 절대로 그런 것이 아니다⋯⋯! 그건 바로 턱에 보조개가 있는 프랑스 장교 때문이다! 그래, 분명히 기억이 난다! 그를 내리치기 전에 내 손이 굳어버려 허공에 잠시 멈춰서 있었다.'

그날 이후 니콜라이의 동료들은 그가 울적한 것도 화가 난 것도 아닌, 묘한 표정으로 생각에 잠겨 있는 모습을 자주 볼 수 있었다. 그는 될 수 있는 한 혼자 있으려 했고, 줄곧 그 무언가를 생각하고 있었다.

그가 사로잡은 적군 장교는 그가 상상 속에서 그려보던 모습과는 너무 달랐다. 그는 생각했다.

'그래, 내가 추구해온 영웅주의라는 것이 그 정도, 고작 그 정도란 말인가? 과연 나는 내 조국을 위하여 그 행동을 한 것인가? 그 앳되고 귀여운 얼굴의 프랑스 장교에게 대체 무슨 책임이 있단 말인가? 그는 두려워하고 있었다! 그는 내가 자기를 죽일 줄 알고 있었다! 내가 그 사내를 죽일 이유가 어디 있단 말인가! 게다가 내 손은 떨고 있었다. 그런데도 나는 영웅적인 행동을 했다고 훈장을 받았다. 뭐가 뭔지 모르겠다. 정말 모르겠다.'

그런 질문에 사로잡혀 있던 니콜라이가 채 답을 찾기도 전에 행운의 수레바퀴는 그에게 유리하게 굴러갔다. 그는 오스트로브나 전투 뒤에 승진하여 경기병 대대장이 되었다. 그리고 용감한 장교가 필요할 때면 늘 그의 이름이 제일 먼저 거론되었다.

제5장

로스토프 백작 부인은 나타샤가 앓아누워 있다는 소식을 접하자, 쇠약한 몸인데도 불구하고 페차와 온 집안 식구들을 이끌고 모스크바로 왔다. 나타샤가 몹시 앓고 있던 사실이 어찌보면 그녀에게도, 그녀의 부모에게도 다행이었다. 그녀의 병의 원인이 되었던 그녀의 행동, 그녀의 제멋대로의 파혼 등이 뒷전으로 밀려난 것이다.

나타샤의 병은 몹시 위중했다. 그녀는 먹지도 않고 자지도 않았기에 피골이 상접할 정도로 야위어갔다. 하지만 그녀의 몸은 조금씩 회복되었다. 결국 그녀의 젊음이 병에게 승리를 거둔 것이다. 매일매일의 일상들이 나타샤의 슬픔을 조금씩 덜어주었고, 그녀를 짓누르던 슬픔은 서서히 과거의 장막 속으로 물러났다. 그리하여 그녀는 육체적 건강을 어느 정도 되찾았다.

육체적 건강을 되찾았다 하더라도, 나타샤는 이미 과거의 나타샤가 아니었다. 그녀는 더 조용해졌으며, 이전의 쾌활함을 잃었다. 그녀는 무도회니 음악회니 연극이니 하는 것들에 일체 발길을 끊었다. 심지어 산책도 하지 않았다. 그녀는 웃음을 지을 수 없었으며 더 이상 노래를 부를 수도 없었다. 조금만 웃으려 해도, 또 노래를 부르려 해도 이내 목이 메어버리는 것이었다. 그리고 저도 모르게 눈물이 흘렀다. 회한의 눈물이었다. 이제는 돌아올 수 없는 순결했던 과거를 그리는 눈물이었고 행복해야 할 젊은 시절을 헛되이 망쳐버렸다는 비탄의 눈물이었다. 아아, 단 하루라도 지난 가을로, 지난 크리스마스로 돌아갈 수 있다면!

그녀의 일상은 아무런 기쁨도 없이 그냥 그렇게 흘러갔다. 그녀는 자기라는 존재가 남에게 피해가 되는 양 식구들을 피했다. 남동생인 페차와 있을 때만 조금 마음이 편해져서 가끔 웃음을 보이기도 했을 뿐이었다.

그녀는 집으로 찾아오는 사람들도 피에르를 제외하고는 아무도 만나지 않았다. 피에르는 그 이상 진지하거나 부드러운 태도는 불가능하다고 할 정도로 나타샤를 상냥하게 대했다. 하지만 나타샤는 그가 보이는 부드러움은 그가 지닌 자연스러운 천성일 뿐 자기에게만 각별히 그러는 것이라고는 생각하지 않았다.

피에르는 나타샤를 향한 감정을 단 한 번 열정적으로 내보인 뒤, 단 한 번도 나타샤에 대한 자신의 감정을 입 밖에 꺼내지 않았다. 나타샤는 그때 그가 해준 말들이 우는 어린아이를 달래주기 위한 말과 다름없다고 생각하고 있었다.

그런 가운데 나타샤를 위안해주는 것이 딱 하나 있었다. 바로 신앙심이었다. 그녀는 매일 기도를 드리면서 겨우 마음의 평온을 찾을 수 있었다. 그녀는 오빠 니콜라이와 데니소프를 생각하며 러시아군을 위해 기도했다. 그리고 안드레이를 위해 기도하면서 자기가 그에게 저지른 죄를 용서해달라고 빌었다. 그리고 사랑하는 가족들, 부모와 소냐를 위해서도 기도했다. 그녀는 기도를 하면서 자기가 그들에게 얼마나 큰 잘못을 저질렀는지 진심으로 깨우칠 수 있었고 자기가 그들을 얼마나 사랑하는지 깨달을 수 있었다. 심지어 그녀는 자기와 자기 가족을 적들을 위해서도 기도했으며, 그 가운데는 아나톨리도 포함되어 있었다.

7월 초가 되자 모스크바에서는 전쟁에 대한 불길한 소문들이 퍼지고 있었다. 황제가 국민들에게 담화문을 발표할 것이며, 곧 모스크바로 돌아올 것이라는 소문도 그중 하나였다. 황제가 모스크바로 귀환하는 것은 전쟁에 패했기 때문이며, 이미 스몰렌스크가 함락되었다는 소문도 이어졌다. 그리고 나폴레옹에게는 100만 대군이 있으니 기적이 일어나지 않는 한 러시아를 구할 길은 없다는 소문도 마치 결정타처럼 사람들을 강타했다.

어느 날 피에르는, 황제가 국민에게 내렸다는 담화문 및 전쟁에 관한 최근 소식을 모스크바 총독인 로스토프친 백작에게서 얻어낸 뒤 로스토프 집안 사람들에게 갔다. 피에르는 가족들이 모인 가운데 황제가 내린 조칙을 꺼냈고 소냐가 읽었다.

'우리의 옛 수도 모스크바에 알리노라'로 조칙은 시작되고 있었다.

이어서 조칙에는 적이 대군을 이끌고 러시아 국경을 침범하였으며 우리의 사랑하는 조국을 황폐케 하려고 진군하고 있다는 내용으로 이어지고 있었다. 황제는 '짐은 모스크바의 저명한 귀족들에게 희망을 걸고 있도다'라고 쓴 후 다음과 같이 조칙을 맺고 있었다.

짐은 머지않아, 이곳 우리의 옛 수도 모스크바에서 우리 국민들 앞에 모습을 나타내리라. 또한 우리 제국 그 어디든 필요한 곳에서 국민들을 만나보리라. 그리하여 지금 이미 조직되어 적들의 침범을 저지하고 있는 민병대 뿐 아니라, 적들을 보이는 대로 격파하기 위해 지금 새롭게 조직되고 있는 민병대들에 대해 국민들과 협의하고, 짐이 직접 선두에서 지휘하고자 하노라. 적들이 우리에게 가하고자 하는 불행이 바로 그들 머리 위에 떨어지고, 그리하여 멍에에서 벗어난 유럽 전체가 러시아를 찬미하게 하리라!

소녀가 읽기를 끝내자 로스토프 백작이 눈물로 촉촉해진 눈을 들어, 거칠어진 숨결 때문에 몇 번 더듬거리며 말했다.

"백번 지당하신 말씀! 폐하께서 한 마디만 하시면 우리는 무엇이든 희생할 준비가 되어 있다!"

그러자 피에르가 말했다.

"그런데 백작님, 조직에 국민들과 협의하겠다고 폐하께서 말씀하신 걸 들으셨지요?"

백작이 피에르의 말에 뭐라고 대답하기도 전에 폐차가 아버지 앞으로 나서며 약간은 겁먹은 듯 변성기의 목소리로 말했다.

"아빠, 그리고 엄마! 저도 드릴 말씀이…… 두 분이 어쩌실지 모르겠지만…… 저를, 저를…… 군대에 보내주세요! 더 이상…… 더 이상…… 그래요! 더 이상 말이 필요 없어요!"

백작 부인은 놀라서 아들을 바라보더니 불만스러운 눈길로 남편을 바라보았다.

"여보, 쟤가 무슨 소리를 하고 있는 거예요!"

감격에 젖어 있던 백작도 제정신을 차리고 말했다.

"아니, 너 정신이 나갔구나! 허, 대단한 용사가 한 분 나오셨군! 쓸데없는 소리 말고 너는 공부나 더 해!"

"정신 나간 게 아니에요." 페차가 계속 항변하듯 말했다. "저보다 어린 친구도 군대에 가겠다고 해요. 공부나 하라고요? 지금 공부가 되겠어요? 이런 마당에……."

"잔소리 말아! 아직 어린애면서 군대는 무슨 군대!"

로스토프 백작은 일거에 아들의 말을 잘라버리고 서재에서 자세히 읽으려는 듯 조칙을 들고 방에서 나가려 했다. 그는 밖으로 나가려다 피에르에게 말했다.

"베주호프 백작, 함께 가서 담배 한 대 피우지 않겠소?"

피에르는 당황한 모습으로 주저했다. 나타샤가 전에 없이 반짝이는 생생한 눈빛으로 그를 바라보고 있던 것이었다.

"정말 감사합니다만, 저는 이만 집으로 돌아가는 게……."

"아니, 집으로 돌아가다니요! 저녁때까지 있을 생각이 아니었나요? 자주 찾아오지도 않으면서…… 그리고 저 애는……." 백작은 나타샤를 가리키며 말했다. "당신이 있을 때만 생기가 난단 말씀이야."

"아, 네. 하지만 깜빡 잊고 있던 일이 있어서…… 제게 할 일이 있습니다. 집에서 할 일이……."

"정, 그렇다면…… 그럼, 잘 가시오."

말을 마치고 로스토프 백작은 방에서 나갔다.

백작이 방에서 나가자 나타샤가 피에르를 똑바로 바라보며 말했다.

"왜 가시려는 거예요? 표정이 왜 그러세요? 무슨 걱정거리라도 있으세요?"

피에르는 "당신을 사랑하기 때문입니다!"라고 말하고 싶었다. 하지만 그는 당황한 듯 얼굴을 붉힌 채 침묵을 지키더니 고개를 떨어뜨렸다.

"왜 그러시는 거예요? 제발 말씀해주세요."

나타샤는 피에르를 바라보며 재차 묻다가 그만 입을 닫아버렸다. 두 사람의 눈길이 마주친 것이다. 두 눈길 모두 당황한 것 같기도 했고, 두려워하는 것 같기도 했다. 피에르는 미소를 지으려 했으나 웃을 수 없었다. 그가 억지로 짓는 미소는 차라리 고통을 보여주고 있었다. 그는 나타샤의 손을 잡은 후 입을 맞추더니 한 마디 말도 없이 밖으로 나가버렸다. 그리고 다시는 로스토프 집안에 발길을 않으리라 결심했다.

이튿날 황제가 모스크바에 도착했다. 황제는 크렘린 궁 앞에 구름처럼 모인 국민들 사이에 모습을 드러냈다. 페차도 군중 속에 섞여 멀리 황제의 모습을 바라보며 환호했다.

그로부터 사흘 뒤 슬로브드스키 궁전 앞에 수많은 마차들이 줄지어 서 있었다.

궁전 홀들은 사람들로 가득 차 있었다. 첫 번째 홀에는 귀족들이, 두 번째 홀에는 가슴에 훈장을 단 부유한 상인들이 있었다. 피에르도 귀족들이 모여 있는 홀 안에 있었다. 대부분 피에르가 자택과 클럽에서 마주치던 사람들이었다. 귀족들은 대부분 제복을 입고 있었다. 피에르도 몸에 꽉 끼는 제복을 억지로 입고 아침 일찍부터 홀에 와 앉아 있었다.

모인 사람들은 과연 의용군에 의한 민병대가 더 효율적인지 아니면 이 기회에 전 국민 징병제가 옳은지에 대해 갑론을박했다. 그러자 원로원 의원 한 명이 나서서 말했다.

"여러분, 우리는 민병대 제도와 징병제 중 어느 것이 더 국가 이익에 부합되는지 판단하기 위해 이곳에 모인 것이 아닙니다. 우리는 폐하께서 선언하신 것에 대해 화답하기 위해 이곳에 모인 것입니다. 민병대냐, 징병제냐 하는 문제는 폐하께서 결정하실 문제입니다."

그때까지 얌전히 있던 피에르는 원로원 의원의 틀에 박힌 말에 분노가 치솟았다. 피에르는 앞으로 나서며 그의 말을 가로막았다. 미리 무슨 말을 하겠다는 생각도 없었지만 그는 프랑스어와 러시아어를 섞어가며 자못 활기 있게 말했다. 그는 그 원로원 의원을 잘 알고 있었지만 가능한 한 공식적인 용어를 사용하려고 애썼다.

"각하, 대단히 죄송합니다만, 한 말씀 여쭙겠습니다. 저는 우리 귀족들이 이렇게 소집된 것이 폐하의 말씀에 공감하고 감격하기 위한 것도 있지만, 우리의 조국을 구할 방법을 우리도 함께 강구해보기 위해서라고 생각합니다." 말을 하면서 그는 점점 더 흥분했다. 그는 말을 이었다. "우리가 단지 폐하께 제공할 수 있는 농노의 소유자, 혹은 우리 자신을 대포의 밥으로 바칠

각오가 되어 있는 사람들 정도임을 폐하께서 아시게 되신다면, 폐하께서도 불만족이실 것입니다. 폐하께서는 우리가 진정한 조…… 조언자가 되기를 원하실 것입니다."

원로원 의원은 피에르의 말을 듣고 비웃는 듯한 웃음을 지었다. 그리고 주변에서 함께 토론을 벌이던 사람들이 피에르의 과격한 발언을 듣고 슬그머니 어디론가 사라졌다. 피에르는 아랑곳 하지 않고 말을 이었다.

"이 문제를 논의하기에 앞서 우리들은 폐하께 감히 여쭤봐야 합니다. 우리 군대는 정확히 몇 명이나 되는지, 우리 군대의 상황은 어떠한지, 그런 다음에……."

하지만 피에르의 말이 끝나기도 전에 여기저기서 반론이 터져 나왔다. 폐하에게 그런 것을 물을 권리가 우리에게는 없으며 폐하는 우리가 질문에 대답할 의무가 없다는 것이었다. 이어서 결정적인 한 마디가 좌중을 압도했다.

"아니, 지금 우리가 한가하게 그런 것을 논의하고 있을 때란 말입니까!"

피에르가 전부터 알고 있던 귀족으로서 노름판이나 집시의 집에 드나들던, 평판이 별로 안 좋은 40대 사내였다. 그는 가슴을 치며 열변을 토했다.

"지금은 행동할 때입니다, 여러분! 전쟁은 이제 우리 러시아 본토에서 벌어지고 있습니다. 적은 러시아를 멸망시키기 위해, 우리 조상들의 묘를 욕보이고 우리들의 처자를 약탈하기 위해 진군하고 있습니다! 우리들은 모두 일어나야 합니다! 황제 폐하를 위하여! 우리 모두 다! 우리 러시아인들이 조국을 위하여 어떻게 제 한 몸을 바치는지, 전 유럽에 보여줘야 합니다!"

그의 절규에 찬성한다는 목소리가 여기저기서 들렸다. 피에르는 한 마디도 할 수 없었다. 그도 기꺼이 돈과 농부, 자기 자신까지 희생할 각오가 되어 있지만 제대로 황제를 돕고 러시아를 구하기 위해서는 상황을 제대로 알 필요가 있다고 말하고 싶었다. 하지만 도저히 기회가 없었다. 연이어 몇 사람의 열변이 이어졌으며, 사람들은 흥분했다. 그들은 제복을 차려입은 귀족들이었지만 그 순간은 그저 흥분한 군중에 불과했다. 그리고 그런 흥분한 군중들에게는 구체적인 증오의 대상이 필요했다. 피에르는 졸지에 사람들의 적이 되고 말았다. 그 와중에 피에르 자신도 자기가 뭔가 잘못한 것처럼 느낄 수밖에 없었다.

잠시 후 로스토프친 백작이 홀 안으로 들어와서 황제 폐하께서 곧 납실 것이라고 말했다. 그러자 탁자 앞에 앉아 있던 고관들끼리 협의를 시작했다. 누군가가 돈은 상인들이 얼마든지 제공할 테니 우리들은 의용병을 제공하고 자기 몸을 아끼지 않아야 한다고 말했다. 이어서 노인들의 몇 마디 말이 들렸고 그들 사이에 찬성한다는 말이 간간히 들려왔다. 이어서 모스크바의 귀족단은 스몰렌스크에서 그랬듯 농부 천 명당 열 명의 민병과 그에 소요되는 군 장비 일체를 제공하겠다는 결의서를 작성했다. 회의에 참석했던 귀족들은 마치 큰 짐이라도 내려놓은 듯, 의자를 덜거덕거리며 자리에서 일어났다.

이어서 황제가 홀 안으로 들어섰고, 귀족단 대표가 방금 작성한 결의문을 황제에게 상정했다. 황제가 떨리는 목소리로 모스크바 귀족들이 보인 애국심과 충성심에 감사한다고 말했고 사방에서 감격의 함성이 울렸다. 황제도 감격의 눈물을 흘리고 있었다. 그 순간 피에르도 감격했다. 그는 조국을 위해서, 황제를 위해서 그 무엇이건 희생할 각오가 되어 있었다. 그리고 마치 입헌군주제 냄새를 풍기는 것 같았던 자신의 발언을 스스로 비난했다. 그는 그 자리에서 1,000명의 민병대와 그들의 유지비용을 제공하겠다고 로스토프친 백작에게 선언했다.

집으로 돌아온 로스토프 백작은 눈물을 철철 흘리며 아내에게 그날 있었던 일을 이야기해주었다. 그리고 바로 그 자리에서 페차의 간청을 받아들였고, 그가 직접 경기병 연대에 지원서를 보냈다.

　다음 날 황제는 모스크바를 떠났다. 모스크바의 귀족들은 제복을 벗고 다시 평상복을 입었다. 그들은 집사에게 의용병 모집 명령을 내리면서 자신들이 내린 결정에 스스로 놀라 절로 한숨이 나오는 것을 어쩔 수 없었다.

제

9

부

제1장

나폴레옹은 왜 러시아에서 전쟁을 벌였던 것일까? 그가 드레스덴에 가지 않고는 못 배겼기 때문이고, 주변의 아첨하는 말에 정신이 팔렸기 때문이다. 또한 그가 폴란드 군복을 입고 싶어 견딜 수 없었기 때문이고 6월 아침의 자극적인 유혹을 물리칠 수 없었기 때문이다.

알렉산드르는 개인적인 모욕감 때문에 모든 협상을 거부했다. 바르클라이 드 톨리는 개인적인 의무를 다 하고 훌륭한 지휘관으로서의 명성을 얻기 위해 그의 부대를 훌륭하게 지휘했다. 니콜라이 로스토프가 전장에서 프랑스군 뒤를 열심히 쫓았던 것은 광활한 들판을 마음껏 달려보고 싶다는 욕망에서였다.

이 역사적인 전쟁에 참여했던 모든 사람들도 다 마찬가지다.

그들은 각자 개인적인 취향, 습관, 욕망에 따라 행동한 것이다. 이들은 모두 나름대로의 근심, 허영, 기쁨, 비판의 감정들에 의해 행동하면서 자신들이 지금 무엇을 하고 있는지 잘 알고 있으며, 그 행동이 자신의 자유의지에서 비롯된 것이라고 착각하고 있었다. 하지만 그들은 모두 단지 역사의 도구에 지나지 않는다. 그들은 후세 사람들인 우리들만 알 수 있을 뿐 그들 자신은 스스로 무엇을 하는지 알 수 없었던 그런 일을 수행한 것이다. 그것이 행동하는 인간의 피할 수 없는 숙명이며, 인간 사회에서 지위가 높으면 높을수록 그 숙명에서 벗어나기 힘들다.

우리는 지금 1812년 전쟁이 벌어졌던 그 상황에서 멀찌감치 떨어져 있다. 그 당시 활동의 주역들은 이미 역사의 현장에서 물러났고, 우리 눈앞에 남아 있는 것은 오로지 그 결과물뿐이다. 그리고 그 결과물은 나폴레옹과 알렉산드르를 비롯해 당시 전쟁의 주역이었던 모든 당사자 중 그 누구도 알지 못했고 예상하지 못했다.

우리는 결국 나폴레옹이 패망했다는 역사적 사실을 알고 있다. 그 원인 중 하나는 그의 군대가 겨울철 원정 준비가 전혀 되지 않은 채 너무 일찍 러시아에 들어왔다는 데 있다. 또 다른 하나는 나폴레옹이 러시아 도시들에 불을 지름으로써 러시아 국민들에게 적을 향한 적개심을 고취시켜 전쟁의 성격이 변해 버린 데 있다. 지금은 그 누구도 그 말을 반박할 사람이 없겠지만 그 당시는 이처럼 명백한 사실을 알고 있던 사람이 아무도 없었다. 가장 훌륭한 지휘관의 지휘를 받는 세상에서 가장 우수한 80만의 대군이, 그 힘이 절반에도 미치지 못할 정도로 약하며, 경험 없는 장군들의 지휘를 받는 군대에게, 단지 이 두 가지 이유 때문에 패하게 되리라고 예상한 사람은 한 사람도 없었다.

아니, 예상하기는커녕 러시아 측에서는 러시아를 살릴 유일한 방법을 막기 위해서 기를 쓰고 있었고, 나폴레옹이라는 천재의 지휘를 받고 있던 경험 많은 프랑스군은 여름이 끝날 무렵 허겁지겁 모스크바 진격을 서두름으로써 자신들의 패망을 재촉했던 것이다.

1812년의 전쟁에 대해 프랑스 측 역사가들은 전선이 확대됨에 따라 맞이하게 될 위험을 나폴레옹이 미리 감지하고 있었다는 등, 나폴레옹은 한시바삐 일대 결전을 벌이려 했는데 뜻대로 되지 않았다는 등, 나폴레옹의 측근들이 스몰렌스크에서 전진을 중지하자고 그에게 건의했다는 등…… 기타 이런저런 자료들을 늘어놓으며 당시 프랑스 측이 이미 그 전쟁의 위험을 알고 있었던 것처럼 쓰고 있다.

한편 러시아 측 저자들은 나폴레옹을 러시아 땅 깊숙이 유인하는 스키타이 식 전략이 마치 전쟁 초기부터 세워져 있던 것처럼 주장하면서, 그런 전략을 암시하는 온갖 기록, 작전 계획서, 편지들을 인용한다. 하지만 프랑스 측이건 러시아 측이건 그런 암시들이 부각되는 것은 그것들이 단지 실제 결과와 우연히 부합되었기 때문일 뿐이다. 만일 결과가 달랐다면 틀림없이 그런 암시들은 까맣게 잊혔을 것이다. 그것은 그런 암시나 예상과는 반대되는 수많은 의견들, 실제로는 당시 많은 사람들이 공유하고 있던 다수의 의견들이, 단지 결과와 부합되지 않는다는 이유로 잊힌 것과 마찬가지다. 이 세상에는 무슨 일이 벌어진 뒤 "그럴 줄 알았다고 내가 말했잖아"라고 하는 사람이 언제고 존재하는 법이다.

결국 나폴레옹이 전선 확대를 우려하고 있었다거나 러시아가 나폴레옹 군대를 제국 깊숙이 끌어들이려는 전략을 수립하고 있었다는 역사가들의 주장은 사실이 아닐뿐더러 황당하기조차 하다. 당시의 상황을 총체적으로 살펴볼 때 그 어떤 사실도 그런 주장과 부합되지 않는다. 프랑스군대가 러시아를 침입할 때부터 러시아는 이들을 막기 위해 안간 힘을 쓰고 있었다.

또한 나폴레옹은 전선의 확대를 두려워하기는커녕 러시아 땅을 향해 일보 전진할 때마다 이를 승리로 생각하며 자축했다.

전쟁 초기, 러시아 부대들은 서로 찢긴 채 연락이 두절되어 있었다. 당시 우리 군대의 유일한 목표는 흩어진 부대들을 결집시키는 것이었다. 만일 우리의 전략이 계속 퇴각하면서 프랑스군을 제국 깊숙이 끌어들이는 데 있었다면, 부대가 결집하는 것은 아무런 도움이 되지 않는다. 러시아군은 오로지 적들을 저지하기 위해 결집하려 했다. 황제가 일선 부대를 방문한 것도 군대의 사기를 드높여 러시아 땅을 적에게 한 치도 내주지 않기 위해서였지, 질서정연한 후퇴를 위해서가 아니었다.

그렇기에 황제는 군대가 한 발자국이라고 후퇴하면 곧바로 총사령관을 견책했다. 황제는 적군이 모스크바에 입성해서 도시를 불태우는 일은 고사하고, 적군이 스몰렌스크까지 진격하는 일조차 상상할 수 없었다. 황제는 일대 결전도 없이 스몰렌스크가 점령되었다는 말을 듣고 불같이 화를 냈다. 황제가 그 정도였으니 장군들과 일반 국민들도 우리 군대가 영토 깊숙이 후퇴한다는 것은 생각조차 할 수 없는 일인 동시에, 기가 막힌 일이었다.

그해 8월 나폴레옹은 스몰렌스크에 입성했다. 나폴레옹의 머릿속에는 러시아군과 일대 결전을 벌여 적을 패퇴시키겠다는 생각보다는 오로지 전진, 전진이라는 생각만 들어 있었다.

그렇다면 러시아군은 어떠했는가? 러시아군은 전쟁이 시작되자마자 두 동강이 나고 말았다. 다시 말하지만 우리 군대의 유일한 목표는 두 동강난 부대가 결집해서 프랑스군과 일전을 치르고 그들의 전진을 가로막는 것이었다. 러시아군은 전군이 결집하기 전에 적과 전투를 벌이는 것을 피했다. 따라서 두 부대가 예각을 이룬 채 후퇴할 수밖에 없었고 결국 프랑스군이 스몰렌스크까지 진군할 수 있었다.

러시아군대가 둘로 나뉜 채 후미가 점점 더 예각을 이루며 후퇴할 수밖에 없었던 것은 프랑스군이 우리 부대를 둘로 가르고 그 사이로 진격한 때문만은 아니었다. 톨리의 지휘를 받게 되어 있던 바그라티온이 독일 출신의 톨리를 싫어한 때문이었다. 제2부대 지휘를 맡고 있던 바그라티온은 톨리의 휘하에 들어가는 것이 끔찍하게 싫어서 가능한 한 부대의 합류를 늦추려 했다. 바그라티온은 합류를 서두르기보다는 더 남쪽으로 후퇴하면서 적군이 측면과 후면 공격을 우려하게 만들어야 한다고 둘러댔다. 그리고 우크라이나에서 부대를 재정비하는 것이 낫다고 주장했다. 하지만 실제로는 자기가 싫어할뿐더러 자신보다 계급도 낮으며 게다가 외국인인 톨리의 지휘를 받는 게 싫어서 그런 계획을 세운 것으로 보인다.

사기 진작을 위해 진지에 나가 있던 알렉산드르 황제는 모스크바로 돌아갔다. 총사령관에게 절대 권력을 주기 위해서였다. 황제가 떠난 뒤 톨리가 전권을 쥐게 되었다. 하지만 명목상으로만 그럴 뿐이었다. 황제를 따라가지 않고 남아 있던 황제 측근들이 끊임없이 톨리를 감시하고 침견했다.

이윽고 바그라티온의 부대가 스몰렌스크에서 합류하게 되자 상황은 더욱 나빠졌다. 죽어도 톨리의 지휘를 받기 싫었던 바그라티온은 황제에게 다른 부대로의 전속을 원한다고 상주했다. 그리고 주둔군 내에서는 전투 준비보다는 음모와 논쟁만이 오갔다. 그사이 프랑스군은 아무 저항 없이 스몰렌스크 성벽 아래에 이르렀다. 더 이상 망설일 수 없었다. 싫으나 좋으나 전투를 벌일 수밖에 없었다. 양측에서 수천 명의 사상자가 나왔으며 황제의 의지와 국민들의 열망에도 불구하고 스몰렌스크는 함락되었다!

도시는 지사에게 속은 주민들 스스로의 손으로 불탔다. 졸지에 모든 것을 잃은 주민들은 모스크바로 도망갔으며 그들은 모스크바 동포들의 적을 향한 적개심 고취에 좋은 자극제가 되었다. 그사이 러시아군은 계속 후퇴했고 나폴레옹 군은, 자신들을 위협하고 있는 위험에 대해서는 생각조차 않은 채 의기양양해서 전진을 계속했다. 이리하여, 그 누구도 예상치 않던 나폴레옹의 패망의 길이 열렸던 것이다!

제2장

　1812년 8월 1일, '민둥산'의 니콜라이 안드레이치 볼콘스키 공작에게 안드레이로부터 편지가 왔다. 비체브스카가 적군에게 함락된 후 그 근처에서 쓴 것이었다. 안드레이는 전투 상황을 간단히 보고한 뒤, 장차 전세가 어떻게 될 것인지 설명했다. 또한 안드레이는 아버지가 사는 '민둥산'이 싸움터에서 너무 가깝고 군대가 통과하는 길 근처라 위험하니 모스크바로 피신하시는 게 좋겠다고 권했다.

　볼콘스키 공작은 비체브스카에서 스몰렌스크까지는 불과 나흘 거리이니 어쩌면 적군이 지금쯤 스몰렌스크까지 와 있을지도 모른다고 생각했다. 그는 촛대 밑에 편지를 집어넣고 눈을 감았다. 안드레이가 다시 군대로 떠난 이후 그는 나이에 걸맞지 않게 민병대 일을 너무 열심히 했고 그 때문에 건강이 몹시 나빠져 있었다. 그의 머릿속에 눈부신 대낮, 도나우강변의 갈대밭과 러시아 진지들이 떠올랐다. 그리고 멋진 군복을 차려입은 자신이 어느 군막으로 들어가고 있는 모습이 보였다. 그리고 통통하게 살이 찐 예카테리나 여제의 모습이 떠올랐다. 이어서 여제와 대화를 나누던 순간들, 관에 누운 폐하의 손에 입을 맞추는 순서 때문에 누군가와 다투었던 기억이 떠올랐다.

노인은 꿈꾸듯 중얼거렸다.

'아, 다시 그 시대로 돌아갈 수 있다면! 오오, 지금 이 상태에서 정말 벗어나고 싶다!'

'민둥산'은 스몰렌스크로부터 60킬로미터 후방에 있었으며 모스크바로 통하는 국도로부터는 3킬로미터 정도 떨어져 있었다. 그 스몰렌스크가 드디어 함락되었다. 러시아 부대는 후퇴를 계속했다. 8월 10일 안드레이 대령이 지휘하는 연대는 '민둥산'에 이르는 대로까지 오게 되었다.

혹서와 가뭄이 3주째 계속되고 있었다. 가끔 짙은 구름이 해를 가리기도 했지만 어느새 말끔히 걷히고 저녁이면 태양은 붉은 갈색 노을 속으로 떨어졌다. 채 수확하지 못한 곡식은 바싹 말라 있었으며 굶주린 가축들은 작열하는 햇볕에 바싹 말라버린 평원과 늪지에서 헛되이 먹이를 찾아 헤매고 있었다. 밤이 되면 숲속에서 어느 정도 서늘함을 맛볼 수 있었지만 그것도 잠시뿐이었다.

날이 밝으면 병사들은 다시 행군을 시작했다. 도로에는 먼지가 수북이 쌓여 군수품과 대포를 실은 수레바퀴는 굴대까지 먼지에 파묻혀 소리 없이 움직였으며 보병들은 뜨거운 먼지 속을 복사뼈까지 파묻히며 행군했다. 발과 차바퀴에 짓이겨진 모래 먼지는 구름처럼 떠돌며 행군하는 병사들 위를 뒤덮었으며 거리를 걷는 사람들과 동물들의 눈, 머리털, 콧구멍에 달라붙었고 폐 속까지 파고 들었다.

안드레이는 연대장으로서 병사들의 건강 상태를 돌보는 한편 명령을 접수하고 하달하는 일 등자신의 임무를 열정을 다해 수행하고 있었다. 스몰렌스크가 함락되고 도시가 불길에 휩싸인 사건은 그의 삶에 있어 획기적인 사건이었다. 그 사건 이후 그는 침략자들을 극도로 증오하게 되었고, 그 증오 덕분에 개인적인 고통을 잊을 수 있었다. 그는 부하 장병들을 알뜰하게 돌보았고, 언제나 다정하게 대했기에 부대에서는 모두들 그를 '우리 공작님'이라고 불렀다. 하지만 그가 다정하게 대하는 사람들은 부하들이나 자기 과거를 모르는 사람들로 국한되어 있었다. 어쩌다 전부터 알고 지내던 사람이나 자신의 과거를 알고 있는 사람을 만나면 그는 완전히 돌변해서 냉소적이고 공격적인 모습을 보였다. 그는 자신의 과거를 떠오르게 만드는 모든 것이 싫었다.

퇴각하는 부대가 '민둥산' 가까이에 이르자 안드레이는 그곳에 한 번 들러보기로 마음먹었다. 그는 아버지와 아들과 누이가 이미 이틀 전에 모스크바로 피신한 것으로 알고 있었다. 하지만 이상한 욕망이 고개를 들었다. 잠시 잊고 있던 개인적 고통을 다시 한번 맛보고 싶다는 욕망! 그 욕망은 그가 선천적으로 타고난 욕망이기도 했다.

그는 말에 오른 후 행군 중인 대열에서 벗어나 그가 태어나서 자란 곳으로 말을 몰았다. 평소에는 아낙네들이 노래를 흥얼거리거나 잡담을 하면서 빨랫방망이를 두드리던 연못 곁을 지나면서 그는 사람들이 한 명도 없는 것을 보고 새삼 놀랐다. 연못 한가운데 반쯤 물에 잠긴 빨래판이 떠돌고 있을 뿐이었다.

안드레이는 현관으로 들어섰다. 파수막에는 아무도 없었고 문은 활짝 열려 있었다. 뜰 안에는 벌써 잡초가 무성했고 송아지와 당나귀가 영국식 정원을 어슬렁거리고 있었다. 온실 곁으로 가보니 유리창은 모두 깨져 있었고 화분의 꽃나무들은 시들 거나 쓰러져 있었다.

안드레이는 마침내 본채에 다다랐다. 창문의 덧창은 1층 한 곳만 제외하고는 모두 닫혀 있었다. 한 사내아이가 현관에 혼자 앉아 있다가 말을 타고 오는 사람을 보자 잽싸게 집 안으로 들어갔다.

집에는 집사 알파티치만 남아 있었다. 그는 집안에서 안경을 콧등에 걸치고 책을 읽고 있다가 안드레이가 왔다는 말에 황급히 밖으로 나왔다. 안드레이를 본 그는 말문을 열지 못한 채 안드레이의 무릎에 입을 맞추며 울음을 터뜨렸다.

이어서 집사는 이곳 '민둥산'의 상황을 안드레이에게 보고했다. 그는 값진 것들은 모두 보구차로보 마을로 옮겼기에 이곳에는 남은 것들이 거의 없다고 말했다. 곡식도 거의 2만 리터 정도를 운반했다는 것이었다. 그의 말에 의하면 올해는 대단한 풍작이었다. 하지만 건초와 가을갈이 보리는 미처 여물기도 전에 군에 징발되었고, 농민들은 대단히 어려운 지경에 빠졌다고 그는 말했으며, 대부분의 농민들도 보구차로보 마을로 이주해서 이곳에는 극소수밖에 남아 있지 않다고 덧붙였다.

안드레이는 그의 말을 도중에 자르고 가장 궁금하던 것을 물었다.

"아버님과 누이는 언제 떠났나?"

그는 가족들이 모스크바로 떠난 줄 알고 물은 것이었다. 하지만 집사는 언제 보구차로보 마을로 떠났느냐고 묻는 줄 알고 7일에 떠났다고 대답했다. 잠시 후 안드레이는 부대로 돌아갔다.

사실 안드레이의 가족들은 안드레이가 알고 있던 대로 모스크바로 떠난 것이 아니었다.

안드레이의 편지를 받은 후 노공작은 여러 마을에서 민병을 모아 무장하도록 명령한 후, 자기는 끝까지 이곳을 사수하겠다고 총사령관에게 편지를 보냈다. 그리고 마리아에게 어린 조카를 데리고 일단 보구차로보 마을로 피신했다가 다시 모스크바로 가라고 명령했다. 마리아는 시름시름 앓는 것 같던 아버지가 갑자기 기운을 차리고 전과 달리 활동적인 모습을 보이자 오히려 당황했다. 그리고 그런 아버지를 혼자 남겨두고 홀쩍 떠날 수는 없다고 생각했다. 그녀는 난생처음으로 아버지의 명령을 거부했다. 그러자 공작의 분노가 벼락처럼 그녀의 머리에 떨어졌다. 노공작은 마리아에게 온갖 욕을 퍼부으며 꼴도 보기 싫으니 눈앞에 얼쩡거리지도 말라고 선언하고는 서재에서 쫓아냈다. 마리아는 눈앞에 얼쩡거리지도 말라는 아버지의 말을 자기가 집에 남아 있기를 아버지가 바라고 있다는 증거라고 해석하고 조카만 모스크바로 보내고 그대로 남아 있었다.

다음 날 노공작은 아침부터 총사령관을 방문하겠다며 군복에 훈장을 있는 대로 다 달고 집을 나섰다. 그러나 노공작은 채 집을 나서기도 전에 무장한 농부들과 하인들을 사열하다가 그대로 그 자리에서 쓰러지고 말았다. 그날 밤 불려온 의사는 공작이 뇌졸중을 일으켜 오른쪽이 반신불수가 됐다고 진단했다. 그리고 발작이 일어난 이튿날 마리아는 노공작을 보구차로보로 옮겼다.

반신불수가 된 공작은 앓아누운 채 꼼짝도 하지 못했다. 의사는 회복될 가능성이 없다고 단언했다. 마리아는 아버지의 최후가 가까웠다는 것을 알고 열심히 기도했다.

이제 점차 보구차로보 마을도 위태롭게 되었다. 프랑스군이 접근해오고 있다는 소문이 파다하게 퍼졌으며 그곳에서 15킬로미터 정도 떨어진 어느 마을의 집이 프랑스 병사들에게 약탈당했다는 소식도 들려왔다.

모든 사람들이 마리아에게 될 수 있는 한 빨리 이곳을 떠나라고 권했다. 마리아는 15일에 떠나기로 작정했다. 떠나기 전날 그녀는 출발 준비로 이것저것 지시하느라 정신없이 바빴다. 이윽고 밤이 되자 그녀는 평소대로 노공작의 옆방에서 밤을 지새웠다.

그녀는 간간이 아버지가 누워 있는 방에 귀를 기울였다. 환자는 이날 따라 더 자주 신음을 하는 것 같았으며 몸을 더 뒤척이는 것 같았다. 그녀는 몇 번이고 아버지 방으로 들어가려다 참았다. 누구든 자신을 염려하는 모습을 보이는 것을 아버지가 심히 불쾌하게 여긴다는 것을 잘 알고 있던 때문이었다. 날이 샐 무렵이 되어서야, 아버지가 좀 잠잠해진 것 같아서 그녀는 겨우 눈을 붙일 수 있었다.

이튿날 그녀가 눈을 뜬 후 세수를 하고 현관으로 나가니 의사가 기다리고 있었다.

"아가씨를 찾고 있던 중입니다. 공작께서 오늘 정신이 좀 맑아지신 것 같습니다. 말씀도 알아들으시고 몇 마디 말씀도 하십니다. 아가씨를 보시자고 하십니다. 함께 가시지요."

마리아는 아버지의 방으로 들어가 침대 곁으로 다가갔다. 공작은 머리를 높이 하고 반듯이 누워 있었다. 혈관이 튀어나온 앙상한 손이 이불 위에 놓여 있었고 왼쪽 눈은 정면을 향하고 있었으나 오른쪽 눈은 비스듬히 당겨 올라가 있었다. 얼굴은 아주 작아진 것 같았다. 마리아는 아버지의 손을 잡고 입을 맞추었다.

아버지는 억지로 입술과 혀를 움직이며 뭔가 말을 하려 했다. 처음에는 무슨 말인지 도저히 알아들을 수 없었으나 이윽고 공작이 겨우 더듬더듬 말했다.

"언제나…… 너를…… 너를…… 생각하고…… 있었다. 고맙다, 아가……. 여러 가지로…… 나를 용서해다오…… 고맙다…… 용서해다오…… 고맙다! 안드류사(안드레이)를…… 불러 줄 수 있겠니?"

공작의 눈에서 눈물이 흐르고 있었다.

"아버지, 오빠가 편지를 보냈어요. 오빠가 스몰렌스크에 있어요."

그러자 공작이 작은 목소리로 또렷하게 말했다.

"오, 러시아는…… 러시아는 멸망했다!"

마리아는 흐르는 눈물을 멈추지 못했다. 잠시 후 아버지가 숨을 거두었다. 마리아는 두 손으로 얼굴을 가린 채 뒤에서 그녀의 몸을 받쳐준 의사의 팔에 쓰러지고 말았다.

제3장

보구차로보 마을은 안드레이가 자리를 잡고 살기 전까지는 노공작이 거의 방치하다시피 하던 곳으로서 그곳의 농부들은 '민둥산'의 농부들과 말씨도 달랐고 풍습도 달랐으며 기질도 달랐다. 그들은 스스로를 '초원의 주민들'이라고 일컬었다. 그들은 근면했기에 노공작은 수확기나 관개공사 등의 큰일이 있으면 그들을 불러 일을 시켰다. 하지만 노공작은 그들이 야생적이라며 그들을 좋아하지 않았다.

최근 안드레이가 그곳에 거주하면서 농부들을 위한 개혁도 단행했고, 병원, 학교 등을 세웠으며 소작료를 대폭 줄이기도 했지만 그들을 순화하기는커녕 오히려 노공작이 야생적이라고 했던 그들의 기질을 더욱 북돋웠을 뿐이었다. 게다가 최근 들어 그들 사이에 이상한 소문이 떠돌고 있었다. 예컨대 마을 사람들이 모두 러시아군 전초병인 카자크 군에 편입될 것이라는 등, 새로운 종교를 강요받게 될 것이라는 등, 이미 농노 해방이 되었는데 자신들만 모르고 있다는 등 전혀 사실과 동떨어진 소문들이었다. 게다가 프랑스와 전쟁이 벌어지자 그들이 모호하게 지니고 있던 반 그리스도적인 경향, 종말론, 절대적인 자유의 개념들은 그들의 상상력 속에서 한껏 나래를 펼쳤다.

노공작이 사망하기 조금 전에 이 마을로 온 집사 알파티치는 심상치 않은 낌새를 눈치챘다. 반경 60킬로미터나 되는 '민둥산'의 농민들이 마을을 떠나 피난길에 오른 것과는 반대로 이곳 농민들은 전혀 떠날 생각을 않고 있었다. 게다가 이미 프랑스군과 내통하여 프랑스군이 작성한 유인물들을 이리저리 전하고 다니는 농부들도 있다는 것을 알게 되었다. 이어서 프랑스군은 마을에 들어와서도 주민들에게 전혀 피해를 끼치지 않는다는 프랑스군의 선전물도 농민들 사이에서 떠돌았다.

그러나 그가 알게 된 정작 중요한 사실은 다른 데 있었다. 그가 마을의 촌장 드론을 불러서 마리아의 짐을 실어내갈 짐마차들을 불러 모으라고 지시한 바로 그날 아침에 마을에서 집회가 열렸고, 농민들은 이곳을 떠나지 않기로 결의했다는 사실이었다.

짐마차를 스무 대가량 준비해놓으라는 알파티치의 지시에 드론은 마차를 끌 말이 없다고 대답했다. 드론은 말들이 모두 이미 짐을 나르고 있거나 군대의 짐을 나르도록 징발되었다는 핑계를 댔다. 드론은 23년 동안 성실하고 정확하게 마름 노릇을 해온 사람이었다. 농부들은 주인보다 오히려 드론을 더 어려워하고 있었으며 노공작뿐 아니라 새 주인 안드레이까지도 그를 '대신'이라고 부르며 존중했다. 그런 그가 당치도 않은 핑계를 대자 알파티치는 기가 막혔다. 드론은 짐마차는커녕 승용마차를 몰 말도 없다고 했다.

알파티치는 노련하고 눈치가 빠른 사람이었다. 그는 드론의 말이 개인적 의견이 아니라 요즘 새로운 분위기에 휩싸여 있는 농부들 전체의 생각을 대변하고 있음을 알았다.

그가 드론에게 말했다.

"이보게, 자네 어떻게 이럴 수 있나! 주인께서 자네들 모두 피난하라고 명령하셨네. 자네들이 적군 수중에 넘어가지 않도록 말이야. 게다가 황제 폐하께서도 명령하셨어. 자네들이 이곳을 떠나지 않는 것은 폐하께 반역하는 거야. 알겠나?"

드론은 고개를 돌린 채 들릴락 말락 하게 "알겠습니다. 하지만……"이라고 우물거렸다.

그러자 알파티치가 호통을 쳤다.

"정말 바보같이 이럴 거야! 자, 농부들에게 당장 모스크바로 떠날 준비를 하라고 일러! 내일까지 마차를 준비하라고 이르란 말이야! 그리고, 자네…… 자네는 그 집회 따위에는 가지 마!"

드론은 그 자리에서 털썩 무릎을 꿇었다.

"집사님, 차라리 제가 그만두겠습니다. 자, 여기 열쇠가 있습니다."

"잔소리 그만둬!"

호통을 치기는 했지만 알파티치는 아무래도 경찰의 힘을 빌리지 않고는 짐마차를 모을 수 없다고 생각했다.

과연 저녁이 되어도 마차는 모이지 않았고, 마을 주막에서는 다시 농민들의 집회가 열렸다. 농민들은 절대로 마차를 내주지 말자고 결의했다. 그뿐 아니었다. 아예 주인을 이곳에서 떠나보내지 말자는 과격한 결정을 내렸다. 알파티치는 그런 결정이 내려진 줄 모르는 채 경찰서장을 찾아갔다. 하지만 경찰서장 가족은 이미 피난을 가고 없었기에 허탕을 쳤을 뿐이었다.

알파티치가 경찰서장을 찾아가고 없을 때 드론이 마리아를 찾아왔다. 그리고 농부들이 모두들 마리아의 지시대로 식량 창고 옆 목장에 모여서 마리아를 기다리고 있다고 전했다. 그런 지시를 내린 적이 없는 마리아는 의아할 뿐이었다. 사실은 농부들이 그녀와의 면담을 요구한 것이었지만 드론이 차마 제대로 전하지 못하고 둘러댄 것이었다.

마리아는 그들이 이곳을 떠나려 하지 않을뿐더러, 마차도 내주지 않으려 한다는 사실을 까맣게 모르고 있었다. 게다가 한술 더 떠서 그녀도 이곳에 붙잡아두겠다는 결정을 했을 줄은 꿈에도 생각하지 못했다. 그녀는 그들을 모두 모스크바의 소유지로 데려가서 살 집도 주고 다달이 생활비도 줄 작정이었으며 식량도 나누어줄 생각이었다.

'그런데 그들이 왜 나를 보자고 하는 거지? 아마, 그들을 이곳에 내버려두고 나 혼자 도망갈 줄 알았나봐. 내가 직접 가서 사실대로 말해줘야지'라고 그녀는 생각했다.

그녀가 나타나자 농부들은 한 군데 모여 웅성거리고 있다가 얼른 모자를 벗고 모두 그녀를 바라보았다. 숱한 눈들이 일제히 자기를 향하자 마리아는 어디로 눈을 두어야 할지 몰랐다. 도대체 여러 사람 앞에 서는 것 자체가 처음이어서 어떻게 말문을 열어야 할지 난감하기만 했다. 하지만 아버지와 오라버니를 대신해서 주어진 의무를 수행해야 한다는 생각이 그녀에게 힘을 북돋워주었다. 그녀는 용기를 내어 연설을 시작했다.

"이렇게들 모여주어서 고마워요." 그녀는 심장이 쿵쾅거리는 것을 느끼며 눈을 들지도 못한 채 말을 시작했다. "저는 여러분이 전쟁 때문에 큰 고통을 겪고 있다는 걸 잘 알고 있어요. 우리 모두가 함께 겪는 고통이니 여러분들을 도울 수 있는 일이라면 뭐든 하겠어요. 저는 이곳이 위험해졌으니 이곳을 떠날 작정이에요. 그리고 무엇이든…… 다 여러분들에게 나누어주겠어요. 여러분들을 내 친구라고 생각하고 있으니 무엇이든 가져가세요. 나는 여러분들을 이곳에 남겨두고 가지 않겠어요. 나는 여러분들이 가재도구들을 모두 챙겨 모스크바의 소유지로 가길 원해요. 그곳에 가면 여러분들이 잘 지낼 수 있도록 모든 책임을 제가 지겠어요."

농부들은 웅성거리며 한두 마디 했을 뿐 그 누구도 앞장서서 의견을 말하지 않았다. 아무도 말을 하지 않자 마리아는 농부들을 둘러보았다. 그녀와 눈이 마주치는 농부들은 한결같이 눈길을 피했다.

마침내 농부들 사이에서 고함이 들렸다.

"다 필요 없어!"

"왜 함께 가자는 거야! 우리보고 빈털터리가 되라는 거야?"

그러자 농부들의 표정이 일제히 적의에 찬 결의의 표정으로
바뀌었다.

이어서 여기저기서 고함이 들렸다.

"가면 안 돼!"

"달콤한 말로 우리를 속이려고! 갈 테면 저 혼자 가라고 해!
저 여자를 따라가면 신세를 망치고 말 거야! 노예가 되고 말 거
라고!"

"저 여자도 못 가게 해!"

마리아는 놀라서 황급히 농부들 곁을 떠나 집으로 돌아왔다.
그녀로서는 아무리 생각해도 농부들을 이해할 수가 없었다. 그
것은 그녀의 이해 밖의 일이었다.

제4장

8월 17일 니콜라이 로스토프는 일리인이라는 젊은 부하 장교 한 명과 전령 한 명을 데리고 보구차로보에서 15킬로미터 정도 떨어진 얀코보 숙영지를 떠났다. 건초를 구할 수 있는지 알아보려고 가까이 있는 보구차로보 마을을 둘러보기 위해서였다. 사흘 전부터 보구차로보 마을은 두 나라 군대 사이에 같은 거리를 두고 끼어 있어서 프랑스 전초부대와 러시아 후미부대가 언제고 그곳에서 마주칠 가능성이 있었다. 유능한 대대장인 니콜라이는 그 마을에 남아 있는 식량과 건초를 프랑스군이 손에 넣기 전에 미리 가져올 심산이었다.

니콜라이는 자기가 지금 찾아가고 있는 마을이 누이동생 나타샤의 약혼자였던 안드레이 소유의 마을이라는 것이라는 생각은 전혀 하지도 못하고 있었다. 마을로 들어서자 그들은 곡물 창고가 있는 쪽으로 갔다. 그곳에는 많은 농부들이 모여 있었다. 그들 중에는 다가오는 군인들을 보고 모자를 벗는 사람도 있었지만 대부분은 그저 빤히 쳐다보고만 있었다.

그들 가까이 가자 니콜라이가 한 농부에게 물었다.

"건초가 있소?"

그러자 방금 술집에서 나온 듯 거나하게 취한 농부 한 명이 니콜라이에게 물었다. "당신들은 어디 편이요?"

"프랑스군이지"라고 일라인이 웃으며 농담조로 말했다. 그리고 전령을 가리키며 말했다. "그리고 이분이 바로 나폴레옹 황제이시지."

"그러니까, 러시아군대라는 말씀이로군요." 한 농부가 그의 말을 되받았다.

그때였다. 저쪽으로부터 성큼성큼 누군가가 걸어오고 있었다. 바로 집사인 알파티치였다. 그는 공손하게 니콜라이에게 말했다.

"저희 주인께서 장교님들이 어떤 분들인지 알아보라고 하셔서 왔습니다. 저희 주인은 이달 15일에 돌아가신 전 육군 대장 니콜라이 안드레예비치 볼콘스키 공작님의 따님이십니다. 한

데 이 작자들이……." 그는 농부들을 손가락으로 가리키더니 니콜라이가 타고 있는 말고삐를 잡고 그를 한편으로 데려갔다.

이 집이 바로 누이동생의 옛 약혼자의 집인 걸 알고 니콜라이는 놀랐다. 그가 집사에게 물었다.

"아니, 무슨 일이 있었다는 거요?"

"이런 말씀드려도 될지 모르겠지만 글쎄, 이 작자들이……이 못돼먹은 놈들이 공작 따님을 이곳에서 내보내지 않겠다며 말을 수레에서 떼어내겠다고 위협하고 있습니다. 그래서 짐을 다 꾸렸는데도 떠나시지 못하고 계십니다."

"아니, 그럴 리가! 어떻게 그런 일이 있을 수 있는가!" 로스토프는 소리쳤다.

"각하, 한 치의 거짓말도 없는 사실입니다."

니콜라이 로스토프는 말에서 내려 고삐를 전령에게 건네준 뒤, 자세한 내막을 알아보기 위해 알파티치와 함께 본관 쪽으로 걸어갔다.

니콜라이가 알파티치의 안내를 받아 홀 안으로 들어가니 마리아는 어찌할 바 모르는 표정으로 소파에 앉아 있었다. 그녀는 더 이상 생각할 기력조차 없어 그가 누구인지, 그가 무엇 때문에 이곳에 왔는지 짐작도 하지 못한 채 그저 멍한 상태였다.

실은 그녀가 니콜라이를 보자고 한 것도 아니었다. 알파티치가 러시아군인들이 오는 것을 보고 그들의 도움을 받아야겠다고 순간적으로 머리를 굴린 것이었다.

니콜라이가 들어서는 모습을 보고 마리아는 마음이 놓였다. 그의 용모, 행동, 그의 첫마디 말을 듣고 그가 러시아 사람이며 자신과 같은 계층의 사람임을 알 수 있었던 것이다. 마리아는 특유의 그윽하게 빛나는 눈으로 니콜라이를 바라보며 떨리는 목소리로 띄엄띄엄 이야기를 시작했다.

떨면서 이야기를 하고 있는 마리아를 바라보며 니콜라이는 이 만남에서 뭔가 낭만적인 분위기를 느꼈다. 그는 생각했다.

'난폭한 폭도들 한가운데 아무도 보호해줄 사람 없이 홀로 불행과 고통에 빠져 있는 가엾은 여인! 무슨 기이한 운명의 장난으로 내가 이곳에 오게 된 것일까!'

또한 그는 그녀가 부끄러운 듯 건네는 이야기를 들으며 생각했다.

'용모도 표정도 어쩌면 저렇게 부드럽고 고상할 수 있다는 말인가!'

마리아의 이야기를 모두 듣고 난 뒤 니콜라이는 눈물을 글썽이며 말했다.

"제가 우연히 이곳에 들르게 된 것, 그리고 어떻게든 도움을 드릴 수 있게 된 것이 얼마나 다행이고 감사한 일인지 이루 말로는 다 표현할 수 없습니다." 니콜라이는 몸을 일으키며 말했다. "자, 어서 떠나시지요. 제게 당신을 호위할 수 있는 영광을 베풀어주십시오. 그 누구도 당신께 무례한 짓을 하지 못하도록 하겠습니다."

니콜라이는 최대한 정중하게 말한 후 문으로 향했다. 마리아는 "무어라 감사의 말씀을 드려야 할지……"라고 더듬거릴 뿐이었다. 니콜라이는 다시 한번 정중하게 인사를 한 후 밖으로 나갔다.

밖으로 나간 니콜라이는 곁에서 따라오는 일리인 및 알파티치와 함께 농부들에게로 향했다. 그는 자못 흥분해 있었고, 분노한 표정이었다. 그는 빠른 걸음으로 농부들에게 다가간 후 큰 소리로 외쳤다.

"여기 촌장이 누구야!"

그러자 농부들 중 한 명이 항의하듯 말했다.

"우린 반란을 일으키는 게 아닙니다! 오히려 질서를 지키고 있는 겁니다. 위에서 내려오는 명령이 하도 여러 갈래라서 나이 많은 사람들이 모여서 회의를 한 겁니다. 우리는 그 회의의 결정을 따르고 있는 겁니다!"

"아니, 내게 시비를 거는 거야? 이런 반역자들 같으니……. 이봐, 이놈을 당장 묶어!" 니콜라이는 그 농부의 멱살을 잡더니 전령에게 외쳤다. 전령이 우물쭈물하는 사이 알파티치가 농부들 중 두 명을 지목하더니 농부를 묶으라고 지시했다. 두 사람은 순순히 군중들 사이에서 나와 조금 전까지도 동료였던 농부의 손을 묶었다.

니콜라이는 다시 고함을 질렀다.

"이봐, 촌장이 누구야! 어서 앞으로 나오지 못해!"

그러자 새파랗게 질린 얼굴을 한 채 드론이 농부들 사이에서 앞으로 나왔다.

"뭐야! 네가 촌장이야? 이놈도 묶어!"

촌장은 스스로 허리띠를 풀어 두 명의 농부에게 건넸고 두 명의 농부가 촌장도 묶기 시작했다.

"너희들, 모두 내 말 잘 들어!" 니콜라이가 농부들을 향해 큰 소리로 말했다. "이제 곧장 집으로 돌아간다! 만일 이상한 소리가 조금이라도 들리면 가만두지 않겠다!"

그러자 농부들이 흩어지며 수군거렸다.

"것 봐, 내가 뭐랬어?"

"정말 쓸데없는 짓을 한 거야."

"아, 잘못하면 모반이 된다니까."

두 시간 뒤 몇 대의 짐마차가 저택 뜰에 늘어서 있었다. 농부들은 부지런히 주인집 짐을 마차에 실었다.

니콜라이는 마리아가 출발할 때까지 집 밖 마을에 남아 기다렸다. 이윽고 마리아의 마차가 저택에서 나오자 니콜라이는 보구차로보로부터 12킬로미터 이상 떨어진 우군 진지가 있는 곳까지 그녀를 바래다주었다. 그는 그녀와 작별인사를 하면서 비로소 용기를 내어 그녀의 손에 입을 맞추었다.

마리아는 비록 말로 표현은 하지 못했지만 고마움과 부드러움에 가득 찬 표정을 한 채 얼굴 전체로 그에게 감사를 표하고 있었다. 그녀는 무엇보다 그가 자신의 처지를 이해하고 그 슬픔을 함께 나누어주었다는 사실에 감동하고 있었다. 그녀가 울면서 자신이 불행에 대해 털어놓았을 때 함께 눈물을 흘려주던 그 선량한 눈을 그녀는 잊을 수 없었다.

그와 작별을 고하고 홀로 되자 마리아는 갑자기 야릇한 감정에 사로잡히며 자기가 벌써 그를 사랑하게 된 것이나 아닌지 자문했다. 그녀는 분명 자기를 영원히 사랑하지 않을 사람에게 자기만 돌연 사로잡혔다는 생각에 스스로 부끄러워했음이 틀림없었다. 하지만 아무도 그 사실을 영원히 알 수 없으며, 평생 처음이자 마지막으로 그 누군가를 혼자서 생각하고 사랑한다는 것이 큰 죄는 되지 않으리라고 스스로를 위안했다. 그녀는 생각했다.

'그분이 어떻게 보구차보로에 오게 되었을까? 그것도 바로 그런 어려운 때 나를 도우러! 그리고 바로 그분의 누이가 안드레이 오빠와의 약혼을 깨게 되다니!'

마리아는 그 모든 일에 하느님의 섭리가 깃들어 있는 것만 같았다.

한편 마리아도 니콜라이에게 깊은 인상을 남겼다. 니콜라이는 그녀 생각만 해도 마음이 즐거웠다. 보구차보로 마을에서 있었던 일에 대한 이야기를 들은 동료들은 건초를 찾으러 갔다가 부산물로 러시아에서 가장 부유한 집의 딸을 낚았다고 그를 놀려댔다. 그러면 니콜라이는 불같이 화를 냈다. 그가 그렇게 화를 낸 것은 실은 마리아와 결혼하는 것 이상으로 더 바랄 것은 없으리라는 생각을 마음 깊은 곳에서 느낀 때문이었다. 그는 그 결혼이 재정적으로 곤란에 빠져 있는 그의 부모뿐 아니라, 자기를 구원자로 생각하고 있는 그녀에게도 행복한 일이 될 것임을 본능적으로 느끼고 있었다.

하지만 소냐는? 그녀는 어찌 될 것이며, 그녀와 나눈 맹세는 어찌할 것인가?

놀려대는 동료들을 향해 그가 화를 낸 것은 그런 복잡한 생각들 때문이었고 속을 들킨 것 같다는 생각에서였다.

제5장

8월 8일 군사평의위원회가 소집되었고 패전의 원인이 지휘 계통의 혼란 때문이라고 판단한 위원회는 쿠투조프를 총지휘관으로 임명하도록 황제에게 상주했다. 그날로 쿠투조프는 군대 전체에 대해 전권을 지닌 전군 총사령관으로 임명되었다.

군 총사령관직을 수락한 쿠투조프는 안드레이에게 사령부로 출두하라는 명령서를 보냈다. 안드레이는 쿠투조프가 처음으로 군을 사열하는 바로 그날 사료보 자이미쉬체에 도착했다. 사열을 마치고 돌아온 쿠투조프를 안드레이가 만나보니 그와 잠시 헤어져 있는 동안 그는 더 비대해지고 기름기가 올라 있었다. 하지만 하얀 애꾸눈, 상처, 따분해하는 것 같은 얼굴 표정은 여전했다.

안드레이를 보자마자 쿠투조프는 니콜라이 안드레예비치 볼콘스키 공작의 안부부터 물었다.

"그래, 춘부장은 어떠하신가?"

"어제 돌아가셨다는 통보를 받았습니다." 안드레이는 짧게 대답했다.

쿠투조프는 깜짝 놀란 눈으로 안드레이를 바라보더니 이윽고 모자를 벗고 성호를 그었다.

"그에게 평온이 함께하길! 하늘의 뜻이 우리 모두에게 이루어지길!"

그는 무거운 한숨을 내쉬더니 한동안 말없이 있었다. 그는 한동안 안드레이를 껴안고 있더니 눈물을 글썽이며 떨리는 입술로 말했다.

"나는 춘부장을 깊이 경애했네. 정말 애도를 표하네."

이어서 그는 안드레이에게 함께 자신의 방으로 가자고 말했다.

쿠투조프와 안드레이가 방 앞으로 가자 장군과 장교들이 잔뜩 보고서를 들고 기다리고 있었다. 쿠투조프는 그들의 보고를 한참 동안 들었고 안드레이는 서서 기다렸다.

이윽고 둘이 남게 되자 쿠투조프가 안드레이에게 자리에 앉으라고 권한 후 말했다.

"내가 자네를 왜 불렀는지 알겠지? 자네를 내 곁에 두고 싶어서야."

"감사합니다, 각하. 하지만 저는 사령부에서는 별로 도움이 되지 않는 사람인 것 같습니다."

쿠투조프는 안드레이가 그 말을 하면서 빙그레 웃는 것을 보고 의아한 표정으로 그를 쳐다보았다. 안드레이가 여전히 웃음 띤 얼굴로 계속 말했다.

"저는 제 부대 생활에 익숙해졌습니다. 부하 장교들과도 정이 들어서 헤어지면 섭섭할 것 같습니다. 제가 각하를 곁에서 모시고 싶지 않아서가 아니라……."

순간 쿠투조프가 특유의 온화하고 날카로우면서도 동시에 약간 비웃는 듯한 표정을 지으며 안드레이의 말을 도중에 잘랐다.

"거 참, 유감이로군. 내게는 자네가 필요한데. 하지만 자네가 옳아. 인재가 필요한 곳은 이곳이 아니야. 이곳에서 내게 조언을 주고 있는 사람들도 자네처럼 일선에서 근무하는 게 훨씬 나을 거야……. 자네가 아우스터리츠에서 한 행동을 난 지금도 기억하고 있네. 군기를 손에 들고 놓지 않았지!"

쿠투조프의 말에 그때 기억이 되살아나 안드레이의 얼굴이 기쁨으로 홍조를 띠었다.

이어서 이야기는 쿠투조프가 터키에서 벌였던 전쟁과 터키와의 강화조약에 관한 화제로 이어졌다. 쿠투조프가 말했다.

"내가 참으로 비난을 많이 들었지. 전투를 벌여도 비난, 강화조약을 맺어도 비난…… 하지만 무슨 일이건 다 때가 있는 거야. 기다릴 줄 아는 자에게만 적당한 때가 오게 되어 있어. 거기도 여기 못지않게 조언자들이 많았지. 아, 그놈의 조언자들! 그 말에 일일이 귀를 기울였다가는 터키와 평화 협상도 할 수 없었을 것이고, 전쟁도 끝내지 못했을 걸세. 공격해서 요새를 빨리 점령하자는 장군들도 많았어. 하지만 그깟 요새 하나 점령하는 건 아무 의미가 없어. 중요한 건 전쟁을 잘 끝내는 거야. 그리고 그게 정말 어려운 것이고…… 그 어려운 걸 이루기 위해서 필요한 건 기습이나 공격이 아니야. '인내와 때'가 필요한 거야. 나는 그 '인내와 때'만으로 많은 요새를 점령했고 결국 터키 놈들에게 말고기를 먹게 만든 거야." 그는 고개를 흔들고 가슴을 치면서 말을 이었다. "프랑스 놈들도 똑같은 꼴을 당하게 해줄 거야. 놈들에게 말고기를 먹여주고 말 거야!"

그는 스스로의 말에 감격해서 눈물을 흘렸다. 안드레이는 쿠투조프에게 눈물이 많다는 것, 자신에게 깊은 애정을 갖고 있다는 것을 알고 있었다.

"하지만 전투를 하기는 해야 하는 것 아닌가요?"

"모두들 전투를 원하면 하기는 해야지. 하지만 다시 반복하겠네. '인내와 때'라는 두 병사보다 훌륭한 병사는 없어. 그 둘이 모든 걸 다 해결해줘. 그런데 약아빠진 조언자들은 내 말에 귀를 기울이지 않아. 공격하라는 친구들도 있고, 그러지 말자는 친구들도 있고……, 대체 어떻게 해야 하겠나? 자, 자네에게 내가 가르쳐주지. 이보게, 의심스러울 때는 그저 아무것도 안 하는 게 상책이라네. 자, 이제 가보게나. 자네에게 나는 총사령관 각하가 아니라 아버지 같은 사람이란 것을 잊지 말도록 해."

안드레이가 인사를 하고 밖으로 나오자 쿠투조프는 읽고 있던 프랑스 소설을 펼쳐 들었다.

쿠투조프를 만난 뒤 안드레이는 이상하게도 근심걱정이 없어졌다. 전쟁 자체에 대해서도, 쿠투조프가 전권을 쥐고 있는 군 통솔 문제에 대해서도 안심이 되었던 것이다. 저 노인에게 개인적 동기 따위는 없으며, 오로지 정열과 경험밖에 없다는 사실, 사건들을 종합해서 그로부터 결론을 도출해 내는 지적인 능력 대신 사태의 진행을 조용히 지켜볼 능력밖에 없다는 사실을 확인하면 확인할수록 그는 점점 더 모든 것이 제대로 될 것 같다는 확신이 들었다.

'분명 그는 아무것도 새롭게 구상하지 않고, 그 어떤 기도(企圖)도 하지 않는다. 하지만 그는 모든 것에 귀를 기울이고 모든 것을 기억하고 있다. 그리고 그것들을 시의적절하게 사용하여 이로운 것이라면 절대 묻어두지 않으며 해로운 것이라면 절대 허용하지 않는다. 그는 자신의 의지보다 강한 그 무언가가 있음을, 인력으로는 어쩔 수 없는 일이 진행되고 있음을 인정하고 있다. 하지만 내가 무엇보다 그를 신뢰하는 것은 비록 그가 프랑스 소설을 읽고 가끔 프랑스어를 사용한다 하더라도 그가 진정으로 러시아인이기 때문이다. 지금 어디까지 함락되었는가라고 물을 때 그의 목소리가 떨렸고, 놈들에게 말고기를 먹여주겠다고 말하면서 눈물을 흘렸기 때문이다.'

제6장

황제가 떠난 뒤 모스크바는 다시 본래의 일상으로 돌아갔다. 너무 감쪽같이 이전과 같았기에 황제 앞에서 눈물을 흘리며 감격했던 일도 마치 꿈결처럼 여겨졌고, 러시아가 위기에 처해 있다는 사실도 마치 남의 일처럼 여겨졌다.

적이 점점 더 가까이 다가오고 있었건만 모스크바 사람들은 조금도 더 심각해지지 않았다. 재앙이 코앞에 닥쳤을 때 사람들이 흔히 그러하듯 오히려 그들은 더 경박해졌다. 그런 일을 겪을 때 사람들에게는 두 가지 강력한 속삭임이 들려온다. 어찌 보면 둘 다 아주 타당한 속삭임이다. 그중 하나는 '위험이 다가오고 있으니 어떻게 해서라도 그 위험을 피할 방도를 강구하라'는 속삭임이다. 하지만 두 번째 속삭임이 더 그럴듯하다. '위험에 대해 생각하는 것 자체가 너무 무섭고 괴롭다. 게다가 세상사는 인간의 의지대로 되는 것도 아니고 인간에게는 그 위험을 막을 재간도 없다. 그러니 실제로 위험이 닥치기 전까지 아예 잊고 지내라'는 속삭임이다. 홀로 있을 때면 사람들은 대개 전자에 귀를 기울인다. 하지만 집단적으로는 후자에 더 귀를 기울이기 마련이다. 모스크바 시민들이 바로 그러했다. 따라서 모스크바 시민들이 그 해처럼 들뜨고 슬겁게 지냈던 적은 없었다고 말하는 게 전혀 과장이 아니다.

시민들은 프랑스군이 몰려온다는 소식에 진지해지기는커녕 오히려 그 소식을 장난감 갖고 놀 듯 놀았다. 예컨대 '놈들은 캐비지로 배가 탱탱 부어오르고 수프로 숨이 막혀 죽을 거야. 게다가 놈들은 난쟁이니까, 여자 혼자서 세 놈쯤은 빗자루로 쓸어버릴 수 있어!' 하는 식으로 익살을 부렸고 사람들은 배꼽을 잡고 웃었다. 또한 귀족들은 귀족들대로 아무 일도 없다는 듯 저녁마다 야회와 무도회를 열었다.

당시 우리의 피에르는 고민에 빠져 있었다. 그는 모스크바 총독인 로스토프친 백작이 러시아 시민들을 안심시키기 위해 뿌린 전단을 읽고 프랑스군이 곧 모스크바로 닥쳐올 것임을 직감했다. 전단에는 '당국에서 시민들의 모스크바 철수를 금하고 있다고 잘못 알려져 있지만, 오히려 부인들에게는 모스크바에서 떠나길 권한다'라는 글과 '악당들이 절대로 모스크바에 한 발도 들여놓지 못하리라는 것을 목숨 걸고 책임진다!'라는 모순된 내용이 적혀 있었다.

피에르는 수도 없이 되물었다.

'어찌할 것인가? 입대할 것인가, 아니면 이대로 기다리고 있을 것인가?'

그가 스스로에게 그런 질문을 하면서 망설이고 있는 사이 사람들은 점점 모스크바를 빠져나가기 시작했다. 아직 시집도 가지 않고 피에르와 함께 살고 있던 피에르의 이복누이 카차도 페테르부르크로 떠났다.

그사이 피에르는 자신이 약속한 대로 계속 군대에 보급품을 보내고 있었다. 그런데 하루는 총지배인이 들어와서 이제 소유지 중 한 곳을 팔지 않으면 더 이상 자금을 마련한 길이 없다고 말했다. 이대로 가다가는 파산할 수도 있음을 경고한 것이다.

피에르는 조금도 망설이지 않고 대답했다.

"팔아버리게! 한번 약속한 것을 뒤집을 수는 없지 않나!"

피에르는 자신이 예상하고 있던 재정 파탄이 눈앞에 다가왔음을 알고 오히려 기분이 좋아졌다.

도시는 점점 더 비어갔다. 아직 모스크바를 떠나지 않고 있는 로스토프 가족을 제외하고는 이제 피에르와 가까운 사람은 아무도 남지 않았다. 줄리도 떠났고 마리아도 떠났다. 피에르도 더 이상 모스크바에 남아 있을 수 없었다. 하지만 그는 다른 사람들과 같이 페테르부르크로 피난을 가는 대신 전쟁터로 향하기로 결심했다. 그는 모스크바에서 가까운 모자이스크에 있는 러시아 부대를 목표로 8월 24일 낮에 모스크바를 떠났다. 그리고 다음 날 동이 틀 무렵 피에르는 모자이스크에 도착했다. 모자이스크의 인가에는 머물 곳이 한 군데도 없었다. 여관도 마찬가지였다. 모두 러시아군인들이 차지하고 있었던 것이다. 모자이스크건, 그곳 밖 어디건 온통 군인들이 머물러 있거나 행진하고 있었다. 카자크 병사, 보병과 기병, 마차, 탄약차, 대포들이 도처에서 눈에 띄었다. 피에르는 마부를 재촉해 가능한 한 빨리 앞으로 나아갔다.

그가 모스크바로부터 멀어지면 멀어질수록, 그리고 군대들의 물결에 더 깊이 빨려들면 빨려들수록, 그는 이전에는 전혀 느껴본 적이 없는 크나큰 흥분과 환희에 사로잡혔다. 그것은 궁전에서 황제를 보았을 때 느꼈던 심정과 비슷했다. 그 무언

가를 해야만 하고, 무언가를 희생해야만 한다는 바로 그 심정
이었다. 그는 인간의 행복을 이루고 있는 모든 것, 즉 안락한 생
활, 부(富), 심지어 목숨 그 자체까지도 '그 무엇'에 비해볼 때 하
찮은 것이며, 차라리 그것들을 내동댕이치는 게 기분 좋은 일
이라는 것을 또렷이 의식하고 있었다. 그것은 진정 유쾌한 경
험이었다.

그렇다면 '그 무엇'은 무엇일까? 피에르 자신도 대답할 수
없었다. 그리고 그는 모든 것을 희생함으로써 자신에게 그토록
환희를 가져다주는 그 대상이 누구인지, 무엇인지 밝히려 하지
도 않았다. 그는 무엇을 위해 희생하느냐 하는 문제에 사로잡
혀 있지 않았다. 그 희생 자체가 그에게는 신선하고 즐거운 감
정이었다.

그는 모자이스크에서 겨우 묵을 곳을 발견하고 그곳에서 여
장을 풀었다.

제7장

8월 25일 아침, 피에르는 모자이스크를 떠났다. 마을을 벗어나 교회 앞에 이르자 그는 말에서 내려 걷기 시작했다. 피에르 뒤쪽으로는 기병대가 비탈길을 내려오고 있었고 앞쪽에서는 어제 있었던 세바르디노 전투에서 부상당한 병사들을 실은 수레가 올라오고 있었다. 세바르디노 전투에서 러시아 진지는 함락되었고, 그 전투는 26일 벌어질 보로디노 대전투의 서막이었다.

역사가들의 평가야 어떻든 보로디노 전투는 승자가 없는 전투였다. 나폴레옹의 입장에서 보자면 2,000킬로미터 적진 깊숙한 곳에서 전 병력의 4분의 1을 잃은 전투였으며 그 뒤에 멸망의 길을 걸을 수밖에 없는 전투였다. 한편 쿠투조프의 입장에서 보더라도 이 싸움에 응해 전 병력의 4분의 1을 잃게 된다면 모스크바를 빼앗기게 될 것이 틀림없는 전투였고 실제로도 그렇게 되었다. 말하자면 보로디노 전투는 두 나라 모두에게 무모하고 맹목적인 전투였다.

그러나 나는 그 책임을 나폴레옹이나 쿠투조프에게 돌리고 있는 것이 아니다. 앞서 말했듯이 그들은 그들의 의지에 의해 움직인 것이 아니다. 그들은 역사의 불가사의한 흐름에 복종한 노예일 뿐이었고, 그들이 높은 지위를 차지하고 있는 만큼 더욱더 그 흐름에 예속되어 있었고 그 흐름에 봉사했다.

말이 나온 김에 역사가들이 이 전투를 어떻게 보고 있는지 한번 살펴보자. 그들은 다음과 같이 기술하고 있다.

'러시아군은 스몰렌스크에서 퇴각하면서 결전을 벌이기에 가장 좋은 장소를 물색했고, 마침내 그런 진지를 보로디노에서 발견했다. 러시아군은 미리 이 진지를 견고하게 구축해놓고 있었다.'

하지만 진상을 제대로 아는 사람이라면 이 기술이 거짓이라는 것은 금세 알 수 있다. 러시아군은 후퇴하면서 적을 물리칠 견고한 진지를 물색하지 않았다. 오히려 보로디노보다 견고한 진지를 몇 개 그냥 지나쳤다. 그 이유는 무수히 많았다. 다른 사람이 선택한 진지를 쿠투조프가 사용하고 싶지 않아 한 것도 그 이유들 중 하나였고, 결전을 원하는 국민의 열망이 아직 무르익지 않았다는 이유도 있었으며 민병대가 아직 도착하지 않았다는 이유도 있었다. 하지만 이유야 어떠하든 간에, 눈을 감고 아무 진지나 펜으로 찍어서 결정하더라도 보로디노보다는 나았을 것이라는 사실은 변하지 않는다. 한 마디로 말한다면 그곳에는 진지라고 할 만한 것도 없었다.

나는 단언한다. 보로디노 전투는 역사가들의 기록과는 전혀 다른 식으로 전개되었다. 보로디노 전투는 러시아가 미리 대비하고 강화한 진지에서 벌어진 전투가 아니다. 그 전투는 세바르디노의 보루가 함락되었기에 프랑스군의 절반밖에 안 되는 전력의 러시아군대가 거의 아무런 방비도 없이 허허벌판에서 어쩔 수 없이 벌이게 된 전투다. 그 전투는 승패가 불분명한 가운데 열 시간 정도는 계속되리라는 생각에서 벌인 전투가 아니라 세 시간 만에 우리 군은 궤멸할 것이라고 예상하고 있는 가운데 벌인 전투였다.

다시 피에르에게로 돌아가자. 잠시 부상당한 병사들을 바라보며 생각에 잠겨 있던 피에르는 다시 비탈길을 내려와 말에 올라탔다. 그는 말을 몰고 가면서 혹시 아는 사람이나 없는지 두리번거렸지만 아무도 만날 수 없었다. 그를 본 병사들은 그가 쓴 흰 모자와 녹색 연미복을 재미있다는 듯 바라보았다.

그가 4킬로미터쯤 갔을 때였다. 다행히 얼굴을 아는 군의관 한 명을 만날 수 있었다.

군의관이 피에르를 보고 놀라서 말했다.

"아니, 백작님 아니십니까? 백작님께서 어떻게 이런 곳에?"

"그냥, 좀 둘러보려고요."

"그래요. 볼만한 게 많이 있을 겁니다."

피에르는 군의관과 이야기를 나누기 위해 말에서 내렸다. 그리고 그에게 전쟁에 참가하고 싶다는 자신의 의사를 밝혔다. 군의관이 대답했다.

"백작님 정도라면 총사령관님을 직접 만나서 이야기를 하시는 게 좋을 겁니다. 그럼 저는 이만…… 지금 군단장 막사로 가는 길입니다. 아군은 지금 엉망진창입니다. 백작도 아시겠지만 내일 전투가 있을 겁니다. 10만 명 병력 중에 내일 적어도 2만 명 이상은 부상자가 나올 겁니다."

조금 전까지 자신의 복장을 신기한 듯 바라보고 있던 젊고 늙은 병사들 가운데 2만 명은 부상을 당할 것이라는 말을 듣자 피에르는 충격을 받았다. 그는 생각했다.

'그들은 내일 죽을지도 모른다. 그런데 어떻게 죽음 외에 다른 생각을 할 수 있는 거지? 병사들은 지나가면서 즐거운 듯 인사를 나누었다. 어떻게 내일 자기 자신을 기다리고 있을지 모르는 운명에 대해 생각을 안 하고 내 모자를 신기한 듯 바라볼 수 있었던 거지? 정말 이상한 일이야.'

의사와 헤어진 피에르는 도중에 농부 출신 민병대를 만났다. 그들은 삽으로 땅을 파고 있었고 장교 두 명이 지휘하고 있었다. '온 백성을 전쟁터로 끌어내려 한다'고 누군가 툴툴거렸고 피에르는 그 말의 뜻을 실감할 수 있었다.

피에르는 전장을 한눈에 보고 싶다는 생각에 높은 언덕으로 올랐다. 보로디노 마을이 한눈에 내려다보이는 곳이었다. 그가 병사들 틈에 섞여 아랫마을을 내려다보고 있는데 바로 곁에서 누군가 반가운 목소리로 외쳤다.

"아니, 이게 누구신가요? 어떻게 이런 곳에 와 계십니까?"

보리스 쿠라긴이었다. 피에르도 놀랐다. 피에르는 군의관에게 말했듯, 전투에 참여하고 싶어서 전장으로 왔다고 대답했다. 그러자 보리스가 말했다.

"아, 그래요? 저기 쿠투조프 총사령관이 계십니다. 지금 진지를 순찰 중이었는데, 이곳에서 행해지는 미사에 참석하러 오신 겁니다. 하지만 저는 당신이 베니그센 장군 곁에 있는 게 좋겠다고 생각합니다. 실은 그분을 제가 모시고 있습니다. 우리 부대는 좌익을 담당하고 있습니다. 그리고 오늘 저녁에 제가 머무는 곳에서 작은 모임이 있을 예정입니다. 초대에 응해 주시겠지요?"

육군 총사령부는 두 파로 나뉘어 있었다. 하나는 쿠투조프 파였고 다른 하나는 황실 측근인 베니그센 파였다. 쿠투조프는 쓸데없는 인물은 참모부에서 모두 쫓아냈지만 보리스는 비굴할 만큼 쿠투조프에게 아첨을 하여 총사령부에 남아 있을 수 있었다. 하지만 그는 늙은이인 쿠투조프는 아무래도 틀렸다고 생각하고 베니그센의 밑으로 들어갔다. 그는 바야흐로 결전의 순간이 왔다고 생각했다. 전투를 생각한 것이 아니었다. 그는 내일이면 모든 권력이 베니그센의 손으로 들어가리라고 예상하고 있었다. 설령 내일 전투에서 러시아군이 이기더라도 그 공적이 모두 베니그센에게 돌아가리라고 그는 생각했다. 말하자면 자기 개인의 성공길이 열리느냐 아니냐 하는 결전의 순간이 다가온 것이다.

피에르는 보리스가 가리키는 곳을 바라보았다. 그곳으로부터

30보쯤 떨어진 곳에 있는 벤치에 쿠투조프가 앉아 있었다. 그때 쿠투조프가 피에르를 알아보고 그를 불러오라고 지시했다.

쿠투조프에게 다가간 피에르는 공손히 인사했다.

그러자 쿠투조프가 피에르에게 말했다.

"당신도 화약 냄새가 맡고 싶어진 거요? 하긴 정말 좋은 냄새지! 나도 당신 부인 숭배자들 중의 한 명이지. 그래, 부인은 잘 지내시오? 내 숙소는 당신 마음대로 쓰도록 하시오."

그런 후 쿠투조프는 노인들이 흔히 짓곤 하는 그런 무심한 표정으로 고개를 돌렸다. 자기가 무슨 말을 해야 할지, 무엇을 해야 할지 잊고 있는 것만 같은 표정이었다. 그는 갑자기 할 일이 생각났다는 듯 부관을 손짓해 불렀다. 부관이 다가오자 쿠투조프가 말했다.

"그 마린의 시가 처음에 어떻게 시작하더라? 게라코프에 대한 시 말이야. 어디 좀 읊어보겠나?"

부관이 시를 읊었고 쿠투조프는 운율에 맞추어 몸을 흔들었다.

30분 뒤 쿠투조프는 타타리노바로 떠나고 베니그센은 참모들과 함께 전선 시찰에 나섰다. 그 수행원 중에는 피에르도 끼어 있었다.

제8장

같은 날 저녁, 안드레이 공작은 그가 지휘하는 연대 주둔지 맨 끝에 있는 마을의 한 부서진 헛간에 팔베개를 하고 누워 있었다. 그의 눈길은 갈라진 틈을 통해 무의식적으로 밖을 향하고 있었다. 담장을 따라 가지가 잘린 어린 자작나무들이 줄지어 서 있었고 그 너머에 귀리 싹들이 여기저기 자라고 있는 들판이 보였으며, 그 위로 병사들의 밥 짓는 연기가 모락모락 피어오르고 있었다.

안드레이는 자신의 삶이 답답하고 지루하며 그 누구에게도 도움이 되지 않는다고 생각하고 있음에도 불구하고 마치 7년 전 아우스터리츠 전투 전야처럼 흥분을 느끼고 있었다. 그는 상부에서 받은 내일의 전투 명령을 이미 하달해 놓았기에 더 이상 할 일이 없었다. 하지만 가장 명료한, 그래서 더욱 무서운 예감 때문에 마음을 가라앉힐 수 없었다. 그는 내일의 전투가 그가 이제까지 참여했던 그 어떤 전투보다 가장 치열한 전투가 되리라는 것을 잘 알고 있었다. 그에게 처음으로 자신이 죽을 수도 있다는 생각이 생생하게, 두려움과 함께 확실하게 떠올랐다. 세상사라든지 자신의 죽음이 다른 사람들에게 끼칠 영향 같은 것은 진혀 낄 틈이 없는, 오로지 자기 자신, 자신의 영혼과만 관계되는 상념이었다.

그 상념의 절정에서, 자신을 그토록 괴롭혔던 것들, 그를 강하게 사로잡고 있던 모든 것들이 갑자기 차가운 흰빛을 받아 그림자도, 원근도, 윤곽도 사라진 것처럼 되어버렸다. 그의 모든 과거가 그의 앞에서 주마등처럼 흘러갔다. 이제까지는 렌즈를 끼고 인위적 광선을 통해 보았던 것들을 이제 그 렌즈를 빼버리고 환한 대낮의 햇빛 아래 덕지덕지 서툴게 그려진 그림 그대로 바라보게 된 것이다.

'그래, 맞아! 저 거짓된 환상들이 나를 흥분시키고 나를 사로잡고, 나를 황홀하게 하고 나를 괴롭혔던 거야.' 그는 죽음에 대한 명징한 의식이라는 그 차가운 흰빛을 통해 주마등처럼 펼쳐지는 자신의 삶에서의 주요 그림들을 바라보며 생각했다. '그렇게 거친 그림들이 한때 아름답고 신비스럽게 보였던 것이다. 명예, 사회 기여, 여성에 대한, 더 나아가 조국에 대한 사랑, 이런 그림들이 내게 얼마나 깊은 의미를 담고 있는 것처럼 보였는가! 하지만 그것들을 오늘 아침, 이제 막 비치기 시작한 차갑고 하얀 광선에 비춰보니 그 얼마나 보잘것없고 창백하며 하찮은 것인가!'

이제까지 그의 삶에서 그를 특히 사로잡고 있던 슬픔은 크게 세 가지였다. 여인에 대한 사랑과 아버지의 죽음과 러시아의 반을 삼켜버린 프랑스군대의 침공이 바로 그것이다. 그는 특히 나타샤와의 사랑에 대해 생각하며 자신을 비웃었다.

'사랑…… 그 신비로운 힘을 내게 넘쳐흐를 정도로 부어주었던 그 어린 여인…… 그래, 나는 진정으로 그녀를 사랑했다. 나는 그녀와 함께 사랑과 행복을 누린다는 낭만적인 계획을 세웠다. 오, 나는 얼마나 철부지였던가! 내가 없는 동안에도 오로지 내게만 충실하리라는 이상적인 사랑을 믿었다니! 동화 속에 나오는 비둘기처럼 나와 떨어져 있어도 나만 그리워하고 있기를 바랐다니! 얼마나 어리석고 추한 생각이었던가!'

그는 햇빛을 받아 반짝이는, 줄지어 선 자작나무들을 바라보았다. 녹색과 황색의 잎을 단 자작나무의 흰 줄기는 꼼짝도 않고 서 있었다.

'그래, 내일 내가 죽는다! 그것으로 모든 것이 끝이다······ 나는 더 이상 존재하지 않는다······ 이 모든 것들은 여전히 존재하지만 나는 존재하지 않는다······.'

그러자 음양을 지닌 자작나무, 뭉게뭉게 피어오르는 구름, 모닥불 연기 등, 주위의 모든 것들이 갑자기 무시무시하고 위협적인 모습으로 변했다. 그는 등골이 오싹했다. 그는 자리에서 벌떡 일어나 헛간 밖으로 나가 서성거렸다.

그때 헛간 뒤쪽에서 사람의 기척이 들렸다.

"거기 누구야?" 그가 물었다.

이전에 돌로호프 소속부대의 중대장이었던 빨간 코의 티모힌 대위였다. 장교가 부족했기에 그는 대대장으로 승진해 있었다. 그 뒤를 부관과 연대 소속 경리 담당 장교가 따르고 있었다. 안드레이는 다시 헛간으로 들어가 그들의 보고를 들은 뒤 몇 가지 명령을 내렸다.

그때 밖에서 뭔가 부딪치는 소리와 함께 "어이쿠!" 하는 사내의 목소리가 들렸다. 안드레이는 밖을 내다보았다. 그리고 얼굴을 찌푸렸다. 피에르의 모습이 보였던 것이다. 피에르는 땅 위에 뒹구는 나무토막에 발이 걸려 하마터면 넘어질 뻔했다.

안드레이는 옛날을 회상하게 만드는 사람을 만나는 것을 여전히 싫어했다. 그러니 피에르를 만나서도 반갑기는커녕 오히려 화가 났다. 피에르는 그것을 곧 눈치챘다. 피에르는 반가운 인사도 건네지 못하고 더듬더듬 남들에게 여러 번 했던 말을 되풀이했을 뿐이었다.

"그냥…… 좀…… 흥미가 있어서…… 좀 둘러보려고…….."

"아, 그래? 당신 형제들인 프리메이슨들이 뭐라고 안 하던가?" 안드레이가 비웃는 표정으로 말했다. "모스크바는 어때? 우리 가족들은? 그곳에 도착했지?"

"네, 도착했습니다. 줄리 드루베스카야 편에 소식을 들었습니다. 소식을 듣고 바로 찾아가 보았지만 만나지는 못했습니다. 이미 근교의 소유지로 떠난 뒤였습니다."

티모힌을 비롯해 장교들은 인사를 하고 나가려 했다. 하지만 피에르와 단둘이 있는 게 싫었는지 안드레이가 그들을 만류했다.

이윽고 대화가 시작되었지만 안드레이는 말없이 있었다. 피에르는 자기가 둘러본 진지에 대해 장교들과 이야기를 나누었다. 장교들은 피에르의 비만한 몸집에 놀란 듯 그를 바라보며 그의 이야기에 귀를 기울였다.

피에르와 장교들이 러시아군 진지에 대해 이야기를 나누는
도중 마침내 안드레이가 한마디하며 끼어들었다.

"그렇다면 자네는 우리 군의 배치에 대해 정확히 알게 되었
단 말이지?"

"그렇긴 하지만…… 뭐, 민간인 입장에서 이해한 정도이지
요. 그저 대강 눈치만 챘을 뿐입니다."

"그렇다면 자네는 그 누구보다 더 잘 알고 있는 셈이야." 안
드레이가 프랑스어로 말했다.

안드레이가 드디어 입을 열자 피에르가 쿠투조프와 바르클
라이 드 톨리 등 러시아군 수뇌부 장군들에 대해 물었고, 노련
한 지휘관이란 어떤 사람을 말하는가 하는 문제로 화제가 옮겨
갔다.

피에르가 말했다.

"톨리는 훌륭한 지휘관 아닌가요?"

그러자 안드레이가 심드렁하게 대답했다.

"나는 훌륭한 지휘관이란 게 뭘 말하는지 몰라."

"훌륭한 지휘관이란 어떤 것도 우연에 맡기지 않는 사람 아
닌가요? 적의 계획을 미리 알아낼 수 있는 사람……."

"그건 불가능해!" 안드레이가 소리쳤다. 마치 그 문제는 이미 오래전부터 정답이 나와 있다는 투였다. 피에르는 놀라서 그를 바라보며 말했다.

"하지만 전쟁은 한 판의 체스 같다고들 하지 않나요?"

"하지만 약간 차이가 있어. 체스는 서두를 필요가 없지. 편안하게 생각할 시간이 충분하단 말이야. 게다가 체스 판에서는 언제나 기사가 졸보다 강하고 졸 둘은 하나보다 강해. 하지만 전쟁에서는 달라. 한 대대가 때로는 사단 전체보다 강할 수 있고 때로는 소대보다 약할 수 있어. 그러니 맞선 두 군대의 힘이 실제로 어디가 강한지는 절대로 알 수 없어. 만일 전쟁의 결과가 사령부에서 내리는 명령에 달려 있다면 나도 사령부에서 남들처럼 명령을 내리고 있을 거야. 하지만 자네도 보다시피 나는 이 친구들과 함께 하는 영광을 누리고 있어. 내일의 전투는 그들이 아니라 바로 우리들 손에 달려 있음을 알기 때문이야. 전쟁의 승리란 진지나 무기, 병력에 좌우되지 않아."

"그렇다면 무엇에 달려 있습니까?" 피에르가 물었다.

"나, 그리고 여기 있는 모든 사람 그리고 개별 병사들의 감정에 달려 있는 거야."

한 번 입을 열고 나니 안드레이는 속에 간직하고 있던 생각을 털어놓지 않고는 못 배기겠다는 듯 말을 이었다.

"전쟁이란 언제나 이기겠다고 굳게 결심한 쪽이 이기게 되어 있어. 우리가 왜 아우스터리츠 전투에서 졌을까? 아군과 프랑스군이 입은 손실은 비슷했는데도 말이야. 우리는 너무 빨리 우리가 졌다고 생각했어. 왜 졌다는 판단을 했을까? 우리가 그곳에서 싸울 필요가 없다고 생각하고 빨리 그곳에서 빠져나가야겠다고 생각한 때문이야. '졌다! 그러니 도망쳐야겠다!'라고 생각하고 도망친 거야. 만약 저녁때까지 그렇게 단정 짓지 않았다면 승패가 어떻게 되었을지 알 수 없어. 진지 좌익이 어떻다는 둥, 우익이 너무 길게 뻗어 있다는 둥 말들이 많지만 그건 부수적인 일이야. 내일 우리들 눈앞에서 어떤 일이 벌어질까? 바로 모래알처럼 수많은 우발적 사건들이 벌어질 거야. 그리고 그런 우발적 사건들이 순식간에 모든 것을 결정해버리는 거야. 우리 편이건 적이건 둘 중 하나는 도망가게 되어 있어. 도망가면 바로 지는 거야. 지금 여기서 벌어지고 있는 일은 어린애 장난에 지나지 않아. 자네와 함께 진지를 둘러본 사람들은 사태의 진행에 조금도 도움이 되지 않아. 오히려 방해만 될 뿐이야. 모두 사소한 자기 개인의 이익에만 집착하고 있거든."

"개인적 이익이라니요? 이런 판국에 말입니까?"

"바로 이런 판국이니 더 그렇지. 경쟁자를 함정에 빠뜨리고 훈장을 하나 더 탈 수 있는 더없이 좋은 기회거든. 내일 어떻게 될지 내 생각을 말해볼까? 10만 명의 러시아군과 10만 명의 프랑스군이 들에서 만나 싸운다, 그중 더 난폭하게 싸우는 자, 목숨을 덜 아끼는 자가 이긴다, 이게 내가 그리는 모습이야. 자네에게 단언해두지만 내일 전장에서 무슨 일이 벌어지건, 고위층에서 무슨 세력 다툼을 하건, 우리는 내일 전투에서 이기겠어. 무슨 일이 있어도 이길 거야."

"옳습니다, 연대장님!" 티모힌이 중얼거리듯 말했다. "몸을 아낄 필요가 없습니다. 연대장님, 우리 대대원들은 지금 보드카도 입에 대지 않습니다! 모두 '지금은 그럴 때가 아니다'라고 말하고 있습니다."

"보드카가 필요할지도 모르지." 안드레이가 들릴락 말락 중얼거렸다.

장교들은 전투 준비를 하겠다며 물러갔다. 그러자 피에르가 안드레이에게 물었다.

"당신은 내일 우리가 전투에서 이기리라고 생각하는 겁니까?"

"물론이지." 안드레이가 심드렁하게 대답했다. "다만 한 가지, 내게 지휘권이 있다면 포로는 절대로 잡지 말라고 하겠어.

만일 전쟁에서 포로가 없어진다면 전쟁의 성격이 바뀔 것이고, 전쟁도 덜 잔인해질 거야. 우리는 전쟁을 갖고 놀고 있어. 거기에 잘못이 있는 거야. 우리는 관대함을 자랑하고 있어. 여긴 전쟁터인데 마치 송아지 죽는 것을 보고 끔찍하게 생각하는 여인네들처럼 굴고 있는 거야. 그녀들은 피를 보면 소스라칠 정도로 마음이 여리지만 송아지 고기는 아주 맛있게들 드시거든. 전쟁에 관한 규약과 국제법? 모두 그 여인네들과 같은 짓을 하는 것에 불과해. 눈감고 아웅 하는 짓이야. 남의 집에 들어가 실컷 약탈을 하고, 우리의 아버지와 아들들을 죽여놓고, 뭐, 적을 인도주의적으로 대해야 한다고? 난 그런 가식을 견딜 수 없어."

안드레이는 잠시 말을 멈추었다가 다시 입을 열었다.

"만약 전쟁에 관대함이라는 가식이 없다면 이번처럼 목숨을 걸고 싸울 만한 가치가 없는 한 사람들은 전쟁을 벌이지 않게 될 거야. 누가 누구를 욕했다는 등 그런 사소한 문제로 전쟁을 벌이는 일은 없어질 거야. 전쟁은 예절이 아니야. 인생에 있어서 가장 더러운 일이야. 우리는 그걸 명심해야 해. 더러운 것을 갖고 놀아서는 안 된다는 말이야. 우리는 왜 전쟁이 필요한지 엄숙하고 진지하게 숙고해야만 해. 한 마디로 허위를 걷어내고 전쟁을 게임이 아니라 전쟁답게 하자는 거야. 그런데 지금은 마치 전쟁이 게으른 사람들의 심심풀이 같은 게 되어버렸어. 그러니 가능한 한 전쟁을 일으키지 말아야 해. 그리고 전쟁이 왜 필요한지 그 불가피성에 대해 엄숙하게 숙고해야만 해.

군대의 부름을 받는다는 것은 가장 명예로운 일이야. 하지만 전쟁이란 무엇일까? 전쟁에서 성공하려면 무엇이 필요할까? 군대의 기질이랄까, 성격이 무엇일까? 전쟁의 목표는 살인에 있어. 전쟁 때 사용하는 방법이란 건, 간첩질, 사기(詐欺)짓을 부추기고 주민들은 황폐화시키고 그들로부터 식량을 빼앗는 데 있어. 군대 전략이라는 이름으로 거짓과 비행을 일삼는 거지. 자유가 없다는 게 군대의 특질이야. 즉 규율, 나태, 무지, 잔인함, 방탕, 음주만이 존재할 뿐이지.

그런데도 군인은 하이클래스로서 존경받고 있어. 실제로 중국 황제만 제외하고 모든 황제는 군복을 입고 있어. 그리고 사람을 더 많이 죽일수록 더 많은 보상을 받아. 내일 우리가 그럴 것처럼 전쟁에서의 만남은 오로지 상대방을 죽이고 부상을 입히기 위한 만남이야. 그러고는 많은 수의 사람을 죽였다고 감사의 기도를 올려. 더 깊이 감사하기 위해 숫자를 과장하기도 해. 죽인 사람의 수가 많으면 많을수록 업적이 크다고 생각하곤 승리를 자축해. 하느님은 과연 어떤 식으로 그들을 바라보시고 그들의 기도를 들으실까?"

안드레이는 약간 목소리를 낮추었다.

"이보게, 나는 요즘 산다는 게 좀 짐스러워졌어. 너무 많은 것을 알았나봐. 역시 인간은 선악과를 먹는 게 아니었어. 하지만 뭐, 그렇게 길게 가지도 않겠지. 내 쓸데없는 장광설 때문에 자네 피곤하겠군. 자, 어서 돌아가서 잠을 자도록 하게."

"아니, 졸리지 않아요."

"아냐, 전투 전에는 무엇보다 잠을 충분히 자두어야 해. 어서 가보게. 우리가 다시 만날 수나 있을지……."

피에르는 망설이다가 자신의 숙소로 돌아갔다.

안드레이는 헛간 안 양탄자 위에 누웠다. 하지만 좀처럼 잠이 오지 않았다. 대신 여러 영상들이 줄지어 나타났다 사라지곤 했다. 그는 꽤 오래 감미로운 한 가지 영상을 바라보고 있었다. 페테르부르크에서의 어느 날 저녁 영상이었다. 나타샤가 쾌활하게 지난여름 이곳에서 버섯을 따다가 길을 잃은 이야기를 하고 있었다. 그녀는 그날 꿀벌 치는 노인과 만나 나누었던 이야기, 자신이 경험했던 시적인 감흥 등을 제대로 표현하지 못해 안타까워했다.

"아, 안 되겠어요. 그 노인이 얼마나 훌륭했던지…… 숲은 얼마나 어두컴컴했고, 그의 눈은 얼마나 선량했던지…… 아아, 도무지 제대로 표현을 못 하겠어요."

안드레이는 그때 그녀의 눈을 바라보며 입가에 지었던 미소를 지금 다시 짓고 있었다. 그는 생각했다.

'그래, 그때 나는 그녀를 이해했어. 그녀의 솔직함을, 그녀의 영혼의 순수함을 이해했어. 나는 그녀의 영혼을 사랑했어. 그리고 나를 그토록 행복하게 해주는 그 사랑 자체를, 그토록 깊이 사랑했던 거야.'

그러다 그는 갑자기 몸을 부르르 떨었다. 그 사랑이 결국 어떻게 끝이 났는지 생각났던 것이다. 그는 아나톨리 생각을 했다.

'그에게는 그 모든 것이 필요하지 않았던 것이다. 그에게는 그런 것이 보이지도 않았으며 그것을 이해할 수도 없었다. 그에게 그녀는 단지 풋풋하고 예쁜 처녀였을 뿐이다. 그는 그녀를 자신의 운명과 연결시키지도 않았다. 그에 비해서 나는……. 그렇지만 그는 여전히 살아가고 있고, 즐기고 있다……!'

그 생각에 마치 그는 불에라도 덴 듯 벌떡 일어나더니 이리저리 서성이기 시작했다.

제9장

보로디노 전투 전날인 8월 25일, 나폴레옹은 싸움터를 돌아보고 주의 깊게 지형을 살펴보았다. 그리고 자신의 구상대로 포병 배치 등 몇 가지 명령을 내렸다. 프랑스 역사가들은 그가 내린 명령을 소개하면서 그 작전 명령에 깊은 경의를 표하고 나폴레옹이 전쟁의 천재라고 칭송한다.

하지만 정확하게 말하자. 그 작전 내용은 하나도 실현되지 못했고, 또 실현될 수도 없는 것들이었다. 게다가 전쟁이 실제로 수행되는 도중 나폴레옹이 그때그때 임기응변의 명령을 내렸다고 기술한 역사가들도 많다. 하지만 나폴레옹은 전투가 벌어지는 동안 늘 전장에서 멀리 떨어져 있었으므로 전투의 경과를 알 수 없었으며, 설사 그가 명령을 내렸다 하더라도 전투 현장에 그대로 전달될 리 만무했다.

수많은 역사가들은 보로디노 전투에서 프랑스가 완승을 거두지 못한 것은 나폴레옹이 콧물감기에 걸렸던 때문이라고 쓴다. 만일 그가 콧물감기에 걸리지만 않았어도 훨씬 탁월한 명령을 내렸을 것이고, 만일 그렇게 되었다면 러시아는 오래전에 멸망하여 세계지도가 바뀌었을 것이라고 쓴다.

하지만 엄밀히 말해 실제 전투에서 그가 한 일은 아무것도 없다. 나폴레옹은 그 전투에서 그 누구를 향해 총을 쏘지도 않았고 그 누구를 죽이지도 않았다. 전쟁의 주된 업무, 즉 살육은 모두 싸움터의 군사들이 수행했다. 그리고 그들이 적들을 죽인 것은 나폴레옹의 명령에 의해서가 아니라 자기 자신의 충동에 따른 것이었다. 프랑스 병사건 이탈리아인이건 독일인이건 폴란드인이건, 모두 오랜 행군에 너덜너덜해진 군복을 걸친 채 지치고 굶주려 있었지만 자기들의 앞을 가로막고 있는 적들을 보았을 때 모두 '이제 어쩌랴! 술병의 마개를 땄으니 마실 수밖에!'라고 느꼈을 것이다. 그때 만일 나폴레옹이 그들을 막아서며 러시아와 싸우지 말라고 했다면 그들은 나폴레옹을 죽이고라도 싸우려 했을 것이다. 이제 싸움은 불가피해졌던 것이다!

그들이 사람을 죽인 것은 나폴레옹의 명령에 의해서가 아니다. 싸움을 이끌어간 것도 나폴레옹이 아니다. 그의 작전 명령은 하나도 제대로 수행되지 않았고, 전투가 한창일 때 그는 눈앞에서 무슨 일이 벌어지고 있는지 알 수 없었다. 전투는 그의 의지대로 행해진 게 아니라 전투에 실제로 참여한 수만 명 병사들의 의지대로 행해졌다. 다만 나폴레옹 자신만 '이 모든 게 자신의 의지로 이루어졌다'고 착각하고 있었을 뿐이며, 역사가들은 그 착각을 그대로 사실인 양 기록했던 것이다. 그러니 나폴레옹이 콧물감기에 걸렸느냐 아니냐 하는 문제는 수송부대의 졸병 한 명이 콧물감기에 걸렸느냐 아니냐 하는 문제와 비슷한 정도의 무게만 갖고 있을 뿐이다.

역사가들이 기록하고 있는 나폴레옹의 작전 명령은 아주 훌륭하다. 이전에 승리를 거둔 다른 전투들에 비해 오히려 더 훌륭하다고 할 정도이다. 그런데 그 작전명령이 형편없었다고 평가하는 역사가들도 많다. 하지만 그들이 그렇게 평가하는 이유는 딱 한 가지다. 그 전투가 나폴레옹이 경험한 첫 패전이었기 때문이다. 반대로 아주 졸렬한 명령의 경우에도 만일 결과가 좋다면 그 명령을 분석하는 책이 몇 권 나올 정도로 훌륭하다는 칭송을 받는다.

결과를 제쳐놓고 본다면 나폴레옹은 보로디노 전투에서 그 어느 때보다 자신의 역할을 충실히 해냈다. 아니, 어찌 보면 다른 때보다 훌륭했다고 할 만하다. 그는 현명한 조언에 귀를 기울였으며 그 어떤 혼란이나 모순에 빠지지도 않았다. 그는 당황하지도 않았고 싸움터에서 도망가지도 않았다. 그는 자신의 재능과 경험을 살려, 이 피비린내 나는 비극에서 자신이 맡은 역할을 차분하고 위엄 있게 수행했다.

전선을 두 번째로 꼼꼼히 시찰하고 돌아온 나폴레옹이 휘하 장군들에게 말했다.

"이제 체스 판에 말들이 놓인 거야. 내일 시합이 시작되는 거야."

나폴레옹은 펀치 술을 두 잔 마신 후 내일의 결전에 대비하기 위해 일찍 잠자리에 들었다. 하지만 좀처럼 잠이 오지 않았다. 그는 당직 부관을 불렀다. 당직 부관이 천막 안으로 들어오자 나폴레옹이 물었다.

"어떤가, 라프. 오늘 일이 다 잘되어 가는 것 같은가?"

"물론입니다, 폐하! 병사들은 모두 폐하께서 스몰렌스크에서 하신 말씀을 기억하고 있습니다. '술병의 마개를 딴 이상 마시지 않을 수 없다'라고 하신 말씀을……."

나폴레옹은 미간을 찌푸리고 두 손을 머리에 얹은 채 한참을 말없이 의자에 앉아 있었다.

그가 불쑥 말했다.

"우리 군대도 좀 불쌍하긴 해. 스몰렌스크 이후 병력이 확 줄었어. 라프, 운명이란 건 바람둥이 여자 같은 거라네. 나는 늘 그렇게 말해왔고 지금 그걸 실제로 겪고 있는 중이야. 참, 근위대 있잖아, 근위대는 온전하겠지, 라프?"

"그렇습니다. 폐하!"

"이보게 라프, 전술이 뭔지 자네 알고 있나? 그건 어느 순간 적보다 강해지는 기술을 말하는 거야. 그뿐이지 다른 아무것도 아니야."

라프는 아무 말도 하지 않았다.

"내일 우리들은 쿠투조프와 싸우는 거야. 브라우나우 전투에서 사령관이었던 자야. 자네도 알고 있지? 3주일 동안 진지를 단 한 번도 시찰해보지 않은 사람이야. 암튼 내일 두고 보자고!"

당직 부관을 내보내고도 잠이 오지 않아 나폴레옹은 밤을 꼬박 새웠다.

새벽 5시 반 나폴레옹은 세바르디노 마을을 향해 말을 몰았다. 동이 트기 시작했다. 동쪽 하늘에 거무스름한 구름이 한 조각 떠 있을 뿐 하늘은 쾌청했다.

오른쪽 어디선가 포성이 한 발 울려 아침 고요를 깨뜨렸다. 이어서 두 번째, 세 번째, 그리고 연달아 네 번째, 다섯 번째 포성이 울렸다. 이어서 마치 서로 어울리기라고 하는 듯 연이어 포성이 울렸다.

호위병을 거느리고 세바르디노 보루까지 간 나폴레옹은 말에서 내렸다. 드디어 시합이 시작되었다.

제10장

피에르는 안드레이 공작 곁을 떠나 고르키로 돌아왔다. 그리고 보리스가 마련해준 헛간 좁은 구석에 몸을 눕혔다.

이튿날 피에르가 눈을 뜨니 헛간 안에 아무도 없었다. 밖에서는 대포 소리가 들리고 있었다. 그를 깨운 늙은 조마사가 그에게 말했다.

"모두들 떠나셨습니다. 총사령관 각하께서도 이미 떠나셨습니다."

피에르는 말을 타고 어제 싸움터를 내려다보았던 언덕으로 올라갔다. 그곳에는 쿠투조프를 비롯해서 참모부의 장교들이 모여 있었다. 쿠투조프는 망원경으로 아래쪽을 내려다보고 있었다. 언덕에 올라서자 피에르는 눈앞의 광경에 넋을 잃고 말왔다. 풍경은 어제와 같았지만 군사들이 빽빽이 차지하고 있었으며 포연과 총연(銃煙)이 자욱한 가운데 오른편에서 갓 떠오른 찬란한 태양이 맑은 아침 공기를 뚫고 황금빛과 장밋빛으로 반짝이는 광선을 내리쪼이면서, 여기저기 길고 검은 그림자를 만들어내고 있었다.

발루예보 저편에는 군인들로 꽉 메어진 스몰렌스크 가도가 뻗어 있었고, 그 앞에 황금빛 들녘과 어린 나무들이 자라고 있는 숲이 햇빛을 받아 빛나고 있었다. 그 앞에는 사방에 군인천지였으며, 그들은 모두 활기에 차 있었고 장엄했다. 하지만 무엇보다 피에르를 사로잡은 것은 강의 양쪽 기슭으로 넓게 펼쳐져 있는 보로디노와 콜로차 골짜기였다. 그곳이 바로, 바야흐로 전투가 벌어질 싸움터였다.

보이나강이 콜로차강과 합류하는 거대한 소택지 위를 온통 안개가 뒤덮고 있었으며 태양이 떠오름에 따라 안개가 점차 옅게 흩어지면서 그가 지금 보고 있는 풍경들에 마치 마술 같은 색채와 형상을 부여하고 있었다. 짙은 포연과 뒤섞인 이 안개를 뚫고 아침 햇살을 받은 총검들이 반짝이고 있었다. 그리고 그 자욱한 안개 사이로 하얀 성당과 보로디노 마을의 농가 지붕이 보였으며 탄약과 대포도 여기저기 눈에 띄었다. 참으로 이상한 일이지만 여기저기서 피어오르는 포연과 대포 소리가 이 풍경을 더욱 아름답게 만들었다.

피에르는 문득 포연과 반짝이는 총검과 대포 소리가 들리는 그 현장으로 가보고 싶어졌다. 그는 다른 사람들은 어떤 느낌을 받고 있는지 궁금해서 쿠투조프와 막료들이 서 있는 뒤쪽으로 고개를 돌렸다. 그는 모든 사람들의 얼굴에서 열기 같은 것을 느꼈다.

그때 쿠투조프가 옆에 있던 장군 한 명에게 명령했다.

"자, 이제 가보게! 행운이 있기를!"

피에르는 '나도 가보고 싶다'고 생각하고, 무턱대고 그 장군의 뒤를 따라서 말을 타고 달려갔다. 허겁지겁 말을 몰고 달려가는 그의 모습을 보고 장교들의 얼굴에 실소가 떠올랐다.

장군의 뒤를 따르던 피에르는 곧 장군의 모습을 놓치고 말았다. 하지만 그는 무작정 앞으로 달려갔다. 그의 눈앞에 다리가 보였고 다리 옆에 병사들이 선 자세로 총을 쏘고 있었다. 피에르는 자신도 모르는 새 콜로차강의 다리로 온 것이었다. 여기저기서 총소리가 울렸다. 바로 싸움터 한복판에 온 것이었다. 하지만 그에게는 여기가 바로 싸움터라는 생각조차 들지 않았다. 사방에서 총소리가 들렸고 머리 위로 포탄이 날아가고 있는데도 불구하고 그에게는 그 소리가 들리지 않았으며, 강 건너편에 있는 적군의 모습도 눈에 들어오지 않았다.

"아니, 도대체 여기서 뭐 하고 있는 거야!" 전쟁터 한복판에 어울리지 않는 복장에 어울리지 않는 표정과 태도를 하고 있는 그를 보고 누군가가 외쳤다.

피에르는 가까이 보이는 언덕을 향해 말을 몰았다. 하지만 도중에 말이 총에 맞아 쓰러지는 바람에 비탈길을 걸어서 올라갈 수밖에 없었다. 그 언덕은 러시아 측에서는 '구릉 포대', 혹은 '라예프스키 포대'라고, 프랑스 측에서는 요충지라는 입장에서 '대보루' '운명의 보루' '중앙 보루' 등으로 불렸던 중요한 곳으로서 그 언덕 아래에서 수만 명이 쓰러졌다.

이 구릉에는 세 방면에 참호가 파여 있었고 모두 열문의 포가 장착되어 포를 쏘아대고 있었다. 그리고 포대 뒤에는 보병들이 있었다.

피에르는 언덕을 오르면서 참호를 파고 몇 문의 포를 장착한 이곳이 가장 중요한 격전지라는 생각은 조금도 들지 않았다. 오히려 이곳이 하찮은 곳처럼 여겨졌다. 지금 자신이 바로 그곳에 있기 때문이었다.

그는 참호 가장자리에 앉아 이유도 없이 싱글벙글 웃는 얼굴로 주위를 살펴보았다. 그리고 병사들에게 방해가 되지 않으려고 조심하며 포대 안 이곳저곳을 기웃거렸다. 모두 각자 맡은일을 하느라 여념이 없었지만, 피에르가 보기에 꼭 가족 같은 분위기였다.

피에르가 민간인 복장에 흰 모자를 쓰고 나타나자 병사들은 처음에는 불쾌한 표정을 지었다. 병사들은 그의 곁을 지나가면서 어이없다는 표정을 짓거나 심지어 겁먹은 것 같은 표정을 짓기도 했다. 하지만 이 이상한 사내가 실없는 웃음을 띤 채, 사람들에게 자리를 비켜주기도 하고 상냥한 표정을 지으면서 포탄이 쏟아지는 포대를 마치 가로수 길이라고 걷듯 여유 있게 돌아다니자, 병사들에게서 차츰 불쾌감은 사라지고 재미있다는 표정이 떠올랐다. 마치 막사에서 기르는 개나 고양이 같은 애완동물을 바라보는 것처럼 병사들은 그를 바라보았다. 그리고 그를 '우리 집 나리'라고 부르며 그를 보고 정겹게 웃었다.

포탄 한 발이 날아와 피에르로부터 두 걸음 정도 떨어진 땅을 파 엎어버렸다. 피에르는 옷에 튀긴 흙을 툭툭 털더니 웃음띤 얼굴로 주변을 둘러보았다. 그러자 그와 눈이 마주친 한 병사가 흰 이를 드러내며 그에게 물었다.

"나리, 정말 무섭지 않으세요?"

"그럼, 자네는 무섭나?"

병사가 웃으며 대답했다.

"무섭고말고요! 저놈은 인정사정도 없습니다요. 저놈한테 한 방 맞으면 창자가 공중 분해될 정도인데, 무섭지 않을 도리가 있습니까요?"

시간이 흐를수록 대포의 굉음과 소총의 콩 볶는 듯한 소리가 점점 치열해졌고 쓰러지는 병사의 수도 늘었다. 10시까지 스무 명에 가까운 병사가 쓰러져 실려 갔고. 대포는 두 문이 파괴되었다. 그 와중에도 포대의 병사들은 농담과 익살을 주고받는 등 쾌활함을 잃지 않았지만 그들의 얼굴은 그 무언가 뜨거운 열정으로 끓고 있는 것 같았다. 피에르는 점점 더 치열해지는 전투를 바라보면서 자신의 내부에서 뭔가 부글부글 끓어오르는 것 같은 기분을 점점 더 강하게 느꼈다.

포탄 하나가 피에르 앞의 보루 가장자리에 맞아 흙먼지를 일으켰다. 그러자 지휘 장교가 소리쳤다.

"일제 사격! 야, 이놈들아, 뭐 하고 있는 거야! 어서 가서 탄약을 더 가져오지 못해!"

그 소리에 피에르가 저도 모르게 자리에서 벌떡 일어나 탄약

상자가 있는 아래로 뛰어 내려갔다.

'내가 지금 어딜 가고 있는 거지?' 탄약 상자 가까이 이르렀을 때 피에르는 문득 생각하면서 잠시 주춤했다. 그리고 갑자기 무언가에 부딪친 듯 땅바닥에 나뒹굴었다. 이어서 뭔가 쉭소리가 들리더니 섬광이 번쩍했다. 겨우 정신을 차리고 보니 그는 두 팔을 벌린 채 땅에 엎어져 있었다. 방금 전까지 보아두었던 탄약 상자가 어디론가 날아갔는지 보이지 않았다. 탄약통이 있던 자리에는, 불에 탄 풀잎 위에 그을린 널빤지와 헝겊 나부랭이들이 널려 있을 뿐이었다. 말 한 필이 부러진 멍에의 채를 질질 끌며 옆에서 달려가고 있었고, 또 다른 말 한 필이 피에르처럼 땅바닥에 널브러진 채, 기나긴 비명을 내지르고 있었다.

피에르는 자리에서 일어났다. 아무 곳도 부상당한 곳은 없었다. 그는 다시 포대 위로 뛰어올라갔다. 그러나 그를 가족처럼 대해주던 병사는 한 사람도 그곳에 없었다. 도처에 부상당해 신음하는 병사들이 있었고, 이승과 작별한 병사들도 있었다. 피에르는 그곳으로부터 다시 밑으로 뛰어 내려갔다.

'적들도 틀림없이 이 짓을 그만둘 거야. 자기네들이 한 짓을 보면 몸서리를 치게 될 테니까.' 피에르는 끊임없이 이어지는 들것의 행렬을 바라보며 정말로 순진하게 생각했다.

연기에 가려진 태양은 여전히 중천에 떠 있었다. 왼쪽 세묘노프스코예 마을에서 무언가 연기를 내뿜으며 타고 있었다. 소총과 대포 소리는 점점 더 심해졌다. 피에르에게는 그 소리가 마치 자포자기에 빠진 사람이 마지막 힘을 다해 고함을 지르는 것만 같았다.

제11장

보로디노 전투는 5킬로미터에 달하는 긴 전선에 걸쳐 벌어졌지만 주 싸움터는 보로디노 마을과 바그라티온 돌출보 사이의 약 2제곱킬로미터에 이르는 지역이었다. 말하자면 양쪽에서 훤히 내려다보이는 평야에서 지극히 단순하게, 아무런 전략도 없이 전투가 벌어진 것이다.

전투가 벌어지자 나폴레옹은 언덕 위에서 망원경으로 싸움터를 관찰한 후 언덕에서 내려와 싸움터를 직접 둘러보았다. 하지만 낮은 지대로 내려오자 러시아 병사들과 프랑스 병사들이 뒤범벅이 되어 서로 쫓고 쫓기고 있는 모습만 보이고 포성과 총성이 끊임없이 들려올 뿐, 거기서 무슨 일이 벌어지고 있는지는 알 길이 없었다.

나폴레옹이 파견한 부관들, 전령 장교들이 끊임없이 싸움터에서 달려와 나폴레옹에게 전황을 보고했다. 하지만 그 모든 보고는 오류투성이였다. 우선 지금 어떤 일들이 벌어지고 있는지 정확하게 파악하는 것 자체가 불가능했다. 또한 부관들이 직접 전투 현장까지 가지 않고 다른 사람의 이야기를 그대로 보고한 것이 대부분이었다. 게다가 부관이 보고를 하려고 싸움터로부터 나폴레옹에게까지 몇 킬로미터 달려오는 동안 이미 전황이 변해서 그 보고가 정확할 수 없었다. 그러니 그 보고를 듣고 내리는 나폴레옹의 명령은 엉뚱할 수밖에 없었다.

하나만 예를 들어보자. 부관이 나폴레옹에게 달려와 콜로차 강의 다리는 프랑스군이 점령했다고 보고하며 다리를 건너야 할지 말아야 할지 나폴레옹에게 물었다. 나폴레옹은 전투 대형을 유지한 채 강가에서 기다리라고 명령했다. 하지만 나폴레옹이 그런 명령을 내렸을 때는 이미 러시아군이 다리를 빼앗아 태워버렸을 때였다. 반대로 부관이 돌출보 전투에서 아군이 패했다고 보고했을 때는 프랑스군 별동대가 돌출보 보루를 점령했을 때였다. 따라서 이런 잘못된 정보에 따른 나폴레옹의 명령은 거의 모두 사후 약방문이거나, 실제 벌어지고 있는 상황과는 아무 상관없는 것이었다.

나폴레옹이 언덕 아래 앉아 펀치 술을 들고 있을 때 뮈라 장군의 부관이 나폴레옹에게 달려와 원군을 요청했다. 나폴레옹은 젊은 부관에게 "원군? 원군이라니?"라고 되물었다. 마치 그 말의 뜻을 이해하지 못한 것 같았다.

'아니, 저렇게 약한 러시아군을 상대로 이미 우리 병력의 절반이나 투입했는데 무슨 원군이 필요하다는 거지?'라는 것이 그의 생각이었다. 그는 부관에게 말했다.

"가서 뮈라 장군에게 전해. 아직 정오도 안 되었고, 나는 아직 전체 체스 판을 정확하게 파악하지 못했다고."

그러나 뮈라뿐만이 아니었다. 여기저기서 부관이, 혹은 지휘관이 직접 달려와 나폴레옹에게 원군을 요청했다. 그들은 한결같이 러시아군의 저항이 예상보다 심해서 프랑스군의 군세가 점차 줄어가고 있다고 말했다.

나폴레옹은 이 상황을 이해할 수 없었다. 그는 마음이 어둡고 답답했다. 마치 아무런 계산 없이 마구 돈을 걸어도 돈을 따기만 했던 재수 좋은 노름꾼이, 정작 정확히 계산을 하고 노름에 임했는데 자꾸 돈을 잃어갈 때의 기분과 똑같았다.

그의 생각대로, 아군 군대와 장군은 전과 같은 군대이고 장군이었다. 전투 준비도 이전과 같았고 선전포고 역시 이전처럼 간결하고 힘이 넘쳤다. 그는 자기 자신에 대해 확신했으며 세월이 흐를수록 무르익어간 자신의 경험과 재능을 확신했다. 적도 아우스터리츠와 프리들란드에서 맥없이 물러났던 바로 그 적이었다. 그런데 한 대 강하게 내려치려고 쳐들었던 억센 팔에서 마치 요술처럼 일순간에 힘이 빠져버리다니!

그는 이제까지 자신을 승리로 이끌었던 모든 전략을 다 사용했다. 지금쯤이면 이미 승리했다는 보고가 오는 것이 마땅했다. 그런데 장군들이 전사했다느니, 부상당했다느니, 원병이 필요하다느니, 적군을 격파하는 게 불가능하다느니, 전에는 결코 들어보지 못한 보고가 계속 이어지는 것이다.

나폴레옹은 본능적으로 이건 뭔가 다르다고 느꼈다. 그리고 주변의 장군들 얼굴에서도 비슷한 느낌을 읽을 수 있었다. 모두들 심각한 얼굴들이었으며 서로 눈길이 마주치는 것을 피하고 있었다. 나폴레옹은 전력을 다해 여덟 시간 총공격을 감행하고도 승리를 거두지 못한 전투가 무엇을 의미하는지 그 누구보다 잘 알고 있었다. 그는 이 전투가 이미 위태로운 지경에 이르렀음을 잘 알고 있었다. 그는 이렇게 극도로 팽팽한 전투에서는 사소한 우연 하나만으로도 자신과 자신의 군대가 패배할 수 있다는 것을 잘 알고 있었다.

그는 이 환상과도 같은 러시아와의 전쟁을 다시 한번 되짚어보았다. 두 달 동안의 전쟁에서 승리한 전투도 없었고, 깃발도, 대포도 노획하지 못했으며 포로도 잡지 못했다. 그는 곁에 있는 장군들의 어두운 표정, 러시아의 완강한 저항 앞에서 하소연이라도 하는 듯한 그 표정을 보고 마치 악몽이라도 꾸는 것 같았다. 그러자 자신을 파멸로 이끌 수도 있을 온갖 우연들이 머리에 떠올랐다. 러시아군이 우리 좌익을 습격할지 모른다, 아니다, 중앙을 돌파할지도 모른다, 자기가 유탄에 맞아 목숨을 잃을지도 모른다 등등의 우연들이었다. 그리고 그것은 모두 가능한 일이었다. 이전까지는 성공을 보장해줄 수 있는 우연들만이 떠올랐지만 이번에는 불운을 가져올 수많은 우연들이 떠오른 것이다.

그는 언덕 아래 막사에서 숙연한 모습으로 고개를 떨어뜨린 채, 두 팔꿈치를 무릎에 괴고 의자에 앉아 있었다. 이윽고 옆에 있던 장군 한 명이 그에게 전선 시찰을 권하자 그는 마치 꿈에서 깨어난 듯 자리에서 일어났다. 그는 말을 가져오라 이른 뒤 말에 올라타고 세묘노프스코예를 향해 떠났다.

세묘노프스코예를 향해 가는 도중의 평원에서, 말과 사람들이 마치 피바다를 이루듯이 처참한 모습으로 뒹굴고 있었다.

나폴레옹도, 그의 휘하의 장군들도 이처럼 무서운 모습은 본 적이 없었다. 이렇게 좁은 지역에서 이토록 짧은 시간에 이토록 많은 전사자를 낳은 일은 일찍이 없었다.

나폴레옹은 세묘노프스코예 고지에 올라 아래를 내려다보았다. 포연 속에 낯선 군복을 입은 무리들이 보였다. 러시아군이었다. 러시아군은 세묘노프스코예와 그 언덕 뒤쪽에 밀집해 있었다. 그리고 쉴 새 없이 포탄을 쏘아댔다. 그것은 전쟁이 아니었다. 러시아군에게나 프랑스군에게나 아무 의미 없는 살육일 뿐이었다. 나폴레옹은 이곳으로 오기 전에 빠져 있던 상념에 다시 빠져들었다. 그리고 누구나 자기가 시작한 것으로 여기고 있는 이 눈앞의 전투를 막을 힘이 이제 자신에게 없음을 뼈저리게 느꼈다. 그는 처음으로 실패를 경험하면서 이 살육의 무서움과 쓸모없음을 홀연 이해할 수 있었다.

그때 한 장군이 그에게 달려와 근위대를 지원해달라고 긴급 요청했다. 그러자 나폴레옹이 말했다.

"나는 프랑스에서 3,000킬로미터나 떨어진 곳에서 나의 근위대를 파멸시키고 싶지 않다."

그는 말에 올라 세바르디노로 돌아갔다.

제12장

쿠투조프는 그 육중한 몸을 벤치에 파묻고 백발의 머리를 숙인 채 앉아 있었다. 피에르가 오늘 아침에 그의 모습을 보았던 바로 그 장소였다.

그는 다른 사람들의 보고나 제안에 대해 찬성하거나 반대만 할 뿐, 자기 자신은 아무런 제안도 하지 않았다. 그는 보고를 듣고 있는 동안에도 보고의 내용보다는 보고하는 자의 표정이나 말투에 더 흥미를 느끼는 것 같았다.

그는 오랜 군대 경험과 노인의 지혜로, 죽음과 싸우고 있는 이 수많은 인간들을 자신 혼자 지휘하는 것을 불가능하다는 것을 알고 있었다. 그는 전투의 운명을 결정하는 것은 총사령관의 명령이 아니라는 것, 어디어디를 점령하고, 전사자가 얼마라는 등의 수시로 변하는 전황 자체도 아니라는 것을 잘 알고 있었다. 그는 전투의 운명을 결정하는 것은 바로 그 종잡을 수 없는 병사들의 사기(士氣)임을 잘 알고 있었고, 끊임없이 그것에 주목하면서, 자신의 힘이 미치는 한 그것을 잘 다루려 애쓰고 있었다. 그의 표정은 평온하면서 동시에 심각했고, 그 표정은 나이에 따른 그의 쇠약한 몸과는 놀랄 만한 대조를 이루고 있었다.

오전 11시, 프랑스군이 점령했던 돌출보를 러시아군이 탈환했지만 바그라티온 장군이 심각한 부상을 당했다는 보고가 왔다. 쿠투조프는 바로 뒤에 서 있던 뷔르템베르크 대공에게 제2 군단을 지휘해 달라고 부탁했다. 대공이 출발한 지 얼마 되지 않아 대공의 부관이 원군을 요청하자 그는 도흐투로프에게 제2 군단의 지휘를 다시 맡기고 뷔르템베르크 대공을 돌아와 달라고 전했다.

이어서 적의 장군 한 명을 포로로 잡았다는 보고가 들어왔다. 참모들이 모두 축하의 말을 건네자 쿠투조프는 빙그레 웃으며 말했다.

"이보게들, 조금 더 기다려. 조금 더 기다려야 해. 전쟁은 우리가 이겼어. 그러니 장군 한 명 생포했다고 해서 조금도 이상할 것 없어. 아직 기뻐하기는 일러."

시가 지나자 프랑스군은 공격을 멈추었다. 전장에서 돌아오는 지휘관의 얼굴에도, 쿠투조프 주변의 막료의 얼굴에도 극도의 긴장감이 서려 있었다. 예상 밖의 성공이었지만 쿠투조프는 나이를 이길 수 없었다. 그의 고개가 몇 번 숙여졌다 올라갔다 반복하더니 이윽고 그가 꾸벅꾸벅 졸기 시작했다. 그는 점심식사 때까지 내처 졸았다.

점심식사가 끝나자 보고가 줄을 이었다. 쿠투조프는 부관을 불러서 내일의 명령서를 받아 적게 했다. 그리고 다른 부관에게 말했다.

"자네 지금부터 각 전선을 돌며 내일은 우리가 공격한다고 전하게."

이른바 육체에 깃든 정신이라고 할 수 있는 신비스러운 직관에 힘입어 쿠투조프가 내린 명령은 즉각 전 부대 구석구석까지 전달되었다. 물론 맨 마지막까지 전달된 내용은 애초에 쿠투조프가 내린 명령 그대로는 아니었다. 말단에서 사람들이 주고받은 명령서의 문구는 처음과는 완전히 달랐다. 하지만 그 명령서에 담긴 뜻은 고스란히 전달되었다. 그 명령서에는 총사령관의 깊은 속마음이 담겨 있었고, 그 마음이 모든 러시아 병사들의 마음에 메아리를 불러일으킨 덕분이었다. 자칫 지쳐갈 수도 있던 병사들은 내일 아군이 적군을 공격한다는 최고위층의 확실한 뜻을 느끼고 위안을 받았을 뿐 아니라 원기 백배했다.

제13장

 안드레이 대령이 지휘하는 연대는 예비 병력으로 분류되어 세묘노프스코예 후방에 머물러 있었다. 이미 200명 이상의 병력을 잃은 안드레이 휘하의 연대는 1시가 지났을 무렵 세묘노프스코예와 앞쪽 언덕 위 포대 사이에 있는 귀리 밭으로 진격하라는 명령을 받았다. 이날 수천 명의 전사자가 발생한 격전지로 오후 1시부터 적의 집중포화가 이어지고 있는 곳이었다.

 그곳으로 진출한 안드레이 휘하 연대는 그 자리에서 꼼짝도 하지 못한 채 총 한 방 쏴보지 못하고 3분의 1 병력을 잃었다. 게다가 적의 집중포화는 쉴 새 없이 이어지고 있었다. 이제 모두들 살아남을 가능성보다는 죽을 가능성이 크다며 체념한 모습이었다.

연대장인 안드레이로서도 별수가 없었다. 그는 뒷짐을 지고 고개를 떨어뜨린 채 귀리밭 옆 두렁 위를 이리저리 왔다 갔다 하고 있었다. 아무것도 할 일이 없었고, 내릴 명령도 없었다. 모든 것이 자동적으로 진행되고 있었다. 부상자들이 계속 후송되어 갔고, 병력은 자꾸 줄어들고 있었다. 안드레이도 다른 병사들과 마찬가지로 어떻게 하면 이 두려움에서 벗어날 수 있을까 하는 궁리에 젖어 있었다.

순간 "조심하세요!" 하는 병사의 외침 소리가 들렸다. 이어서 포탄 하나가 날카로운 소리를 내며 공기를 가르고 날아오더니 마치 땅에 새가 내려앉듯 안드레이로부터 몇 발자국 앞에 떨어졌다. 안드레이와 얼마간 떨어져 있던 부관이 "엎드리세요!"라고 외치며 바닥에 엎드렸지만 안드레이는 어쩔 줄 모르고 그냥 서 있었다. 포탄은 땅에 엎드린 부관과 안드레이 사이에서 연기를 내며 팽이처럼 뱅뱅 돌고 있었다.

'이게 정말 죽음이라는 걸까?' 안드레이는 뭐라 정의 내리기 어려운 회한에 젖어 빙글빙글 돌고 있는 물체에서 피어오르는 연기를 바라보며 생각했다. '나는 죽고 싶지 않다. 나는 삶을 사랑한다. 나는 이 풀과 흙과 공기를 사랑한다!'

하지만 그는 자기가 눈앞에서 보고 있는 게 무엇인지 의식조차 못 했다. 순간 엄청난 폭발음이 울렸다. 휙 날려간 안드레이는 팔을 앞으로 내뻗은 채 가슴을 바닥으로 향하고 널브러졌다.

잠시 후 안드레이는 천막 의무실에서 눈을 떴다. 하지만 한참 동안 도대체 무슨 일이 일어난 것인지 깨달을 수 없었다. 옆에서 사람들 말소리가 들렸지만 아득한 꿈속 같았다.

그 와중에 막연하게 이런 생각이 그에게 떠올랐다.

'이제 다 마찬가지 아닌가? 저승에는 무슨 일이 있을까? 이승에는 무엇이 있었던가? 나는 왜 이승과 헤어지는 걸 그토록 안타까워했던 것일까? 그래, 이곳의 삶에는 내가 이해하지 못했고 지금도 이해하지 못하고 있는 그 무언가가 분명히 있다.'

안드레이는 곧 수술대 위에 눕혀졌다. 주위에서 들리는 소음과 옆구리, 배, 등의 통증 때문에 생각을 집중할 수가 없었다. 주변에 보이는 것들은 모두 '피투성이가 된 벌거숭이 몸뚱이'라는 단 한 가지 인상으로 응축되었다. 그것은 언젠가 스몰렌스크 가도의 웅덩이를 가득 채우고 있던 바로 그 몸뚱이들이었다.

천막 안에는 세 개의 수술대가 놓여 있었다. 두 개의 수술대 위에는 이미 환자가 있었기에 안드레이는 세 번째 수술대 위에 눕혀졌다. 이윽고 위생병이 부랴부랴 그의 옷의 단추를 끄르고 윗옷을 벗겼다. 군의가 몸을 굽혀 그의 상처를 살펴보고는 무거운 한숨을 내쉬었다. 안드레이는 하복부의 통증을 못 이기고 다시 정신을 잃었다.

그가 겨우 의식을 회복했을 때 아직 살 조각이 너덜너덜 붙어 있는 부러진 뼛조각은 들어내져 있었으며 상처에는 붕대가 감겨 있었다. 안드레이는 눈을 떴다. 그러자 군의관이 허리를 굽혀 그의 입술에 입을 맞춘 후 급히 자리를 떴다.

극심한 고통을 겪은 후 안드레이는 이루 말로 표현하기 어려울 정도의 행복에 젖어 있었다. 그의 눈앞에 그의 생애에서 가장 행복했던 순간들이 스쳐 지나갔다. 특히 그의 옷을 벗기고 침대에 눕힌 뒤 유모가 노래를 불러주던 유년기가 떠올랐다. 그는 살아 있다는 감각만으로도 행복을 느꼈으며, 그의 지나간 생애 전체가 바로 현재가 된 것 같았다.

군의관은 어느 부상병 앞에서 그를 돌보고 있었다.

"그걸…… 보여줘요……. 제발…… 제발…… 보여줘요." 환자가 고통스럽게 신음하면서 토막토막 끊긴 목소리로 애원하고 있었다. 군의관은 피범벅이 된 그의 장화를 그에게 보여주었다. 그 속에는 끊어진 그의 다리가 들어 있었다.

"오! 오오오오……." 그는 흐느껴 울었다.

안드레이는 고개를 돌렸다. 어딘지 아는 사람 같았다.

"그래, 그 사람! 아니, 그 사람이 어떻게 여기에!"

위생병이 그를 부축하고 물을 먹여주었다. 그의 부르튼 입술이 하도 심하게 떨리는 바람에 제대로 잔을 입에 델 수 없었다. 그는 고통스럽게 흐느끼고 있었다. 그는 바로 아나톨리 쿠라긴이었다. 하지만 아직 채 정신을 차리지 못한 안드레이는 자기 눈앞에서 벌어지고 있는 일의 의미를 충분히 이해하지 못한 채 자문했다.

'그래, 바로 그 친구야! 나와 고통스러운 인연으로 가깝게 맺어져 있는 사람! 그런데 내 유년기, 그리고 내 생애와 저 사람은 어떻게 연결이 되어 있는 것일까?'

그러자 그토록 순수하고 사랑스러운 유년기의 왕국에 예기치 않던 새로운 기억이 떠올랐다. 1810년 무도회에서 처음 보았던, 바로 그때의 나타샤 모습이었다. 그 가느다란 손과 목 그리고 그 무엇에서건 기쁨을 느낄 준비가 되어 있는 것처럼 생기에 넘치던 그 행복한 얼굴! 그러자 이전 그 어느 때보다도 가장 강하고 생생하게, 그녀를 향한 사랑과 그리움이 그의 영혼 속에서 눈을 떴다. 그는 이제 자기 자신과 저 게슴츠레한 눈으로 눈물을 흘리며 자신을 바라보고 있는 사내가 어떻게 연결되어 있는지를 기억해낼 수 있었다. 안드레이는 모든 것을 기억해낼 수 있었고, 그 사내를 향한 거의 무아지경 같은 연민과 사랑이 마음속에 흘러넘쳤다.

안드레이는 더 이상 참지 못하고, 그가 아는 사람들, 자기 자신, 그리고 그들과 자기 자신이 저지른 과오를 위해 부드러운 사랑의 눈물을 흘렸다.

'연민, 우리를 사랑하는 사람이건 우리를 증오하는 사람이건, 모든 형제들에 대한 사랑, 적에 대한 사랑……. 그래, 하느님이 이 땅에서 설파했던 사랑이고, 누이동생 마리아가 내게 가르치려 했지만 내가 이해하지 못했던 사랑이다. 내 삶 속에는 내가 아직 배워야 할 것이 남아 있었던 것이고, 내가 삶에 미련을 가졌던 것은 바로 그 때문이다. 하지만 이제 너무 늦었음을 나는 잘 알고 있다!'

제14장

시체와 부상자로 뒤덮인 싸움터를 바라보며 나폴레옹은 이제까지 느껴보지 못했던 상념에 사로잡혀 있었다. 특히 늘 그와 함께했던 스무 명이나 되는 장군들의 사망과 부상 소식은 그에게 충격을 주었다. 그리고 그 고통과 죽음이 자기에게도 엄습하고 있음을 느꼈다.

지금 이 순간 그는 더 이상 모스크바도, 명예도, 승리와 정복도 원하지 않았다. 그가 원하는 것은 단지 휴식과 평온과 자유, 바로 그것이었다.

그는 자신을 사로잡고 있던 이상(理想)에 대해 생각했다.

'이 전쟁은 모든 사람에게 안전과 평화를 주는 전쟁이 될 수도 있었다. 인류의 재난에 종말을 고하고 평화의 토대를 닦는 전쟁이 될 수 있었으리라. 나는 평등한 유럽을 건설할 것이며 그 위업이 이룩되면 나는 나의 독재정치에 종지부를 찍고 입헌민주주의 체제를 공고히 할 수 있었으리라. 그때 파리는 세계의 수도가 되고 세계 전 민족이 프랑스인을 부러워하게 되었으리라.'

그는 신의 섭리에 의해, 그 영광스런 목적을 달성하기 위한 사형집행인의 역할을 자신이 맡은 것이라고 생각하고 있었다. 절대 권력에 의해 인류에게 선행을 쌓을 수 있다는 그 믿음을 그는 간직하고 있었던 것이다.

그 무엇엔가 홀려서건, 혹은 관성에 의해서건 결국 프랑스군은 보로디노에 머물거나 물러서지 않고 계속 모스크바를 향해 전진했다. 그리고 러시아군은 후퇴했다. 혼란에 빠진 러시아군의 후위 부대 모습을 본 사람들은 프랑스군이 좀 더 분발한다면 러시아군은 흔적도 없이 궤멸시킬 수 있을 것이라고 말했으리라. 그리고 프랑스군의 후위 부대를 본 사람이라면 정반대 이야기를 했으리라. 그러나 러시아군도 프랑스군도 그 분발을 하지 않았다. 싸움의 불꽃은 그저 다 타버릴 때까지 서서히 타들어가고 있었을 뿐이다.

러시아군이 그 노력을 하지 않은 것은 이 전쟁이 방어 전쟁이지 공격 전쟁이 아니었기 때문이다. 싸움이 시작되었을 때나 싸움이 끝났을 때나 러시아군은 여전히 모스크바로 향하는 가도에 머물러 있었다. 설령 러시아군의 목적이 적을 공격하여 격퇴하는 데 있었다 할지라도 러시아군에는 그런 능력이 없었다. 전투 중에 손실을 입지 않은 부대는 하나도 없었고, 전력의 거의 절반을 잃은 때문이었다.

하지만 프랑스군은 그 조금의 노력을 더 할 수 있었다. 프랑스군은 15년 동안 늘 이겨온 기억만 간직하고 있었다. 그들은 나폴레옹의 필승을 아직 믿고 있었고 게다가 이미 러시아 깊숙이까지 점령하고 있었다. 병력 손실도 실은 전체 병력의 4분의 1을 잃은 데 불과했고, 아직 2만 명의 황실 근위대가 건재해 있었다.

그래서 만일 나폴레옹이 근위대를 투입했더라면 전쟁을 승리로 이끌었으리라고 말하는 사람들이 많다. 하지만 나폴레옹은 그렇게 하지 않았고, 프랑스 측 장군이건 장교건 사병이건 그런 믿음을 갖고 있지 않았다. 한 마디로 그들은 의기소침해 있었다.

나폴레옹만이 '한 대 강하게 내리치려고 쳐들었던 억센 팔에서 마치 요술처럼 일순간에 힘이 빠져버리다니!' 하는 느낌을 갖고 있는 것이 아니었다. 모든 장군과 장교와 병사들, 심지어 전쟁을 지켜보는 본국 사람들도 그렇게 느꼈다. 이전에는 언제나 이번에 기울였던 10분의 1 정도의 힘으로도 승리를 쟁취할 수 있었다.

그런데 그 열 배의 힘을 들인 이번 전쟁에서 군대의 절반을 잃은 지금 아직도 적이 저항하고 있다는 엄연한 사실 앞에 그들은 모두 공포를 느끼고 있었다. 프랑스군은 이미 정신적으로 지쳐 있었던 것이다.

그런 의미에서 러시아군은 보로디노 전투에서 물리적 계산과는 상관없이 정신적으로 승리했다. 프랑스군은 옆구리에 치명상을 입은 야수처럼, 자신이 파멸할 것을 알면서도 그저 맹목적으로 전진할 수밖에 없었다. 아직 프랑스군의 절반밖에 되지 않는 러시아군이 퇴각할 수밖에 없었던 것과 마찬가지로 프랑스군은 머물러 있을 수 없었다. 그리고 그 기세로 모스크바까지 밀고 갈 수 있었다. 하지만 그곳에서 러시아군의 저항을 받지 않더라도 프랑스군은 보로디노 전투에서 이미 치명상을 입은 것과 마찬가지였다.

결국 보로디노 전투의 영향으로 뒷날 나폴레옹은 아무런 원인도 없이 스몰렌스크로 향하는 길을 통해 퇴각할 수밖에 없었고, 50만 대군을 거의 다 잃을 수밖에 없었으며, 바로 그 보로 디노에서 정신적으로 우위를 점한 러시아에게 굴복당해 멸망할 수밖에 없었던 것이다.

제
10
부

제1장

사실 보로디노 전투 이후 쿠투조프는 프랑스군과 일대 결전을 벌이려 했다. 러시아군이 승리했다고 확신한 때문이었다. 하지만 속속 들어온 보고에 의하면 러시아군의 피해는 사상 유례가 없을 정도로 막심했다. 군대의 절반 정도가 상실된 것이다. 게다가 아직 부상자도 제대로 수용하지 못했으며 탄약 보충도 없고, 아직 전사한 각 부대 지휘관이 임명되지도 않은 상태에서 전투를 다시 시작한다는 것은 불가능했다. 게다가 전투가 끝난 바로 이튿날 기진맥진해 있을 줄 알았던 프랑스군이 러시아군대를 향해 밀려왔다. 일종의 가속 운동이었다.

전군이 필승의지에 불타올랐음에도 불구하고 전투준비가 안된 러시아군은 조금씩 후퇴할 수밖에 없었다.

이윽고 프랑스군이 모스크바를 코앞에 둔 지역까지 진격해 왔을 때 필리의 한 오두막에서 군사회의가 열렸다. 과연 모스 크바를 사수하여 프랑스군과 일전을 벌일 것인가, 아니면 모스 크바를 포기하고 후퇴할 것인가를 결정하는 군사회의였다.

오후 2시, 안드레이 사보스티야노프라는 농부의 오두막 중 가장 넓고 깨끗한 방에 쿠투조프를 비롯해 장군들이 속속 모여 들고 있었다. 이 농부의 대가족은 현관 입구의 비좁은 방에서 몸을 비비대고 앉아 있었다. 다만 안드레이의 여섯 살 난 말라 샤라는 딸을 총사령관이 귀여워해서 그 애만 회의가 열리는 방 벽난로 위에 앉아 있었다.

말라샤는 성상 아래 놓인 커다란 탁자 주위로 장군들이 차례 로 들어와 앉자 그들의 군복과 훈장 등을 호기심에 찬 눈으로 바라보고 있었다. 할아버지(아이는 쿠투조프를 할아버지라고 불렀다)는 그들과 떨어져 벽난로 옆에 홀로 앉아 있었다. 그는 접는 의자 에 몸을 깊숙이 묻은 채 줄곧 끙끙거리고 있었고, 윗옷 깃을 자 주 매만지고 있었다. 윗옷의 단추를 모두 풀어놓았는데도 목이 죄는 모양이었다.

탁자 앞 긴 의자에는 예르몰로프, 톨리, 도흐투로프, 톨스토이, 라예프스키, 코노브니친 장군들이 둘러 앉아 있었다. 그들은 군사회의에 들어가지 않고 오랫동안 잡담만 나누었다. 그들은 모두 베니그센을 기다리고 있었다. 베니그센은 새로운 진지 시찰을 한다는 구실로 실은 혼자 맛있는 식사를 하고 있었다.

이윽고 6시가 다 되어서야 베니그센이 들어왔고 회의가 시작되었다. 회의는 베니그센이 다음과 같은 질문을 제기하는 것으로부디 시작되었다.

"우리는 전투도 하지 않고 러시아의 '거룩한 고도(古都)'를 포기해야 할 것인가 아니면 끝까지 수호해야 할 것인가?"

베니그센은 평소에도 모스크바의 방어를 역설했다. 하지만 그 속셈은 뻔했다. 방어가 실패로 끝났을 경우 군대를 모스크바까지 후퇴시킨 쿠투조프에게 책임을 전가하고, 성공할 경우에는 모든 것을 자기의 공으로 돌리자는 것이었다. 또한 만일 자기의 주장이 거부당했을 경우 모스크바 포기의 죄를 남에게 돌리자는 속셈도 있었다. 그에게는 그의 말대로 '거룩한 고도'를 지켜야겠다는 목적보다는 일신의 안위가 우선이었다.

오랫동안 침묵이 이어졌다. 장군들은 모두 일그러진 얼굴로 쿠투조프에게로 눈길을 향하고 있었다. 쿠투조프는 얼굴을 잔뜩 찌푸린 채 화가 치미는 것을 참고 있는 것 같았다. 어린 말라샤까지도 그것을 분명히 알 수 있었다.

"러시아의 거룩한 고도?" 쿠투조프는 화난 음성으로 베니그센이 한 말을 그대로 되뇌었다. 그 말이 잘못되었다는 것을 분명히 지적하려는 것 같았다.

그는 황제 측근 권력자인 베니그센에게 확실한 예를 갖추어 말했다.

"각하, 이런 말을 해도 좋을지 모르겠지만, 각하가 제기한 질문은 우리 러시아에게 하등 중요할 게 없는 질문입니다. 그런 질문은 해서는 안 될 뿐 아니라 아무 의미도 없습니다. 내가 여러분들을 이곳에 모이게 한 뒤에 던지고자 한 질문은 군사적인 질문입니다. 그 질문은 다음과 같습니다. '러시아의 구원은 군대에 달려 있다. 전투를 벌여 러시아군대와 모스크바를 잃을 것이냐, 아니며 전투 없이 모스크바를 넘겨줄 것이냐?' 제가 듣고 싶은 것은 이 질문에 대한 여러분의 의견입니다."

말을 마친 후 그는 의자에 몸을 깊숙이 묻었다.

이어서 토론이 시작되었다. 베니그센은 여전히 전투를 주장하며 구체적인 전략까지 내놓았다. 사람들의 의견은 베니그센 찬성파와 반대파의 둘로 갈라졌다. 예르몰로프, 도흐투로프, 라예프스키는 베니그센의 의견에 동의했다. 그들은 이 회의로서 이미 진행된 사태를 돌이킬 수 없다는 사실과, 모스크바가 이미 함락된 것과 다름없다는 사실을 깨닫지 못하고 있는 것 같았다. 사태를 깨닫고 있는 장군들은 이미 퇴각을 기정사실로 여기고 그 경우 군대가 취해야 할 행동에 대해 의견을 내놓았다.

사람들의 이야기를 하나도 빼놓지 않고 듣고 있던 말라샤의 눈에는 그 논쟁이 할아버지와 옷자락이 긴 사람(그 애는 베니그센을 그렇게 불렀다) 둘 사이의 개인적인 싸움으로 보였다. 그 애는 은근히 할아버지 편을 들었다. 그 애는 할아버지가 이야기를 하면서 가끔씩 옷자락이 긴 사람에게 비웃는 듯한 웃음을 흘리는 것을 보았다. 이윽고 할아버지가 무슨 말인가 해서 옷자락이 긴 사람을 이긴 것처럼 보이자 소녀는 너무 기뻤다.

베니그센은 갑자기 얼굴이 새빨갛게 되어 방 안을 서성거렸다. 그는 그가 내세운 전략이 얼마나 무모한지 쿠투조프가 아주 낮은 목소리로 조목조목 반박하자 할 말을 잃었던 것이다.

토론이 얼마간 계속되었지만 장군들은 점점 더, 더 이상 할 말은 없다는 느낌을 받았다. 잠시 침묵이 흘렀다. 순간 쿠투조프의 입에서 긴 한숨이 새어 나왔다. 모두들 그가 입을 열려 한다는 것을 눈치 채고 그를 향하여 얼굴을 돌렸다.

"여러분, 깨진 항아리 값을 치러야 하는 건 바로 나입니다.

나는 여러분들의 의견을 모두 들었습니다. 몇몇 사람은 내 생각에 동의하지 않고 있는 걸 잘 알고 있습니다. 하지만……." 그는 잠시 말을 끊었다. "황제와 조국이 내게 부여한 권한의 이름으로, 나는 퇴각을 명령합니다."

장군들이 모두 돌아간 뒤 쿠투조프는 탁자에 팔꿈치를 짚은 채 오랫동안 이 무서운 문제에 대해 깊은 생각에 잠겨 있었다.

'언제, 그리고 어떻게 모스크바를 포기하기로 결정된 것일까? 이 일은 과연 누구의 책임일까?'

새벽 1시가 되어서야 방으로 돌아온 쿠투조프는 부관에게 말했다.

"나는 이런 일이 있으리라고는 생각하지도 못했어! 그런 일이 가능하다고는 꿈조차 꾸지 못했어!"

"각하, 좀 쉬셔야겠습니다."

"좋아, 두고 보라지! 놈들에게 꼭 말고기를 먹이고야 말 거야! 꼭 처먹이고 말 거야!" 쿠투조프는 탁자를 내리치며 외쳤다.

제2장

조정 대신들과 함께 빌나로부터 페테르부르크로 돌아온 엘렌은 몹시 난처한 입장에 처해 있었다. 동시에 두 명의 사내의 총애를 받게 된 것이다. 그중 한 명은 러시아의 국정을 맡고 있는 대신이었고 다른 한 명은 외국의 황족이었다. 그녀는 외국 황족을 택하고 그와 결혼하기 위해 가톨릭으로 개종했다.

8월 초순 그녀는 남편 피에르에게 편지를 썼다. 자신이 이번에 어떤 사람과 결혼을 하려 하니, 이 편지를 가져간 사람이 전달해주는 서류를 받아보고 그에 따라, 이혼에 필요한 수속을 밟아달라는 내용이었다.

그녀는 편지 끝에 '하느님께 간절히 비오니, 그분의 거룩하고 전능하신 힘이 당신을 보호해주시기를. 당신의 친구 엘렌'

이라고 썼다. 이 편지는 피에르가 보로디노 싸움터에 있을 때, 모스크바의 그의 집에 전달되었다.

보로디노 전투가 막바지에 이르렀을 때, 피에르는 병사들과 함께 후퇴하는 대열에 뒤섞였다. 그에게는 한시라도 빨리 낮 동안 받았던 끔찍한 인상에서 벗어나 다시 일상으로 돌아가 자기 방 침대 위에서 조용히 자고 싶다는 일념뿐이었다. 그는 후퇴하는 병사들 틈에 섞여 모자이스크를 향하여 부지런히 발걸음을 옮겼다. 이미 황혼이 내리고 있었으며 대포의 굉음도 멈춰 있었다.

피에르가 모자이스크에 도착했을 때 그는 다행히 조마사를 만날 수 있었다. 조마사는 피에르를 찾아서 온 시가를 헤맨 끝에 이제 그만 포기하고 숙소로 돌아가던 참이었다. 그는 어둠 속에서 하얗게 빛나는 피에르의 모자를 보고 그를 발견한 것이다.

피에르는 조마사와 함께 숙소로 돌아갔지만 빈방이 없었다. 피에르는 마당으로 나와 외투를 푹 뒤집어 쓴 채 자기의 포장마차 안에 몸을 눕혔다.

베개에 머리를 얹자마자 피에르는 곧바로 잠에 빠져들었다. 그런데 그가 잠에 빠져들자마자 갑자기 쾅쾅하고 포성이 울리기 시작했다. 이어서 사람들의 신음이 들렸고 피 냄새와 화약 냄새가 확 풍겼다. 순간 피에르는 죽음의 공포에 사로잡혔다. 그는 깜짝 놀라 눈을 뜨고 고개를 쳐들었다. 마당 안은 쥐죽은 듯 고요했다. 문 앞에서 병사 한 명이 여인숙 일꾼과 잡담을 나누고 있었다. 건초와 비료와 타르 등 평화로운 전원 냄새가 마당 전체에 흐르고 있었고 마차 틈 사이로 별들이 총총히 빛나고 있는 하늘이 보였다.

'오, 고맙게도 모든 것이 끝났다. 공포란 그 얼마나 무서운 것인가! 아, 내가 그렇게 공포에 사로잡혀 있었다니 그 얼마나 부끄러운 일인가! 그런데 '그들'은 최후의 순간까지 의연하고 침착했다.'

'그들'은 바로 병사들을 말하는 것이었다. 포대에 있던 그들, 자신에게 먹을 것을 주던 그들, 성모상 앞에서 기도를 드리던 바로 그 병사들을 말하는 것이었다. 그들은 그의 마음속에서 그가 알고 있던 사람들과는 뚜렷이 구별되었다.

그는 생각했다.

'그래, 병사가 되는 것이다. 단순한 병사가 되는 것이다. 그 공동생활로 들어가 거기에 자신의 전 존재를 스며들게 하는 것이다. 그들에게 스며들어 그들을 그렇게 만든 바로 그것이 내게 스며들게 하는 것이다. 오, 하지만 어떻게 해야 내가 내 어깨에 짊어지고 있는 이 저주스럽고 불필요한 짐을 벗어버릴 수 있을 것인가! 아, 나도 한때 그렇게 될 수 있었다. 나는 언제고 아버지의 집에서 도망칠 수 있었다. 돌로호프와 결투한 다음에도 일개 병사로 입대할 수 있었다.'

그러자 그에게 돌로호프에게 결투를 신청했을 때의 일과 토르조크에서 만났던 '은인'의 얼굴이 떠올랐다. 그리고 아나톨리와 돌로호프들의 목소리가 들려오는 가운데 그들 목소리와 또렷이 구분되는 은인의 목소리가 들려왔다. 그 목소리는 마치 전쟁터의 포성처럼 무게 있게 계속 들려왔지만 포성과는 달리 그의 마음을 즐겁고 편안하게 해주었다. 피에르는 은인이 해주는 말을 제대로 알아듣지 못했지만 단순한 병사들처럼 된다는 것이 얼마나 좋은지 말해주고 있음을, 그도 그들처럼 될 수 있다고 말해주고 있음을 또렷이 알 수 있었다. 그들의 단순하고 친절하며 의연한 얼굴들이 그의 은인을 사방에서 둘러싸고 있었다. 하지만 그들은 피에르를 보지도 못했고 알지도 못했다. 그들에게 말을 걸어 주의를 끌어보려고 그는 일어났다. 하지만 그 순간 다리에 한기가 느껴졌다. 몸을 덮고 있던 외투가 흘러내린 것이다.

제10부

165

피에르는 외투를 잡아당겨 몸을 덮으면서 밖을 내다보았다. 마당 전체가 이슬인지 서리에 덮여 반짝이고 있었다.

'날이 밝고 있군.' 피에르는 생각했다. '하지만 내가 원하는 건 날이 밝는 게 아니다. 나는 은인의 목소리를 듣고 그 말을 이해하고 싶다.'

그는 꿈속에서 들려온 그 말을 다시 듣고 그 뜻을 새기려고 다시 외투를 덮었다. 하지만 은인의 말은 더 이상 들려오지 않았다. 다만 그의 말 속에 들어 있는 '생각'은 너무 생생하게 남아 오랫동안 또렷하게 기억되었다. 훗날 그 '생각'을 다시 떠올릴 때마다 피에르는 누군가 자기 밖에 있는 사람이 자신에게 그것을 건네주었다고 확신했다. 깨어 있을 때 그 '생각'을 그런 식으로 표현하는 것은 불가능하다고 여겨진 때문이었다.

그 신비스러운 목소리는 이렇게 말했다.

"전쟁을 견뎌낸다는 것은, 가장 힘들게 인간의 자유를 신의 법칙에 종속시키는 것이다. 소박함은 신이 의지에 순종하는 것이다. 너는 신으로부터 벗어날 수 없다. 그리고 그들은 소박하다. 그들은 말하지 않고 행동한다. 말해진 말은 은(銀)이지만 말해지지 않은 말은 금(金)이다. 죽음을 두려워하면 인간은 그 무엇의 주인도 될 수 없다. 하지만 죽음을 두려워하지 않는 자는 모든 것을 가질 수 있다. 만일 고통이 없다면 인간은 자신의 한계를 모르고 자신이 누구인지도 알 수 없다. 가장 어려운 일은 너의 영혼 속에서 모든 것의 의미를 결합하는 것이다."

피에르는 자문해보았다.

"모든 것을 결합한다? 아니야, 결합이 아니야. 생각들은 결합할 수 없어. 이 모든 생각들을 연결해서 활동하게 해야 해."

그때 조마사가 그를 깨우며 "나리, 이제 마구들을 연결하고 출발해야 합니다"라고 말했다. 프랑스군이 모자이스크 가까이 왔기 때문에 빨리 퇴각해야 한다는 것이었다. 피에르는 꿈속에서 보고 듣고 느낀 것이 와르르 무너지는 것 같은 느낌으로 의자에서 일어났다.

그는 마차를 뒤따라오라 이르고 도보로 출발했다. 도처에 부상병들이었다. 피에르는 자기의 마차에 부상당한 장군 한 명을 태웠다. 전부터 알고 있던 사람이었다. 피에르는 그의 입을 통해 처남인 아나톨리와 안드레이가 전사했다는 소식을 들었다.

8월 30일, 피에르는 모스크바로 돌아왔다. 모스크바로 돌아온 피에르는 총독인 로스토프친 백작을 만나 한시라도 빨리 이곳을 떠나라는 말을 들었다. 다음 날 자리에서 일어난 피에르

는 그를 찾아온 사람들과 하인도 만나지 않고 뒷문으로 집을
빠져나갔다. 그로부터 모스크바에서 화재가 일어날 때까지 아
무도 그를 본 사람이 없었다.

제3장

로스토프 일가 사람들은 9월 1일, 즉 프랑스군이 모스크바에 입성하기 전날까지 그곳에 머물러 있었다. 니콜라이는 마리아와 만났던 일을 자세히 써 보낸 이후로는 아무 소식도 보내지 않아 그가 지금 어느 부대에 있는지조차 알 수 없었다. 이미 8월 20일경부터 로스토프 일가의 친지들은 거의 모두 모스크바를 떠났지만 로스토프 일가는 백작의 그 태평한 천성 때문에 8월 28일이 될 때까지 전혀 출발 준비가 되어 있지 않았다. 모스크바 근교에서 오기로 한 짐마차도 30일이 되어서야 겨우 도착한 형편이었다.

모스크바가 점령되기 전 사흘 동안 로스토프 일가 사람들은 저마다 바쁘기 그지없었다. 가장인 일리야 로스토프 백작은 쉬지 않고 시내를 돌아다니며 온갖 소문에 귀를 기울였다. 그리고 집에 있을 때는 출발 준비에 대해 마치 남의 일인 양 시종 여유 있게 이런저런 지시를 내렸다.

백작 부인은 겉으로는 세간살이 정리하는 일을 지시하고 있었지만 마음은 항상 페차에게 가 있었다. 페차는 모스크바에서 편성 중에 있는 베주호프 민병대에 근무하게 되어, 집에 있을 수 있었다. 백작 부인은 곧 전장으로 떠날지 모르는 아들이 걱정되어 한시라도 그와 함께 있고 싶었던 것이다. 하지만 페차는 대부분의 시간을 누이 나타샤와 함께 보내고 있었다.

따라서 실제로 출발 준비를 하는 일은 모두 소냐의 몫이었다. 하지만 소냐는 열심히 일을 하면서도 침울한 표정이었고 말수도 적었다. 그것은 백작 부인이 니콜라이의 편지를 받고 너무 기뻐하면서 니콜라이와 마리아가 만난 것은 하늘의 뜻이라고 소냐 앞에서 말한 때문이었다.

백작 부인은 소냐에게 말했다.

"나는 말이야, 볼콘스키 공작과 나타샤가 약혼했을 때는 조금도 기쁘지 않았어. 하지만 니콜라이가 마리아와 결혼하길 바라고 있었고 그러리라는 예감도 들었어. 아아, 그렇게만 된다면 얼마나 좋을까!"

불쌍한 소냐는 백작 부인의 말이 지당하다고 생각할 수밖에 없었다. 기울어진 가세를 만회하는 유일한 방법은 니콜라이가 부유한 집 아가씨와 결혼하는 길밖에 없는데 마리아처럼 딱 맞는 상대는 없다고 생각한 것이다.

소냐는 슬펐다. 그녀는 그 슬픔을 달래기 위해 세간 정리와 짐 꾸리기 등 힘든 일을 도맡아 아침부터 밤까지 쉬지 않고 일했다. 백작 부부도 지시해야 할 일이 있으면 곧장 소냐에게 부탁하곤 했다.

그 와중에도 가장 즐거운 것은 나타샤와 페차였다. 페차는 2, 3일 이내로 전투에 참가할 수 있다는 생각에 들떠 있었다. 한편 나타샤는 나타샤대로 무척 쾌활했다. 그녀를 침울하게 만들었던 원인들이 사라지자, 본래의 천성을 되찾은 데다, 몸이 건강해진 때문이었다.

하지만 두 남매를 쾌활하게 만든 것은 뭐니 뭐니 해도 모스크바에서 전쟁이 벌어진다는 사실이었다. 사람들이 온통 법석을 떠는 가운데 뭔가 새로운 일이 벌어진다는 것은 모든 인간, 특히 젊은 사람들에게는 언제나 유쾌한 일인 법이다.

8월 31일이 되자, 로스토프 집은 출발 준비로 온통 법석이었다. 문이란 문은 모두 활짝 열려 있었고 가구란 가구는 모두 밖으로 들어내져 있었으며, 마당에는 짐마차들이 빽빽하게 들어서 있었다.

나타샤는 온 집안 식구가 그처럼 바쁘게 움직이는 가운데 자기 혼자 아무 일도 하지 않는 것이 미안해서 아침부터 몇 번인가 일을 거들어주려 했었다. 하지만 아무래도 마음이 내키지 않았고 자기가 도움이 되기는커녕 오히려 방해만 되는 것 같았다. 게다가 그녀는 전심전력으로 몰두하는 일이 아니면 아무것도 하지 못하는 성격이었다.

자신이 오히려 거추장스러운 존재라고 생각한 나타샤는 흰 손수건을 머리에 쓰고 밖으로 나갔다.

문 밖으로 나가니 집 앞에 웬 짐마차가 서 있는 게 보였다. 짐마차에는 부상당한 장교가 누워 있었다. 그 장교는 옆에 서 있는 어떤 노파와 이야기를 나누고 있었다. 나타샤는 그들 쪽으로 가서 이야기에 귀를 기울였다. 장교는 부상당한 몸인데도 묵을 곳이 없어서 걱정이라는 하소연을 하고 있었다.

나타샤는 장교에게 다가가서 "혹시 저희 집에 머물면 안 되시겠어요?"라고 말했다.

잠시 후 장교가 누워 있는 짐마차는 로스토프의 집 안으로 들어섰다. 나타샤가 백작 부부에게 물어 허락을 받은 것은 물론이다.

그날 로스토프 가족들은 밤늦게까지도 짐을 다 꾸릴 수 없었기에 출발을 다음 날로 미룰 수밖에 없었다. 백작 부인은 지쳐서 잠이 들었고 소냐와 나타샤는 옷도 벗지 않은 채 소파에 아무렇게나 누워서 잠을 잤다.

이날 밤 새 부상자가 한 명 또 후송되어 왔다. 로스토프 집에서 부상자를 받아들인다는 사실을 알게 된 담당 장교는 부상자를 로스토프네 집 안으로 옮겼다. 부상자는 꽤 신분이 높은 사람 같았다. 부상자는 사륜마차에 실려 왔으며 마차에는 휘장까지 쳐져 있었다. 뒤따라온 짐마차에도 군의관 한 사람과 두 명의 병사가 타고 있었다. 하녀는 부상자를 행랑 쪽으로 안내해 방에다 눕혔다.

그 부상자는 안드레이 볼콘스키 공작 바로 그 사람이었다.

제4장

드디어 모스크바 최후의 날이 밝았다. 맑게 갠 화창한 일요일이었고, 교회에서는 평상시 일요일과 마찬가지로 미사를 알리는 종소리가 울렸다. 마치 이 도시에 닥칠 운명을 전혀 모르고 있는 것만 같았다. 치솟는 물가와 거리를 마구 배회하는 빈민들만이 이 도시가 동요하고 있음을 보여주고 있었다.

로스토프 집안은 오후 2시가 되자 모든 출발 준비를 끝냈다. 네 대의 짐마차들이 먼저 마당을 빠져나갔고, 이어서 부상병들을 실은 마차들이 그 뒤를 따랐다. 소냐는 하녀와 함께 사륜마차 안에서 백작 부인이 앉을 자리를 정리하고 있었다. 그때 안드레이를 싣고 있는 마차가 문득 그녀의 눈길을 끌었다.

그녀는 사륜마차 창문으로 고개를 내밀고 하녀에게 물었다.

"저게 누구 마차니?"

"아가씨, 아직 모르고 계셨어요? 전에 나타샤 아가씨 약혼자 이셨던 분이에요. 볼콘스키 공작님 말이에요. 어젯밤 여기서 묵으시고 우리와 함께 출발하는 거예요." 하녀는 한숨을 내쉬며 덧붙였다. "아마 위독하신 것 같아요."

소냐는 화들짝 놀라 백작 부인에게 뛰어갔다. 여장을 다 갖춘 백작 부인은 출발기도를 드리기 위해 식구들을 기다리며 거실 안을 서성이고 있었다.

"어머니, 안드레이 공작이 여기 계세요. 다쳐서 위독하시대요." 소냐가 황급히 말했다.

백작 부인은 눈이 휘둥그레지더니 소냐의 손을 덥석 잡으며 주위를 둘러보았다.

"나타샤는?" 그녀가 조심스레 소냐에게 물었다.

이 소식을 듣는 순간 소냐도, 백작 부인도 오로지 한 가지 생각뿐이었다. 둘 다 나타샤의 성격을 잘 알고 있었다. 소냐와 백작 부인은 이 소식이 나타샤에게 얼마나 큰 충격을 줄까 하는 걱정 때문에 둘 다 그토록 좋아했던 안드레이에 대한 동정심을 가질 여유가 없었다.

"나타샤는 아직 모르고 있어요. 그런데 그분이 우리랑 함께

갈 것 같아요."

"그래, 위독하다고 그랬니?"

소녀가 고개를 끄덕였다. 부인은 소녀를 끌어안고 울기 시작했다.

'오, 헤아릴 길 없는 주님의 뜻이여!'라고 그녀는 낮게 중얼거렸다. 그녀에게는 마치 지금 주변에서 일어나고 있는 모든 일에 주님의 섭리가 새겨져 있는 것만 같았다.

그때 나타샤가 거실로 들어서며 부인에게 물었다.

"엄마, 준비 다 됐어요? 뭐 하고 계신 거예요?"

"아니, 아무것도 아니다. 준비 다 했어."

소녀가 나타샤를 껴안고 키스를 하자 뭔가 낌새가 이상했는지 나타샤가 소녀에게 물었다.

"왜 그래? 무슨 일이 있었어?"

"아냐, 아무것도 아니야."

"뭐, 내게 안 좋은 일이야? 도대체 뭐야?" 직감적으로 뭔가 느끼고 나타샤가 다시 물었다.

하지만 소녀는 한숨만 내쉴 뿐 아무 말도 하지 않았다. 순간 로스토프 백작과 페차가 거실로 들어섰다. 나타샤는 더 이상 묻지 않았다. 그들은 출발 기도를 한 뒤 마차에 올랐다.

이윽고 마차가 거리로 나섰다. 여기도 저기도 온통 마차 행렬이었다. 마차가 사도바야 거리의 수하레프 급수탑을 지날 때였다. 마차들과 사람들의 물결을 흥미로운 눈으로 바라보고 있던 나타샤가 갑자기 외쳤다.

"어머나, 엄마, 소냐, 저길 봐! 그 사람이야!"

"누구? 어떤 사람?"

"저걸 봐요. 분명 베주호프 백작이에요!"

나타샤는 마차 밖으로 고개를 내밀고 마부 외투를 입은 한 뚱뚱한 사내를 가리켰다. 그는 얼굴이 누르스름한 노인 한 명과 함께 급수탑 쪽을 향하여 걸어오고 있었다. 마부 복장을 하고 있었지만 걸음걸이나 태도로 보아 변장한 귀족임을 단번에 알 수 있었다.

"얘도, 참! 그럴 리가 있니?" 백작 부인이 핀잔이라도 주듯 나타샤에게 말했다.

"아니야, 엄마! 분명 그분이야! 목숨을 걸어도 좋아!"

그러더니 그녀는 마부에게 멈추라고 소리쳤다. 마차는 늘어선 마차들 행렬 때문에 멈출 수는 없었고 속도만 약간 늦추었다. 나타샤는 계속 마차 밖으로 고개를 내밀고 있었다. 피에르와 함께 걷고 있던 노인이 그 모습을 보고 손가락으로 마차를 가리키며 피에르에게 뭐라고 말했다. 피에르는 마치 무슨 말인지 못 알아들은 듯 잠시 골똘히 생각에 잠겨 있더니 이윽고 그가 가리키는 방향으로 고개를 돌렸다.

피에르는 나타샤를 알아본 순간 무슨 충동에라도 이끌리듯 마차를 향해 달려왔다. 그러더니 열 발자국 정도 거리에서 갑자기 멈춰 섰다. 나타샤는 여전히 고개를 내민 채 그에게 정겨운 미소를 보내며 물었다.

"피에르 키릴로비치! 어서 이리 오세요! 당신인 줄 알아보았어요……! 정말 깜짝 놀랐어요……! 그렇게 변장한 채 여기서 뭐하시는 거예요?"

가까이 온 피에르는 그녀의 손을 잡고 걸으면서 입을 맞추었다. 마차가 멈출 수 없었기에 어색한 동작이었다.

"어떻게 된 거예요?" 백작 부인이 흥미로운 눈길로 그에게 물었다.

"저요? 아무것도 아니고……. 그냥……." 그는 나타샤가 재미있다는 표정으로 그 매력 있는 눈길로 자신을 바라보고 있음을 느끼며 더듬더듬 말했다.

백작 부인이 재차 물었다.

"당신, 모스크바에 머물 건가요? 아니면 떠날 건가요?"

피에르는 잠시 침묵했다.

"모스크바에요? 그래요! 모스크바에……! 안녕히 가세요!"

"아, 나도 남자라면 얼마나 좋을까! 그러면 당신과 함께 남아 있을 수 있을 텐데!" 나타샤가 말했다. "아, 여기 남으면 얼마나 멋질까! 엄마, 나도 남으면 안 돼요?"

그러자 백작 부인이 말도 안 된다는 듯 딸의 말을 가로채며 말했다.

"당신 전쟁터에 갔었다고들 하던데요."

"네, 거기 있었습니다. 그리고 내일도 전투가 있을 겁니다."

"그런데 무슨 일이에요?" 나타샤가 다시 나서며 피에르에게 물었다. "그렇게 평소와는 다른 모습을 하시고."

"아, 묻지 마십시오. 나도 모르겠어요. 다만, 내일이면……. 그럼 이만…… 자, 안녕히! 우리는 모두 끔찍한 세상에 살고 있습니다."

피에르는 인도 쪽으로 멀어졌다. 나타샤는 여전히 다정한 듯 하면서도 장난기 섞인 웃음을 띤 채 그의 뒷모습을 바라보았다.

피에르는 집에서 모습을 감춘 후 이틀 동안 작고한 이오시 프 알렉세예비치 바즈데예프의 집에 머물러 있었다. 바로 그를 프리메이슨으로 이끈 은인의 집이었다. 그가 그 집을 찾아가자 그의 얼굴을 알아본 얼굴이 누런 노인이 그를 맞았다. 노인의 이름은 게라심이었다. 피에르의 얼굴을 잘 알고 있던 노인은 피에르를 서재로 안내했다. 이오시프의 부인은 이미 피난을 떠난 뒤였으며, 그의 동생인 마카르 알렉세예비치는 아직 그 집에 머물고 있었다. 그가 피난을 가지 않은 것은 지나친 폭음으로 거의 반미치광이가 되어 있던 때문이었다.

피에르는 서재에서 고인의 책들을 읽으며 하루를 보냈다. 그리고 게라심에게 농부나 마부의 옷과 권총을 좀 구해달라고 부탁했다. 작고한 주인 곁에서 일생 동안 놀랄 만한 일은 수없이 겪은 게라심은 조금도 이상하게 생각하지 않았다. 오히려 피에르에게 무언가 도움 될 만한 일을 하게 된 것이 반갑다는 듯, 그의 청을 들어주었다.

피에르는 게라심이 삶아서 빨아준 마부복을 입은 채 권총을 사려고 이 노복과 함께 거리로 나섰다. 그리고 둘이 수하레프 급수탑 옆을 지날 때 로스토프네 사람들과 만났던 것이다.

제5장

9월 1일 밤, 모스크바를 통과하여 리잔 가도를 통해 철수하라는 쿠투조프의 명령이 러시아 전군에 떨어졌다. 선두 부대는 야밤을 통해 이동했으며 퇴각 행렬은 이튿날 오전까지 이어졌다. 쿠투조프는 우회로를 통해 모스크바를 지나쳤다. 9월 2일 오전 10시가 되자 모스크바 교외에는 일부 후위대만 남아 있을 뿐이었고 주력 부대는 이미 모스크바강 건너, 시 외곽 지대를 지나고 있었다.

같은 시각 나폴레옹은 말을 탄 채 포콜론나야 산정에 서서, 눈앞에 펼쳐지는 광경들을 바라보고 있었다. 8월 26일의 보로디노 전투로부터 이날 프랑스군이 모스크바에 입성하기까지, 날씨는 놀랄 정도로 화창했다. 태양은 봄철보다 따사롭게 내리쪼이고 있었고 향기를 머금은 것 같은 가을 공기를 들이마시면 기분이 상쾌했다. 밤에도 날씨는 포근했으며 마치 쏟아져 내릴 것처럼 하늘을 가득 메우고 있는 별들은 절로 감탄사를 불러냈다.

9월 2일 오전 10시도 마찬가지였다. 마치 마법을 부리는 것 같은 따사로운 햇살을 받으며 드넓게 펼쳐져 있는 모스크바는 강과, 정원과, 교회와 함께 싱싱하게 살아 있는 것 같았다.

나폴레옹은 모스크바를 내려다보며 미지의 낯선 생활양식이 정복자에게 불러일으키는 불안과 선망이 뒤섞인 감정을 맛보았다. 그는 이 거대한 도시에 생명이 넘쳐나고 있는 것을 높은 곳에서 분명히 느꼈다. 그의 눈앞에 펼쳐진 거대한 생명체의 호흡 소리를 분명 들을 수 있었던 것이다. 모스크바를 바라보며 모든 러시아인들은 모스크바를 마치 어머니처럼 느낀다. 그리고 모스크바를 바라보는 모든 이국인들은 비록 모스크바에서 어머니의 체취를 느끼지는 못하더라도, 이 도시가 여성적이라는 것을 분명히 느낀다. 나폴레옹은 지금 그것을 느끼고 있었다.

그는 말에서 내리며 말했다.

"수많은 교회가 있는 이 아시아의 도시, 성스러운 모스크바,

이 유명한 도시가 마침내 내 앞에 있도다! 벌써 오래전에 왔어
야 할 그 순간이 온 것이다!"

그는 모스크바 지도를 펼치고 통역관을 불렀다. '적에게 유
린당한 도시는 정조를 빼앗긴 여자와 같다'라고 그는 생각했
다. 오랫동안 소중히 간직해온 꿈, 도저히 실현될 것 같지 않았
던 꿈이 실현되었다는 생각에 취해서 그는 자기 발아래 누워
있는 동방의 미인을 바라보며 경탄했다. 이제 이 여인이 확실
히 자기 소유가 되었다는 사실에 흥분과 두려움을 동시에 느끼
면서 그는 지도를 펼쳤다. 그리고 통역관의 도움을 받으며 지
도와 눈앞의 실물들을 일일이 대조해보았다.

'필경 이렇게 될 수밖에 없지 않았는가. 여기 내 발아래 이
오만한 도시가 누워 있다. 지금 알렉산드르는 어디 있을까? 무
슨 생각을 하고 있을까? 낯설고 아름다우며 장엄한 도시여! 낯
설고 장엄한 이 순간이여! 나는 그들 눈에 어떤 광휘에 휩싸여
있을까?'

그는 모스크바를 바라보며 계속 생각했다.

'내 말 한마디면, 내 손짓 하나면 이 차르의 고도는 멸망하리
라. 하지만 나는 언제나 패자에게 자비를 베풀 준비가 되어 있
다. 나는 관대해야 하며 진정으로 위대해야 한다. 나는 황금빛

제10부

183

첨탑과 십자가를 햇빛에 빛내며 내 앞에 누워 있는 이 미녀를 아껴주리라. 야만과 전제로 얼룩진 이 유서 깊은 기념물들에 정의와 자비라는 위대한 글자를 새겨 넣으리라. 알렉산드르는 무엇보다 그것을 쓰리게 생각하리라.

크렘린에 높이 서서 나는 그들에게 법도를 보여주리라. 나는 이들에게 진정한 문명의 의미를 가르치리라. 나는 러시아의 후손들이 그들의 정복자를 사랑의 이름으로 기억하게 하리라. 나는 러시아 대표에게 나는 전쟁을 원치 않았고 지금도 원치 않고 있다고 말하리라. 나는 오로지 이곳 궁정의 그릇된 정치와 전쟁을 벌였을 뿐이라고 말하리라. 나는 알렉산드르를 사랑하고 존경하고 있다고, 나는 바로 이곳 모스크바에서 나와 내 국민에게 합당한 강화조약을 받아들이겠다고 말하리라. 나는 전쟁에서 얻은 행운을 명예로운 군주를 욕보이는 데 쓸 생각이 없다고 말하리라.

러시아 귀족들에게 나는 전쟁을 원하지 않는다, 나는 내 신민들의 평화와 번영을 원한다고 말하리라. 그들 앞에서 나는 내가 언제나 그랬듯이 명확하게, 감명 깊게, 그리고 장엄하게 그 모든 것을 말하리라. 그런데, 내가 정말 모스크바에 와 있긴 한 건가? 그렇다! 그녀가 저기 저렇게 누워 있다.'

"러시아 귀족들을 불러와라!" 나폴레옹이 부하들에게 명령했다.

두 시간 정도가 지났다. 나폴레옹은 러시아 특사가 나타나기를 기다리며 여전히 달콤한 꿈에 젖어 있었다. 하지만 바로 그 순간, 나폴레옹 휘하의 장군들과 원수들은 안절부절못한 채 서로 눈치를 살피며 의논을 하고 있었다. 러시아 특사를 부르러 갔던 장군이 모스크바는 텅텅 비었고, 주민들도 모두 피난했다는 보고를 올린 것이다. 그들이 두려워한 것은 모스크바 주민이 모두 나폴레옹을 저버리고 떠났다는 사실이 아니었다. 그들은 그 사실을 어떻게 황제에게 보고해야 할지 전전긍긍하고 있었다. 황제가 러시아 귀족을 목이 빠져라 기다리고 있음에도 불구하고 도시에 남아 있는 것은 취한과 불한당뿐이라는 사실을 황제에게 어떻게 보고한단 말인가!

그 시간 나폴레옹은 러시아 특사가 도착하기를 기다리며 도로고밀로프 성문 앞을 왔다 갔다 하고 있었다. 마침내 한 장군이 용기를 내어 모스크바 시내가 텅 비었다고 나폴레옹에게 보고했다. 나폴레옹은 화가 난 얼굴로 그를 한 번 흘낏 바라보더니 "마차를 대령하라!"라고 명령했다. 그는 마차에 오르더니 부관과 함께 모스크바 교외로 갔다.

마차 안에서 그는 혼잣말을 했다.

'모스크바가 텅 비었다고? 어떻게 그런 일이!'

그는 모스크바 시내로 들어가지 않고 도로고밀로프의 한 여인숙에 머물렀다.

그렇게, 그가 기대했던 극적인 사건은 불발로 끝났다.

제6장

그날 오후 4시, 드디어 프랑스군이 모스크바에 들어섰다. 이미 거리는 텅 비어 있었다. 마지막까지 도시에 남아 치안을 유지하려 애쓰던 로스토프친 모스크바 총독도 체념하고 퇴각한 뒤였다.

프랑스군은 아르바트 광장을 향해 전진했다. 장교들은 포대의 배치를 끝낸 후 크렘린을 멀리서 바라보고 있었다. 이제 입성 절차만 남은 것 같았다. 그때였다. 갑자기 크렘린에서 저녁 기도를 알리는 종소리가 울렸다. 종소리를 전투 신호로 알고 놀란 프랑스 보병 몇 명이 통나무와 널빤지 등으로 방책을 쌓아놓은 쿠타피야 문을 향해 달려갔다. 그때 방책 뒤에서 두 발의 총성이 울렸다. 장교가 병사들에게 후퇴하라고 소리쳤고, 문을 향해 뛰어갔던 병사들은 황급히 되돌아왔다.

다시 세 발의 총성이 울렸고 그중 한 발이 프랑스 병사의 발을 맞추었다. 그러자 방책 뒤에서 환호성이 울렸다. 조금 전까지도 유쾌한 표정이었던 프랑스 병사들은 전투를 앞둔 긴장된 표정으로 바뀌었다.

대포가 앞으로 나아갔고, 장교가 "발사!"라고 외쳤다. 포탄은 성문과 방책을 맞추었고 포연이 구름처럼 광장 위로 피어올랐다. 얼마 후 포연이 사라지자 연기 속에서 마부복을 입은 사람의 모습이 나타났다. 그 사나이는 프랑스군을 향해 총을 겨누고 있었다.

"발사!"라고 포병장교가 외치자 한 발의 총성과 두 발의 포성이 울렸고 쿠타피야 문은 다시 연기에 가려져 보이지 않게 되었다. 방책 뒤에서는 아무 기척도 없었다. 프랑스 보병과 장교가 문 가까이 가자 방책 뒤 문 안에 세 명의 부상자와 네 명의 전사자가 쓰러져 있었다. 농부복을 입은 두 명의 사내가 성벽을 따라 즈나멘카 쪽으로 도망치고 있었다. 장교의 명령에 따라 프랑스 병사들은 부상자들의 숨통을 끊은 뒤 시체들을 담장 밖으로 던져버렸다.

이들은 과연 누구인가? 아무도 아는 사람은 없었다. "이걸

치워!"라는 단 한마디 말에 그들은 그대로 던져졌을 뿐이었다. 그들은 자발적으로 크렘린을 사수하려 한 이름 없는 사람들이었다.

프랑스군은 크렘린을 지나 마로세이카, 루반카, 포크로프카 등에서 숙영을 했으며 보즈트비센카, 즈나멘카, 나콜리스카야, 트베르스카야 등에 배치되었다.

그날 프랑스 전군에는 외출금지 명령이 떨어졌다. 병사들이 시내로 흩어져 폭력을 행사하고 주민을 약탈하는 것을 막기 위해서였다. 하지만 소용이 없었다. 프랑스 병사들은 마치 굶주린 가축 무리가 풍요로운 들판을 만나자 미처 막을 겨를 없이 사방으로 흩어지는 것처럼 풍요로운 식량과 물질적인 사치를 누리기 위해 이 도시의 사방으로 흩어졌다. 그들은 마치 모래 위에 엎질러진 물처럼 순식간에 이 인적 없는 도시 안으로 빨려들어갔다.

그들은 온갖 가재도구와 식량만 남긴 채 버려진 집들을 몇 채씩 점령하고 문에 분필로 자신의 이름을 적어놓았다. 사병들을 감독하고 제지하기 위해 나섰던 장교들도 순식간에 똑같은 행동을 하고 있었으며, 심지어 장군들도 승용마차 가게 안에서 가장 멋진 마차를 고르느라 여념이 없었다. 모스크바에 남아 있던 주민들은 자기 집으로 고급 장교들을 초대했다. 그렇게 함으로써 약탈을 면하기 위해서였다.

도처에 무진장할 정도의 부(富)가 흘러넘치고 있었다. 프랑스 병사들은 그들이 아직 손대지 않은 거리에서 더 많은 것을 얻을 수 있으리라고 생각했다. 이렇게 이 호사스러운 도시 모스크바는 더욱더 깊숙이 프랑스 병사들을 빨아들였다. 마치 마른 땅에 물을 엎지르면 마른 땅도 물도 없어지듯이, 결국 프랑스 군대도, 부유한 시가도 동시에 파괴된 셈이 되고 말았다. 그리고 그 진흙탕은 마침내 약탈과 화재의 아수라장이 되었다. 필경 오고야 말 숙명적인 결과였다.

모스크바의 저 유명한 화재에 대하여 프랑스인과 러시아인은 서로에게 책임을 미룬다. 프랑스인들은 러시아인의 야만적인 애국심이 화재의 원인이라고 말하고 러시아인은 프랑스군의 난폭한 행동의 결과라고 말한다. 하지만 모스크바 화재의 경우 그 누구의 책임으로 돌릴 수 있는 원인이라는 것은 존재하지 않는다.

모스크바가 타버릴 수밖에 없었던 것은 그곳에 주민이 없었기 때문이다. 주민이 없는 모스크바는 마치 며칠간 계속해서 그 위로 불똥이 떨어진 대팻밥과 같았다. 집주인과 경찰이 있어도 화재가 끊이지 않던 목조건물로 이루어진 도시에서, 이런 상황하에 화재가 벌어지지 않는다면 오히려 이상할 정도다. 점령군들이 목조건물 안에서 계속 담배를 피워대고 광장에서 모닥불을 피워댔으며 하루에 두세 번씩 음식을 요리하기 위해 불을 지피는 도시에서 화재가 나는 것은 당연한 일이다.

혹 의도적인 방화가 있었다 할지라도(사실 절대로 그럴 리 없다. 아무도 방화해야 할 이유가 없었으며, 귀찮고 위험한 일이었을 뿐이다) 그 방화가 화재의 원인이라고 단정 지을 수 없다. 방화가 없었더라도 결국 똑같은 일이 벌어졌을 것이기 때문이다.

모스크바는 모스크바 주민에 의해 불탔다. 그건 엄연한 사실이다. 하지만 그곳에 남은 주민에 의해 불탄 것이 아니라 그곳을 떠난 주민으로 인해 불탔다. 베를린이나 빈 등 프랑스군에게 점령당한 다른 도시들과 달리 오직 모스크바에서만 화재가 발생한 것은, 모스크바 주민만이 프랑스군에게 빵과 소금과 열쇠를 주면서 그들을 환영하지 않고 모스크바를 포기한 때문이었다.

제7장

피에르는 여전히 고(故) 이오시프의 집에 머물고 있었다. 9월 2일 저녁, 프랑스군의 발길이 그곳까지 뻗쳐왔다. 그는 이오시프의 서재에서 평온한 안식을 찾았다. 그것은 그를 무겁게 짓누르고 있는 혼란스러운 현실적 문제와는 동떨어진 영원한 평화와 장엄한 안식의 세계였다.

그는 먼지투성이인 은인의 서재에 팔꿈치를 하고 앉아서 최근 며칠 동안의 기억을 조용히 되새겨보았다. 특히 그는 그가 직접 목격한 보로디노의 전투에 대해 곰곰이 생각했다. 그리고 지금까지 자신이 누려왔던 허위에 가득 찬 비도덕적이고 비루한 삶을, 그의 영혼 속에 '그들'이라는 명칭으로 각인된 사람들의 그 강력하기 그지없는 소박함, 진실함과 비교하면서 뭐라

정의 내리기 어려운 고통을 새삼 맛보았다.

애초 피에르가 마부복과 권총을 구한 것은 다른 사람들과 함께 모스크바를 수호하는 대열에 합류하기 위해서였다. 그런데 나타샤를 만나 그녀로부터 자신도 여기 남고 싶다는 말, 아, '얼마나 멋질까!'라는 말을 듣는 순간, 그는 이곳에 남아서 미리 운명적으로 그에게 부여된 일을 수행하는 것이 옳다고 확신했다.

이튿날 그는 '그들'에게 조금이라도 뒤처진 사람이 되지 않으리라는 생각에 사로잡혀 '트리 고르이' 성문으로 갔었다. 하지만 모스크바를 방어하는 것은 불가능하다는 것을 알고 그는 집으로 돌아왔다.

며칠 전부터 그가 혼란스럽게 보듬고 있던 생각이 마치 필연적이고 불가피한 일처럼 여겨졌다. 그렇다! 몸을 감추고 나폴레옹에게 다가가 그를 죽여야 한다! 자신도 그와 함께 죽을지 모르지만, 이 모든 악의 근원인 그를 없애고 유럽 전체를 해방시켜야 한다! 이 일이 목숨을 걸어야 할 위험한 일인 만큼 피에르는 더 흥분했고 고무되었다.

피에르가 그 결심을 하도록 그를 이끈 것은 두 가지 감정이었다. 불행한 삶의 현장을 목격하고 나서 피에르의 영혼 속에는 자기희생의 정신, 스스로 고통을 겪어야 한다는 정신이 자리를 잡았다. 바로 그 감정에 의해 그는 전쟁터로 뛰어들었던 것이며 집에서 뛰쳐나와 오랫동안 길들었던 사치와 안락을 버리고 게라심과 똑같은 잠자리에서 잠을 자고 게라심과 똑같은 식사를 하게 된 것이었다.

또 다른 감정은 기본적으로 러시아인 특유의 모호한 감정이었다. 그것은 많은 사람들이 이 세상에서 최고로 의미 있다고 꼽고 있는 모든 것, 즉 인습적이고 인위적이며 인간적인 것들을 경멸하는 감정이었다. 피에르는 슬로보다 궁전에서 황제를 만났을 때 이 야릇하고 매혹적인 감정을 처음으로 맛보았다. 그는 그때 사람들이 그토록 애지중지하는 부(富), 권력, 심지어 목숨까지도, 만일 그것들에 정말로 가치가 있다면 오로지 그것들을 모두 내던졌을 때 맛볼 수 있는 쾌감 때문이라는 것을 홀연 느꼈던 것이다.

프랑스군이 모스크바에 입성한 것은 오후 2시 무렵이었다. 피에르도 그것을 알고 있었다. 그는 곧바로 행동에 나서는 대신 세부적인 행동 계획을 짜는 데 몰두해 있었다. 하지만 실제로 그를 사로잡고 있던 것은 그가 행할 행동이나 나폴레옹의 죽음이 아니었다. 그는 자기 자신의 죽음, 그 영웅적인 용기에 대한 달콤한 몽상에 빠져 있었으며 우수를 동반한 감동에 젖어 있었다.

그는 생각했다.

'그렇다! 나는 이 일을 해야 한다! 만인을 위해 오로지 나 혼자……! 그의 옆으로 살그머니 다가가서…… 그리고 느닷없이……. 그런데 권총으로 할까, 아니면 단도로 할까? 아니, 상관없어! 그를 해치우는 건 내가 아니라 주님의 섭리이니까! 나는 외칠 거야. '자, 뭣들 하는 거냐! 어서 나를 체포해 처단하라!'라고!'

피에르가 혼자 서재에서 생각에 잠겨 서성이고 있을 때 갑자기 서재의 문이 열리더니 이오시프의 동생 마카르가 나타났다. 여전히 술에 취한 모습이었다.

"놈들은 겁을 먹었어!" 그는 쉰 목소리로 말했다. "나는 항복 안 해! 안 한다고!"

그는 잠시 가만히 서 있다가 책상 위에 놓인 권총을 발견하고는 냅다 그것을 들고 밖으로 뛰쳐나갔다.

잠시 후 밖에서 승강이가 벌어졌다. 권총을 든 그의 모습을 보고 게라심이 문지기와 합세하여 권총을 빼앗으려고 덤벼든 것이다. 그때 별안간 하녀의 째질 듯한 외침이 들려왔다.

"어머나! 놈들이에요! 모두 넷이에요! 말을 타고……."

게라심과 문지기는 마카르의 손을 놓아주었다. 잠시 뒤 요란스럽게 문을 두드리는 소리가 났다.

제8장

자기 계획을 실행할 때까지는 자기의 이름도, 신분도 숨기고, 자기가 프랑스어를 할 줄 안다는 사실도 감추겠다고 마음먹고 있었기에 피에르는 프랑스군인들이 들어오자마자 몸을 피할 심산이었다. 하지만 프랑스군인들이 들어섰는데도 그는 그대로 서 있었다. 억누를 수 없는 호기심 때문이었다.

들어선 프랑스인은 두 명이었다. 한 명은 훤칠한 키에 준수한 용모의 장교였고, 또 한 사람은 얼굴이 시커멓게 그을린 땅딸막한 사병이었다.

장교가 쾌활한 목소리로 말했다. 물론 프랑스어였다.

"안녕하세요, 여러분!"

아무도 대답하지 않았다.

"숙소 말이오, 숙소. 우리 프랑스 사람들은 좋은 사람들이에요…… 아니, 여기 프랑스어를 하는 사람이 하나도 없단 말이오?"

장교는 게라심과 피에르를 번갈아 쳐다보더니 피에르 쪽으로 다가왔다. 피에르는 그를 피해 밖으로 나가려 했다. 순간 반쯤 열린 부엌문 안에서 마카르가 음흉한 미소를 지으며 권총을 겨누는 것이 보였다.

주정뱅이는 "돌격!"이라고 외치며 방아쇠를 당기려 했다. 프랑스 장교는 그 소리가 들리는 쪽으로 고개를 홱 돌렸다. 순간 피에르가 주정뱅이에게 달려들어 권총을 들고 있는 손을 잡았다. 총구가 하늘을 향하며 귀청이 떨어질 듯한 총성이 울렸다. 파랗게 질린 프랑스 장교는 문 쪽으로 펄쩍 뛰어 물러났다.

피에르는 프랑스어를 할 줄 안다는 사실을 감추려 했던 결심도 잊은 채 프랑스 장교 곁으로 달려가며 물었다.

"다치지 않았습니까?"

"아니, 괜찮소. 그런데 저자는 도대체 누구요?" 프랑스 장교는 마카르를 노려보며 말했다.

"아, 정말로 유감입니다." 피에르는 자신의 역할을 완전히 망각한 채 프랑스 장교에게 말했다. "저 사람은 제정신이 아닙니다. 자기가 무슨 짓을 하는지도 모르는 사람입니다.”

장교는 마카르에게 다가가 멱살을 잡았다. 마카르는 입술을 벌린 채 벽에 기댄 몸을 흔들거리고 있었다. 피에르가 장교에게 계속 그를 용서해 달라고 말하자 장교는 잡았던 멱살을 놓더니 피에르에게 악수를 청했다.

“당신은 내 목숨을 구해주었습니다. 당신은 프랑스 사람임이 틀림없습니다.” 장교는 확신을 갖고 말했다. 하지만 피에르는 장교를 실망시킬 수밖에 없었다.

“저는 러시아인입니다.”

“에이, 그런 말씀 마십시오. 이런 데서 동포를 만나니 정말 기쁩니다. 그나저나 저놈을 어떻게 처리해야 하겠소?”

피에르는 마카르가 알코올 중독에 정신이 약간 이상한 사람이라고 설명한 뒤, 제발 눈감아달라고 부탁했다.

“당신이 프랑스인인 데다 내 목숨까지 구해주었으니 당신 부탁을 안 들어줄 수 없겠군요.”

그는 피에르의 팔짱을 끼고 방 안으로 들어갔다. 그사이 어느새 부엌을 돌아보고 온 병사가 장교에게 말했다.

“대위님, 부엌에 수프와 양고기가 있습니다. 가져올까요?”

“물론이지. 그리고 술도 가져와.”

엉겁결에 장교와 함께 방으로 들어간 피에르는 의자에 앉자마자 자기가 프랑스인이 아니라고 재차 말했다. 장교는 그런 영광스런 자격을 왜 마다하는지 알 수 없다는 표정으로 피에르를 바라보더니 말했다.

"어쨌든 당신은 내 생명의 은인입니다. 나는 이제 영원히 당신의 친구입니다. 당신이 프랑스인이 아니라면 신분을 감추고 있는 러시아 공작이라고 칩시다."

피에르는 비로소 찬찬히 장교를 살펴보았다. 장교의 목소리와 표정과 몸짓에는 선량함과 프랑스적인 관점에서의 고상함이 흐르고 있었다.

"나는 7일 전투로 레지옹 도뇌르 훈장을 받은 제13 프랑스 용기병 연대의 랑발 대위요."

피에르는 사정상 자신의 신분을 밝힐 수 없다며 다만 이름이 피에르라고만 밝혔다. 대위는 반갑게 피에르의 손을 잡으며 그것으로 충분하다고 했다.

이윽고 병사가 양고기와 오믈렛과 사모바르와 보드카 그리고 포도주를 가져오자 랑발 대위는 왕성한 식욕을 자랑하며 음식을 먹고 술을 마시기 시작했다. 피에르도 시장하던 참이라 함께 먹고 마셨다.

랑발은 음식을 먹으면서 내내 쉬지 않고 지껄여댔다. 그는 러시아군이 적이지만 정말 용감했다고 칭찬한 후 아녀자들이 모두 모스크바를 떠난 것은 유감이라고 말했다.

피에르가 랑발의 말에 반박했다.

"만일 러시아가 파리에 침입했다면 파리 여자들은 남아 있었을까요?"

"어허, 이거 한 대 얻어맞았는데요. 어쨌든 러시아에는 정말 미인들이 많다던데…… 프랑스군이 들어왔다고 초원의 굴 속에 숨어버리다니 참 어리석은 짓이에요. 우리들은 빈, 베를린, 마드리드, 나폴리, 로마, 바르샤바 등 전 세계 도시들을 점령해 왔어요. 그 도시의 여자들은 우리를 무서워하기도 했지만 우리를 사랑해주기도 했어요. 우리랑 잘 사귀어두는 건 좋은 일이거든요."

이어서 랑발은 입에 침을 튀겨가며 나폴레옹을 칭찬하기 시작했다. 자신은 망명한 백작의 아들로서 8년 전만 해도 나폴레옹을 적으로 생각했지만 그 위대함에 마음을 빼앗기고 말았다는 것이었다. 그는 나폴레옹이 역사상 가장 위대한 인물이라고 칭송했다.

랑발의 입에서 나폴레옹의 이름이 나오자 피에르는 슬쩍 물어보았다.

"황제가 지금 모스크바에 계십니까?"

"아니, 황제께서는 내일 입성하십니다."

그때 병사가 랑발에게 와서, 독일 경기장교 한 명이 대위의 말이 매여 있는 마당에 말을 묶으려 해서 시비가 벌어졌다고 보고했다. 대위는 잠시 밖으로 나갔다.

대위가 나간 사이 피에르는 괴로워했다. 그는 모스크바가 점령당했기에 괴로운 것이 아니었다. 정복자가 자기 집인 양 편하게 남의 나라 집에 앉아서 마치 자기의 보호자인 것처럼 굴고 있어서 괴로운 것도 아니었다. 피에르는 이 사내와 이야기를 나누다가 자신도 모르게 기분이 유쾌해진 사실 때문에 괴로웠다. 자신이 더없이 나약하게 여겨진 것이다.

프랑스 사내와 함께 들이켠 몇 잔의 술과 이 호인과 나눈 몇 마디 대화로 인해 최근 그를 사로잡고 있던 정신, 어두운 가운데 잔뜩 집중해 있던 그 정신이 그만 풀어져버렸다. 비장한 결의에 차 있던 좀 전의 자기가 어디로 갔는지 피에르 스스로도 의아할 정도였다. 권총과 비수, 마부 외투도 준비되었고 나폴레옹이 내일 모스크바에 들어온다는 정보도 알아냈으니 완벽하게 준비가 된 셈이었다. 악당을 죽이는 일이 유용하고 영웅적 행동이라는 생각도 변함이 없었다.

하지만 피에르는 자신이 그 과업을 완수하지 못할 것처럼 느껴졌다. 어째서일까? 그 자신도 그 이유를 알 수 없었다. 다만 자신에게 그럴 힘이 없다는 느낌이 들었고, 복수, 살인, 개인적 희생 등의 몽상이 프랑스인을 처음 만나자마자 연기처럼 흩어져버린 것이다.

대위가 다시 돌아왔다. 그러자 이제까지 그토록 흥미롭던 그와의 프랑스어 대화가 시들해져버렸다. 하지만 그 무언가 알지 못할 힘에 이끌려 그는 밖으로 나가지 못하고 여전히 그 자리에 못 박힌 듯 앉아 있었다.

이어서 랑발은 자신이 경험했던 숱한 연애담을 늘어놓았다. 그런데 그가 늘어놓는 사랑 이야기는 피에르가 일찍이 아내 엘렌에게서 느꼈던 저급한 사랑과도 거리가 멀었고, 자기가 지금 나타샤에게서 느끼고 있는 일방적이고 로맨틱한 사랑과도 거리가 멀었다.

랑발의 연애담을 들으면서 피에르는 차츰 술에 취해갔다. 그는 그의 이야기에 귀를 기울이면서 한편으로는 나타샤를 향한 자신의 사랑을 머리에 떠올리고 있었다. 그는 랑발의 이야기를 들으면서 그 이야기를 자신의 사랑과 비교하고 있었던 것이다.

피에르는 의무와 정열 사이의 싸움에 관한 랑발의 이야기를 들으면서 급수탑 옆에서 마음속 연인과 만났던 장면을 하나도 빼놓지 않고 세세히 떠올렸다. 그리고 이제까지 그냥 무심코 넘겨버렸던 그 만남이 뭔가 시적인 의미를 띤 것처럼 여겨졌다.

"피에르 키릴로비치! 어서 이리 오세요! 당신인 줄 알아보았어요……! 정말 깜짝 놀랐어요……!"라고 말하던 그녀의 목소리가 새삼스럽게 귀에 쟁쟁했다. 그녀의 눈, 그녀의 미소, 그녀가 쓰고 있던 모자, 모자 밑으로 빠져나온 한 가닥의 머리칼 등이 눈에 선했다.

랑발은 아름다운 폴란드 여자와의 사랑 이야기를 끝내자 피에르에게 의무 때문에 사랑을 희생한 적이 있느냐고, 사랑하는 여성의 남편이 갖고 있는 권리를 질투해본 적이 있느냐고 물었다. 피에르는 자신의 속마음을 털어놓지 않고는 못 배길 것 같았다. 피에르는 자신의 연애관은 랑발과 다르다고 말한 뒤, 자기는 평생 한 여자만을 사랑해왔으며 지금도 여전히 사랑하고 있다고, 하지만 그 여자를 자기 것으로 만들어서는 안 된다고 말했다.

"아, 그래요!" 랑발이 흥미를 보였다.

피에르는, 자기는 그녀가 아주 어릴 때부터 그녀를 사랑해왔다, 하지만 그녀가 너무 어린 데다 자기는 이름도, 재산도 없는 사생아였기에 감히 엄두를 내지 못했다고 말했다. 그 뒤 이름과 재산을 얻고도 그녀를 열렬히 사랑하고 있지만, 그녀가 이 세상 그 무엇보다, 특히 자기보다 더 높은 곳에 있는 것처럼 우러러보여 그녀를 사랑한다는 것은 불가능해 보인다고 덧붙였다. 그는 랑발에게 그런 사랑이 이해가 되느냐고 물었다.

"아하, 플라토닉 러브로군요! 그건 뜬구름 잡는 거예요!" 랑발이 약간 비웃는 듯 중얼거렸다.

이윽고 밤이 이슥해서 두 사람은 밖으로 나갔다. 포근하고 맑은 날씨였다. 모스크바에서 처음 발생한 화재로 멀리 집 왼편 어딘가가 벌겋게 물들어 있었다. 오른편에는 초승달이 높이 걸려 있었고 반대쪽 하늘에는 혜성이 반짝이고 있었다.

별이 총총한 드높은 하늘을 바라보며 피에르는 이루 말로 표현하기 힘든 감동을 맛보았다. 그는 생각했다.

'오, 얼마나 아름다운가! 더 이상 무엇이 필요하단 말인가!'

그런데 순간적으로 그가 세우고 있는 계획이 떠올랐다. 그에게 아찔한 현기증이 일었고, 쓰러지려는 몸을 겨우 담에 기댈 수 있었다. 그는 새로운 친구에게 인사도 없이 휘청거리며 자기 방으로 돌아와 이내 자리에 누웠다.

제10부

제9장

모스크바에 처음으로 화재가 발생한 9월 2일 밤, 로스토프 일가의 마차는 모스크바로부터 약 20킬로미터 정도 떨어진 미티시치 마을에 머물러 있었다. 모스크바를 떠난 지 이틀째 밤이었다.

마차들과 군대 행렬로 길이 혼잡했기에 그들 일행은 거의 길에 멈춰 서다시피하며 밤이 되어서야 겨우 그곳에 도착할 수 있었다. 로스토프 가족 및 그들과 함께 온 부상자들은 밤 10시가 되어서야 겨우 이 마을의 큰 집들에 흩어져 자리를 잡을 수 있었다. 미차는 자기 연대와 함께 트로이차로 떠났기에 함께 있지 않았다.

모스크바에 화재가 발생한 것을 본 하녀가 집 안으로 들어와 백작에게 모스크바가 불타고 있다고 알렸다. 백작은 잠옷 차림으로 밖으로 나갔으며 아직 옷을 벗지 않았던 소냐도 백작의 뒤를 따랐다. 나타샤는 백작 부인과 함께 집에 남아 있었다.

모스크바가 불타고 있다는 소식을 듣고 백작 부인은 울고 있었다. 나타샤는 파랗게 질린 얼굴로 성상 아래 소파에 앉아 있었다. 이곳에 도착한 이래 그녀는 줄곧 거기 그렇게 앉아만 있었다. 그녀는 모스크바가 불타고 있다는 하녀의 말도, 그에 뭐라고 응대한 아버지의 말도 전혀 귀에 들어오지 않았다. 심지어 울고 있는 어머니 모습도 눈에 보이지 않는 것 같았다. 그녀는 몇 집 건너에서 들려오는 부상병의 신음에만 귀를 기울이고 있었다. 그 소리는 심한 부상을 입은 부관에게서 들려오는 신음이었다.

나타샤는 안드레이 공작이 저 부상병들 사이에 있다는 사실을 알고 있었다. 그날 아침 소냐는 왠지 안드레이 공작이 로스토프 가족의 피난 행렬과 함께하고 있다는 사실을 나타샤에게 알려야만 한다는 일종의 의무감에 사로잡혔다. 그녀는 그만 불쑥 입을 놀려 그 사실을 나타샤에게 알려주고 말았다. 백작 부인도 함께 있던 자리였고 백작 부인이 대로했음은 물론이다. 하지만 이미 엎질러진 물이었다.

그날 소냐에게서 그 소식을 듣고 난 뒤 나타샤는 공작이 어느 숙소에 있는지, 상태가 어떤지, 만날 수는 있는지 소냐와 어머니에게 마구 물었다. 하지만 백작 부인은 상처는 깊지만 위독하지는 않다, 절대로 만나서는 안 된다, 라고만 대답했다. 나타샤는 아무리 물어도 대답을 들을 수 없을 것 같아 입을 다물었다.

그날 밤, 나타샤는 자신이 먼저 잠든 척 소냐와 어머니를 안심시킨 후 그들이 잠들자 슬쩍 몸을 일으켰다. 그녀는 끊임없이 들려오는 신음이 안드레이 공작이 내는 소리가 아니라는 것, 안드레이 공작은 자기네와 같은 현관을 사용하는 옆집에 누워 있다는 것을 이미 알고 있었다.

마루에 몸을 눕혔던 그녀는 살그머니 자리에서 일어나 "소냐, 자? 어머니?" 하고 속삭였다. 색색 숨소리만 들릴 뿐이었다. 나타샤는 살그머니 일어나 성호를 그은 뒤 맨발로 밖으로 나갔다. 뭔가 묵직한 것이 온 집 안을 쿵쿵 두드리고 있는 것 같았다. 바로 그녀의 심장 고동 소리였다. 이윽고 그녀는 안드레이가 누워 있는 오두막의 문을 열고 안으로 들어섰다. 의자 위에 촛불 한 자루가 밝혀져 있을 뿐, 오두막 안은 어두웠다. 한쪽 구석 침대에 누군가가 누워 있었다.

아침에 안드레이 공작이 자기들과 함께 있다는 소식을 듣자 나타샤는 그를 꼭 만나야겠다고 결심했다. 왜 그를 만날 필요가 있는지 그녀 자신도 알 수 없었다. 그녀는 그 만남이 더없이 괴로울 것이라는 것도 능히 알 수 있었다. 하지만 그런 만큼 더욱더 그를 만나야할 필요가 있는 것 같았다.

그녀는 그날 하루 종일 그를 만나고 싶다는 열망에 사로잡혀 있었다. 그러나 막상 그 순간이 되자 두려움이 엄습했다. 그이는 과연 어떤 모습일까? 이전의 모습이 남아 있을까? 끊임없이 신음하는 병사와 같은 모습일까?

그녀는 덜컥 무서움에 사로잡혀 발걸음을 멈추었다. 하지만 거역하기 힘든 알지 못할 힘이 그녀를 앞으로 이끌었다. 방 한가운데 성상 밑 소파에 누군가 한 사람 누워 있었다. 하지만 그는 안드레이가 아니라 역시 보로디노 전투에서 부상을 입은 티모힌이었다. 마루 위에는 군의관과 시중드는 병사가 누워 있었다.

잠에서 깬 병사가 이상하다는 눈빛으로 뭔가 중얼거렸다. 부상한 다리가 아파서 잠을 못 이루고 있던 티모힌은 캐미솔을 걸치고 하얀 나이트캡을 쓴 여자의 이 이상한 출현을 놀란 눈으로 바라보았다.

나타샤는 무슨 일로 오셨냐는 병사의 말을 무시하고 누군가가 누워 있는 방 한구석으로 다가갔다. 두 손을 힘없이 담요 위에 내놓고 누워 있는, 항상 눈에 익었던 안드레이 공작의 모습이 똑똑히 보였다.

열에 들떠 불그레해진 얼굴빛, 흥분한 채 그녀를 응시하고 있는 반짝이는 두 눈, 옷깃 사이로 드러나 있는 아이처럼 연약한 목은 그녀가 그에게서 이전에는 전혀 느낄 수 없었던 느낌을 주었다. 마치 그가 천진난만한 어린아이처럼 보였다. 나타샤는 그 옆으로 다가가 무릎을 꿇었다. 안드레이는 미소를 지으며 그녀에게 손을 내밀었다.

안드레이는 수술 뒤 보로디노의 야전병원에서 잠시 정신을 차렸다가 1주일이 지날 때까지 내내 혼수상태에 빠져 있었다. 군의관은 고열과 장(腸)의 염증 때문에 그가 살아남지 못할 것이라고 말했다. 그런데 여드레째 되는 날 의식을 회복한 안드레이가 한 조각의 빵을 맛있게 먹고 차를 마시는 것을 보고 군의관은 놀랐다. 열도 어느 정도 내려 있었다. 그가 로스토프 가족과 함께 모스크바를 출발한 바로 그날이었다.

마차가 미티시치에 멈추고 그를 오두막집으로 옮길 때 그는 다시 정신을 잃었다. 잠시 뒤 다시 정신을 차린 그는 병사에게 차를 갖다 달래서 맛있게 마셨다.

"이보게, 티모힌, 자네 거기 있나?" 그가 물었다.

"네, 대장님, 저 여기 있습니다."

"그래, 상처는 어때?"

"견딜 만합니다. 하지만 대장님이……."

"이보게 부탁이 있네. 책을 좀 구할 수 없을까?"

"무슨 책 말씀이시지요?"

"복음서 말이야."

옆에서 그 대화를 듣고 있던 군의관이 성서를 갖다 주겠다고 약속했다.

그는 차를 마시면서 자신에게 일어났던 일을 하나씩 되짚어 보았다. 그러자 자기가 그토록 미워하고 있던 사내가 죽음의 고통으로 신음하고 있는 모습을 보고 그를 향한 연민과 사랑이 흘러넘치던 순간이 다시 한번 생생하게 떠올랐다. 모호하면서 뭐라 정의 내리기 어려운 감정이 그때처럼 다시 그의 마음을 사로잡았다. 지울 수 없는 행복이 마음에 스며드는 것을 느끼며, 그는 그 행복은 복음서 안에서만 찾을 수 있다고 생각했다.

하지만 복음서를 갖다 달라고 부탁한 뒤 그는 다시 혼수상태에 빠졌다. 그가 다시 정신을 차렸을 때는 한밤중이었다. 주위의 사람들은 모두 잠들어 있었고 귀뚜라미 소리만 복도 건너편에서 들려오고 있을 뿐이었다.

그는 정상이 아니었다. 그의 정신은 그 어느 때보다 왕성하게 활동했고 의식도 명료했지만 그 활동은 그의 의지와는 상관이 없었다. 한 가지 영상이 떠올랐는가 하면 갑자기 그 영상이 툭 끊기고 다른 영상이나 상념이 떠오르곤 했다.

그에게 행복에 대한 상념이 떠오르면서 행복을 의식하고 명령할 수 있는 분은 오로지 하느님뿐이라고 그는 생각했다. 그리고 지극히 명료하게 모든 것은 결국 사랑이라고, 그 무엇인가를 얻기 위한 것이 아닌 무위의 사랑이라고 생각했다. 죽어가는 순간에 역시 죽어가는 원수를 바라보며 느꼈던 사랑, 바로 그것이 우리 마음의 본질이라고 생각했다.

그리고 그 본질은 바로 하느님이라고 생각했다. 좋아하는 사람을 사랑하는 것은 모든 인간에게 가능한 일이다. 하지만 적을 사랑하는 것은 오직 하느님의 사랑뿐이다. 그가 아나톨리를 향해 사랑의 감정을 느끼면서 무한한 환희에 사로잡혔던 것은 그 때문이다. 그는 지고지순한 하느님의 사랑을 순간적으로 경험한 것이다.

이어서 그는 생각했다.

'인간의 사랑은 자칫하면 미움으로 변할 수 있다. 그러나 하느님의 사랑은 변치 않는다. 오, 나는 살아오면서 그 얼마나 많은 사람을 미워했는가? 내가 이 세상에서 가장 사랑하고 가장 미워했던 것은 바로 그녀가 아니었던가?'

그는 나타샤의 모습을 생생하게 다시 그려보았다. 그러나 그 모습은 그를 그토록 기쁘게 했던 매력적인 모습이 아니었다. 그는 처음으로 그녀의 넋으로 스며들었던 것이다. 그는 홀연 그녀의 영혼의 고통, 수치, 회한을 이해했다. 그는 그녀를 뿌리친 자신의 잔인함을 비난했다.

'오, 그녀를 단 한 번만이라도 다시 볼 수 있다면! 그녀의 눈을 다시 한번 보고 말해줄 수 있다면……'

그러자 그의 상상력이 새롭게 현실과 환각이 뒤섞인 세계로 옮아갔다. 그리고 마치 구름 속에서처럼 그의 얼굴 위로 건물이 하나 솟아 있었고 붉은 원을 만들며 촛불이 타고 있었으며 문 앞에 스핑크스가 서 있었다.

순간 그에게 뭔가 가벼운 소리가 들렸고 신선한 공기가 얼굴에 확 끼쳐왔다. 그리고 또 다른 형상이, 두 번째 스핑크스가 문에 나타났다. 그 얼굴은 파리했으며 그 눈은 마치 나타샤의 눈처럼 반짝이고 있었다.

'오, 이 환각에서 벗어날 수 있다면!'

안드레이는 자신의 상상 속에서 이 얼굴을 몰아내려고 애썼다. 그러나 그 환영은 여전히 거기에 있었으며 천천히 그를 향해 다가왔고 이윽고 마치 현실처럼 되었다. 안드레이는 온 힘을 다해 정신을 차리려고 꿈틀거렸다. 갑자기 귀가 울리고 눈이 흐려졌다. 그는 마치 물속에 가라앉듯이 의식을 잃었다.

그가 다시 정신을 차렸을 때 분명 현실 속의 나타샤가, 생생하게 살아 있는 나타샤가 그의 눈앞에 있었다. 이 세상 그 누구보다 이 '순수하고 신성한 사랑'을 주고 싶은 그녀가 거기 그렇게 그의 앞에 나타나, 그의 앞에 무릎을 꿇고 있었던 것이다. 그는 그녀를 분명 알아볼 수 있었다. 그리고 놀라움보다는 진정으로 억제할 길 없는 행복을 느꼈다.

나타샤는 겁에 질린 채 꼼짝도 하지 않았다. 그녀는 흐느낌을 억누르고 있었다. 그녀의 얼굴이 파르르 떨렸다.

안드레이는 마음이 놓였다는 듯 가볍게 숨을 내쉬더니 웃으며 손을 내밀었다.

"당신이로군! 오, 정말 행복해!"

나타샤는 무릎을 꿇은 자세 그대로 그에게 다가왔다. 그녀는 조심스럽게 그의 손을 잡더니 얼굴을 구부리며 가볍게 입을 맞추었다.

"용서해주세요." 그녀는 고개를 들고 속삭이듯 말했다. "저를 용서해주세요."

"나는 당신을 사랑하고 있소." 안드레이가 말했다.

"용서해주세요."

"무엇을 용서해달라는 말이오?"

"제가…… 제가 한 짓을…… 용서해주세요." 나타샤는 들릴락 말락 한 목소리로 떠듬떠듬 말했다. 그리고 다시 안드레이의 손에 입을 맞추었다.

"나는 지금 전보다 당신을 더 사랑하고 있소." 안드레이는 그녀의 눈을 똑바로 쳐다보려고 한쪽 손으로 그녀의 얼굴을 쳐들며 말했다. 그녀의 눈은 기쁨의 눈물 너머로 그를 뚫어져라 바라보고 있었다. 그 눈은 사랑과 연민의 빛을 발하고 있었다. 안드레이는 그 아름다운 눈을 바라보고만 있었다.

그때 뒤에서 이야기 소리가 들렸다. 잠에서 깨어난 병사가 군의관을 깨웠던 것이다. 상처가 아파서 잠을 이루지 못하고 있던 티모힌은 그들의 대화를 모두 들을 수 있었다.

"아니, 이게 대체 무슨 일입니까?" 잠에서 깬 군의관이 나타샤에게 말했다. "자, 어서 돌아가서 주무십시오."

바로 그때 문 두드리는 소리가 났다. 딸이 없어진 것을 안 백작 부인이 하녀를 보낸 것이었다.

나타샤는 마치 몽유병자처럼 방에서 나갔다. 자기 방으로 돌아온 나타샤는 오열을 터뜨리며 침대 위에 쓰러졌다.

이날 이후 로스토프 가족들이 여행을 계속하는 동안 나타샤는 일행이 머무는 곳에서 한시도 안드레의의 곁을 떠나지 않고 간호했다. 백작 부인에게는 저러다가 안드레이가 나타샤의 품에 안겨 죽을지도 모른다는 끔찍한 생각이 들었지만 나타샤의 뜻을 꺾을 수 없었다.

제10장

9월 3일 아침, 피에르는 늦게야 잠에서 깨어났다. 머리가 지끈거렸으며 영 마음이 꺼림칙했다. 어제 랑발 대위와 나눈 대화가 새삼 수치스럽게 여겨진 때문이었다.

시계는 열한 시를 가리키고 있었다. 바깥 날씨는 음산하게 흐려져 있는 것 같았다. 눈을 뜬 그에게 책상 위에 놓인 권총이 보였다. 그러자 자신이 지금 어디에 있는지, 오늘 자기가 무슨 일을 해야 하는지가 한꺼번에 떠올랐다.

'늦은 건 아닐까? 아냐, 나폴레옹은 분명 정오 전에는 입성하지 않을 거야.'

피에르는 서둘러 옷을 입은 뒤 권총을 들고 나가려 했다. 하지만 그는 곧 어리석은 자신을 꾸짖었다. 무기를 손에 들고 거리를 걸어 다닐 수는 없는 노릇이었다. 그런데 헐렁한 마부 외투 속에도 권총을 감출 곳이라곤 없었다. 게다가 마카르가 이미 장전한 총알을 쏘아버렸기에 다시 장전하는 데 시간을 허비할 수도 없었다.

'어차피 마찬가지야. 단도로 해치우자'라고 그는 생각했다. 그는 수하레프 급수탑 옆에서 권총과 함께 구입한 무디고 날이 빠진 단도를 얼른 조끼 밑에 감추었다.

그가 어젯밤에 무심코 보아넘긴 도시의 화재는 그사이 크게 번져 있었다. 모스크바는 이제 사방에서 불타오르고 있었다. 피에르는 아르바트 광장의 야블렌니 성당 쪽으로 향했다. 이미 오래전부터 그가 거사 장소로 생각하고 있던 곳이었다. 한길에도, 골목에도 인기척이 없었으며 도시는 탄내와 연기 냄새로 가득 차 있었다.

하지만 피에르는 자기가 미리 계획하고 있던 장소까지 가지 못했다. 그뿐 아니라 그가 도중에 장애와 만나지 않고 계획하고 있던 곳까지 갔다 하더라도 그는 계획을 실행에 옮기지 못했을 것이다. 나폴레옹은 이미 네 시간 전에 모스크바에 입성해서, 침울한 기분으로 크렘린 궁전 거실에 앉아 이런저런 지시를 내리고 있었던 것이다.

피에르가 포바르스카야 거리로 가까이 갈수록 화재 연기가 점점 더 짙어졌고, 화끈할 정도로 불의 열기가 느껴졌다. 그리고 가는 길에 만나는 사람의 수가 차츰 늘어났다. 자기 계획에 몰두해 있던 피에르는 자신이 점점 화재 현장 가까이 가고 있다는 것도 눈치채지 못했다.

그가 포바르스카야 거리와 맞닿아 있는 길을 지나고 있을 때였다. 바로 옆에서 여자의 울부짖음이 들렸다. 그는 마치 꿈에서라도 깨어난 듯 발걸음을 멈추고 고개를 들었다. 먼지투성이 길섶에 온갖 세간살이가 놓여 있었고 트렁크 옆 땅바닥에 여윈 여자 한 명이 앉아 넋을 놓고 울고 있었다. 곁에는 열 살 남짓한 계집아이 둘이 겁에 잔뜩 질린 얼굴로 어머니를 바라보고 있었다.

피에르를 본 그 여자는 거의 매달리듯 그의 발밑에 몸을 던졌다.

"오, 선생님! 독실한 기독교 신자님! 저를 도와주세요." 그녀는 흐느끼며 말했다. "제 막내딸이…… 그 애가 남아 있어요……. 불에 타 죽을 거예요! 오, 오, 제발……."

"그래, 어느 집입니까?" 피에르가 물었다.

그러자 여자가 멀리 골목 안쪽의 집 한 채를 가리켰다. 불이 활활 타오르고 있는 제법 큰 집이었다. 피에르는 무작정 그 집 쪽으로 뛰어갔다. 피에르는 자신도 모르게 흥분해 있었다. 우지 끈 뚝딱 내려앉는 천장 소리, 혀를 날름거리며 타오르는 맹렬한 불길, 사람들의 왁자지껄한 외침 소리, 뭉게뭉게 피어오르는 연기, 이 모든 것들이 피에르에게 자극을 주었던 것이다. 화재 현장으로 들어가자 피에르는 자신을 압박하던 무거운 짐에서, 그 무거운 상념에서 갑자기 풀려난 느낌이 들었다. 그는 그 자극에 몸을 맡겼다. 마치 자신이 쾌활하고 민첩하고 용감한 사람인 양 느껴졌다.

결국 그는 어린아이를 구출하는 데 성공했다. 그러나 아이를 안고 뛰어나왔지만 처음 어린아이를 찾으러 떠났던 장소를 도저히 찾기 힘들었다. 그사이 거리 전체가 새로 들어낸 짐들과 사람들로 가득 들어차 있던 때문이었다. 그리고 거리에는 프랑스 병사들도 여러 명 돌아다니고 있었다. 하지만 피에르에게는 그 병사들이 눈에 들어오지 않았다. 어서 구해낸 아이를 부모에게 전해주고 누군가 다른 사람을 구출하러 가고 싶었다. 자기에게 이렇게 절실하게 할 일이 있다는 것을 그는 처음으로 강하게 느끼고 있었다. 꾸물거릴 여유가 없었다. 그의 온몸은 젊음과 활기와 용기로 달아올라 있었다.

그가 아이의 부모를 찾아 헤매고 있을 때 한 광경이 그를 강하게 사로잡았다. 두 프랑스 병사가 한 아르메니아 가족을 향해 가고 있었다. 한 명은 몸집이 작은 병사였고, 다른 한 명은 멀쑥한 키에 야윈 사내였다.

몸집이 작은 병사는 아르메니아 가족을 향해 다가가더니 느닷없이 늙은이의 발을 붙잡았다. 그러자 늙은이는 당황한 모습으로 구두를 벗었다. 또 한 명의 멀쑥한 병사는 두 손을 호주머니에 넣은 채 아르메니아 미인의 얼굴을 뚫어져라 바라보고 있었다.

피에르는 갑자기 열이 확 뻗치는 것을 느끼고는 옆에 있던 아낙네에게 안고 있던 아이를 맡겼다. 그리고 병사들이 있는 곳을 향해 달려갔다.

피에르가 그들로부터 대여섯 발자국 정도 거리에까지 이르는 사이 멀쑥한 프랑스 병사는 아르메니아 미인의 목에 걸고 있던 목걸이를 잡아채고 있었다.

"그 손 치우지 못해!" 피에르는 고함을 지르며 프랑스 병사의 어깨를 움켜쥐고 내동댕이쳤다. 그 병사는 그대로 도망치고 몸집이 작은 병사가 단도를 빼들려는 자세로 피에르에게 달려들었다. 하지만 분기탱천한 피에르의 상대가 될 수 없었다. 아마

제10부

평소 힘의 열 배는 내는 것 같았다. 피에르는 프랑스 병사가 미처 단검을 빼기도 전에 발을 걸어 거꾸러뜨린 뒤 주먹으로 얼굴을 마구 내리쳤다. 주변을 둘러싼 군중들은 환호했다.

바로 그때 프랑스 창기병 순찰대가 길모퉁이에서 나타났다. 창기병들은 피에르와 프랑스 병사들을 빙 둘러쌌다.

피에르는 그 뒤의 일을 전혀 기억하지 못한다. 그만큼 무아지경이었다. 창기병들은 프랑스병의 약탈을 저지하고, 러시아인 방화자를 체포하기 위하여 순찰 중인 기마병들이었다. 프랑스 수뇌부는 그날 회의를 열어 모스크바 화재는 러시아인들의 방화에 의한 것이라고 결론을 내렸던 것이다.

그들은 그날 모두 다섯 명의 수상한 러시아인―소매상 한 사람, 신학생 두 사람, 마부와 머슴 각 한 사람―을 방화범으로 체포했다. 그러나 그들 중에서 가장 큰 혐의를 받은 것은 피에르였다. 몸에 단검을 지니고 있던 데다 프랑스 병사들을 향하여 폭력을 휘둘렀으니 의심을 받을 만했다. 그는 딴 사람들과 달리 독방에 수감되어 엄중한 감시를 받게 되었다.

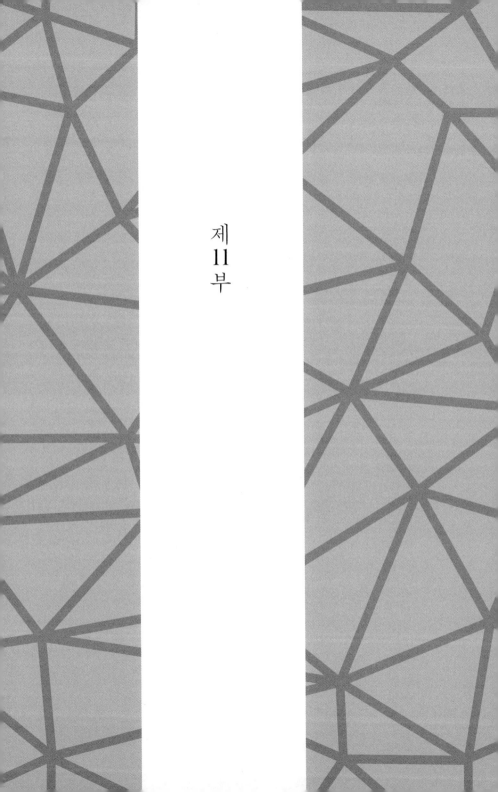

제
11
부

제1장

당시 페테르부르크의 상류 사회는 권력을 둘러싼 여러 파들의 세력 다툼으로 큰 갈등에 휩싸여 있었다. 하지만 호화로운 페테르부르크의 일상은 전과 다름없이 흘러갔다.

8월 26일, 즉 보로디노 전투가 벌어졌던 바로 그날도 안나 파블로브나 셰레르의 집에서 연회가 열렸다. 그날의 주된 행사는 황제의 생일을 맞이해서 황제께 바치는 대주교의 서한 낭송이었고, 그 낭송은 바실리 쿠라긴 공작이 맡았다. 바로 다음 날이 황제의 생일이었던 것이다.

하지만 그날의 주된 화젯거리는 뭐니 뭐니 해도 피에르 베주호프 백작 부인 엘렌이 앓고 있는 병이었다. 아름다운 백작 부인이 병을 앓고 있는 것은 동시에 두 남자와 결혼할 수 없다는 사실 때문임을 모두들 알고 있었다. 하지만 그녀가 구체적으로 무슨 병을 앓고 있는지에 대해서는 의견이 분분했다. 1주일 전부터 병으로 앓아눕게 된 그녀가 아무도 만나지 않았으며 페테르부르크의 유명한 의사의 진찰도 받지 않고 낯선 이탈리아인 의사의 치료만 받고 있던 때문이었다.

다음 날 황제의 탄신을 축하하는 미사가 궁중에서 거행되고 있을 때 쿠투조프 공작으로부터 전황에 대한 봉서가 전달되었다. 그 보고서에 의하면 러시아군이 한 발도 후퇴하지 않고 있으며 적군의 피해가 우군보다 훨씬 크다고 적혀 있었다. 말하자면 승리 보고였다. 일동은 궁중 성당에서 나가지 않고 하느님의 가호에 감사한다는 기도를 곧바로 올렸다. 사람들은 전쟁의 승리를 조금도 의심하지 않았다. 개중에는 나폴레옹이 이미 포로가 되었다는 둥, 프랑스에서 반란이 일어나 나폴레옹이 폐위되고 새로운 군주가 뽑혔다는 둥 떠들어대는 사람까지 있었다.

그러나 다음 날은 전황에 대한 아무런 보고가 없었다. 사람들은 불안해하기 시작했다. 거기에다 엎친 데 덮친 격으로 러시아 사교계에 충격이라고 할 수밖에 없는 소식이 전해졌다. 엘렌이 수수께끼 같은 병으로 세상을 떠났다는 소식이었다. 공식적으로는 협심증으로 죽은 것으로 전해졌지만 친한 사람들

제11부

끼리는 은밀하게 구체적 내용을 소곤거렸다.

그들은 스페인 여왕의 시의(侍醫)인 이탈리아인이 그녀에게 소량만 복용해야 하는 무슨 약을 처방했다, 그대로만 했으면 괜찮았을 것이다. 하지만 노백작이 자신을 의심하고 있는 데다 남편에게서는 답장이 없자 괴로운 나머지 정량 이상의 약을 마시고 몹시 괴로워하다가 죽었다라고 쑥덕댔다. 풍문에 의하면 엘렌의 아버지인 바실리 공작과 그녀의 애인인 노백작이 이탈리아인 의사를 문책하려 했으나, 의사가 고인이 은밀하게 남긴 글을 보여주자 그만두었다는 것이다. 그리고 그 글에는 절대로 공개해서는 안 되는 내용이 적혀 있다고도 했다.

다음 날 또 하나의 충격적인 소식이 전해졌다. 모스크바의 한 지주가 전한 소식으로서 러시아군이 모스크바를 프랑스군에게 넘겨주었다는 것이었다. 그토록 사람들에게 칭송을 받았던 쿠투조프는 하루아침에 반역자가 되었다. 사람들은 그 애꾸눈 난봉꾼에게 러시아의 운명을 맡긴 것이 통탄할 일이라며 가슴을 쳤다. 하지만 아직 정식 보고는 없었다.

모스크바를 포기한 뒤 아흐레 만에 쿠투조프의 사자가 정식 보고를 가지고 페테르부르크로 왔다. 알렉산드르 황제는 사자를 알현한 자리에서 아름답고 푸른 눈을 하늘로 향하며 말했다.

"만일 병사의 한 명이 마지막으로 쓰러지게 된다면 내 친히 사랑하는 귀족들과 착한 농민들을 이끌고 전쟁터로 향할 것이다. 이제 나폴레옹과 나는 함께 황제 칭호를 쓰며 제위에 앉아 있을 수 없다."

황제의 발언이 비장했다고 해서 모든 러시아인이 남녀노소 할 것 없이 한결같이 자기희생의 정신에 불타오르고 있었고, 조국의 운명 앞에 비분강개하며 눈물을 흘렸으리라고, 당시에 현장에 있지 않던 우리 후손들은 생각한다. 당시의 상황을 전하는 이야기와 기사들은 예외 없이 러시아 국민들의 자기 희생 정신, 애국심, 절망과 비애 속에서의 영웅적 행위만 들려주고 있기 때문이다.

하지만 그건 오산이다. 당시 대부분의 사람들은 언제 어디서나 늘 그렇듯, 그렇게 큰 틀에서 세상을 보지 않았다. 그들은 자신들의 작은 관심사에 의해 움직이고 있었고, 그들이 그 시대를 움직인 진정으로 유익한 동력이다.

역설적으로 들릴지 모르겠지만 사태의 전반적인 추이를 알려고 했거나 자기희생 정신과 영웅적 행동을 통해 도움이 되고자 했던 사람들은 당시 사회에서 가장 무익한 존재들이었다.

이유는 간단하다. 그들은 모두 세상을 거꾸로 보고 있었기 때문이다. 이를테면 피에르가 애국심으로 재산을 기부한 연대는 그저 약탈이나 일삼고 다녔으며 귀부인들이 공들여 만들어 보낸 붕대들을 부상자들은 한 번도 감아보지 못했다. 자기 혼자 똑똑한 체하며 의롭지 못한 일에 대해 비분강개하며 슬퍼하기를 좋아하는 사람들은 자기도 모르는 사이에 겉치레나 허위에 빠지기 일쑤다. 그리고 그 누가 책임질 일도 아니고 죄를 지은 것도 아닌 일에 대해 특정한 사람을 책임자로 거명하면서 비방하고 증오하기 일쑤이며 그것만큼 무익하고 해로운 일은 없다.

이런 역사적인 사건 앞에서 우리에게 주어지는 현명한 교훈은 딱 한 가지다. 그것은 절대로 선악과(善惡果)를 따먹지 말라는 것이다. 모든 일의 열매를 맺게 한 것은 결국 무의식적인 행동들이기 때문이다.

당시 페테르부르크에 있던 사람들도 마찬가지였다. 그곳의 모든 사람들은 귀족은 물론이고 민병대원이건, 귀부인이건 러시아와 모스크바의 운명 앞에 눈물을 흘리며 자기희생과 헌신에 대해서만 이야기했다. 하지만 정작 모스크바에서 물러난 부대의 군인들 중에는 모스크바와 러시아의 운명에 대해 생각하거나 말하는 사람은 단 한 명도 없었다. 모스크바가 불타오르는 모습을 보면서 프랑스군에 대한 복수심을 불태우는 사람도 없었다. 그들은 오로지 다음에 받게 될 네 달치 봉급, 다음의 숙영지, 주보에서 만난 처녀 등, 자신의 일상과 관련된 하찮은 일만 생각하고 있었다. 그리고 그들이 바로 그 역사적 사건의 현장에 있는 주역들이었다.

제2장

니콜라이 로스토프도 마찬가지였다. 그가 군 복무 중에 전쟁이 일어났으므로 그는 조국 수호의 일익을 담당했다. 하지만 우연히 그렇게 되었을 뿐, 자기희생을 하겠다는 목표 같은 것은 없었다. 따라서 그는 자기 조국 러시아에서 일어나고 있는 일을 절망하지도 않은 채, 심지어 그에 대해 깊은 생각도 해보지 않은 채 그냥 전쟁을 치렀을 뿐이다. 만일 누군가가 지금 러시아에서 벌어지고 있는 일에 대해 어떻게 생각하느냐고 그에게 물었다면 그는 그런 건 자기가 생각할 일이 아니다, 그런 걸 생각하기 위해 쿠투조프 같은 사령관이 있는 것 아니냐고 대답했을 것이다. 또한 각 연대가 병력을 보충하고 있다고들 하는 걸 보니 전쟁이 2년 정도 더 계속될지 모르겠다, 만일 그렇게

된다면 자신도 일개 연대 정도는 지휘하게 될 수도 있으리라고
대답했을 것이다.

니콜라이는 보로디노 전투가 있기 이틀 전에 사단 군마 보충
의 임무를 띠고 보로네슈로 출장 명령을 받았다. 그는 즐거운
마음으로 명령을 받아들였다. 몇 달 동안 줄곧 싸움터의 살벌
한 분위기에 젖어 있다가 오랜만에 그곳에서 벗어나 한가로운
전원생활과 풍경을 맛보게 되었으니 그 누구라도 기뻐하는 것
이 당연했다.

보로네슈로 간 니콜라이는 민병대 사령관을 만난 뒤 현 지사
에게로 갔다. 현 지사는 친절한 사람이어서 말을 사들일 만한
곳을 자상하게 소개해주었다. 니콜라이는 말을 기르는 지주를
만나서 견본으로 17마리의 말을 6,000루블에 사들였다. 만사가
순조로웠다.

볼일을 마친 니콜라이는 그날 밤 현 지사가 초대하는 야회에
참석했다. 야회에 참석한 사람들은 보로네슈 지방에서도 상류
사회에 속하는 인물들이었다.

니콜라이가 어디 마음에 들 만한 여자나 없을까 하며 눈을
굴리고 있는데 지사 부인이 그에게 다가와 말했다.

"대위님, 안나 이그나티예브나 말빈체바 부인이 당신을 보자

고 해요. 자, 어서 가서 뵙도록 해요." 지사부인이 그녀의 이름을 발언할 때의 어조로 보아 매우 지체 높은 여자임을 직감할 수 있었다.

"안나 이그나티예브나가 누구시지요? 왜 저를 보자고 하시는 거지요?" 니콜라이가 물었다.

"대위님께서 곤경에 처한 그분의 조카 따님을 구해주었다고 하던데요."

니콜라이는 고개를 약간 갸우뚱하며 쾌활하게 말했다.

"제가 구해준 사람이 어디 한둘이어야 말이지요. 하, 하, 하!"

"마리아 볼콘스키 말이에요. 저분이 마리아의 이모님이에요. 어머, 얼굴 붉히시는 것 좀 봐. 두 분 사이에 무슨 일이 있었어요?"

"천만에요! 무슨 그런 말씀을!"

지사 부인은 그를 몸집이 거대하다고 말할 수밖에 없는 노부인 곁으로 데리고 갔다. 노부인은 방금 카드놀이를 끝낸 참이었다. 그녀는 약간 거만한 태도로 니콜라이에게 손을 내밀며 말했다.

"만나 뵈어 정말 반가워요. 집에 한번 꼭 놀러 오도록 해요."

노부인은 마리아와 그녀의 아버지에 대한 이야기를 몇 마디

한 후 안드레이의 근황에 대해서 니콜라이에게 물었다. 니콜라이는 다시 한번 얼굴을 붉혔다. 노부인 입에서 마리아의 이름이 튀어나온 때문이었다. 그 누구의 입에서든 그녀의 이름이 나오면 니콜라이는 왠지 모르게 부끄러움과 두려움을 동시에 느꼈다.

현 지사 부인은 눈치가 빠른 여자였다. 노부인 앞에서 물러나오자 그녀가 니콜라이에게 말했다.

"대위님, 대위님께 딱 어울리는 짝을 찾았어요. 어디 내가 나서볼까요?"

"누구 말입니까?"

"마리아 볼콘스키 양이요! 어때요? 당신 어머님도 좋아하실걸요. 정말 훌륭한 아가씨예요. 못생겼다고 하는 사람들도 있지만 실은 아주 매력적이에요."

"못생겼다니요!" 니콜라이는 모욕이라도 받은 듯 소리쳤다.

니콜라이는 그 말만 했을 뿐 그녀의 질문에 대해 가타부타 말이 없었다. 지사 부인은 속으로 옳거니 무릎을 쳤다. 그녀는 니콜라이와 마리아를 맺어주기로 작심했다.

당시 마리아는 보로네슈의 이모 집에 와 있었다. 니콜라이의 도움으로 모스크바에 도착한 그녀는 조카 니콜렌카와 조카의 가정교사를 만났고, 편지도 한 통 받았다. 안드레이로부터 온 편지였다. 안드레이는 마리아에게 보로네슈의 말빈체바 이모 댁으로 가서 머무르라고 권했고 마리아는 오빠의 권고를 받아 들인 것이다.

로스토프를 만난 뒤 그녀는 마음속에 일종의 유혹 같은 감정을 느끼고 괴로웠다. 하지만 그 감정은 이사 문제, 오빠에 대한 걱정, 새로운 환경에서 새로운 사람들을 만나 적응하는 문제, 어린 조카의 교육 문제 등에 의해 억눌려 있었다.

그녀는 슬펐다. 그녀의 마음속에서 아버지의 죽음이 가져온 고통에 러시아가 겪고 있는 재앙에 대한 고통이 겹쳐졌다. 지난 한 달 동안 조용히 규칙적인 생활을 해오고 있었지만 이런 고통스런 감정은 더욱 그 도를 더해갔다. 게다가 단 하나 남은 혈육인 오빠가 위험한 상태에 놓여 있다는 사실이 그녀를 끊임없이 괴롭혔다. 게다가 그녀는 아무리 보아도 자기에게 조카를 제대로 교육시킬 능력이 부족한 것 같아서 걱정이 많았다. 하지만 그녀는 마음 깊은 곳에서 평온을 느끼고 있었다. 그것은 자기 내부에서 깨어나기 시작한 꿈과 희망, 특히 니콜라이 로스토프의 만남과도 연관이 있는 그 꿈과 희망을 스스로 억누를 수 있었다는 자의식에서 오게 된 평온이었다.

지사 부인은 자택에서 야회를 베푼 다음 날 말빈체바 노부인을 찾아가 자신의 계획을 상의했다. 말빈체바 부인이 찬성하자 지사 부인은 마리아를 만나 니콜라이를 칭찬하면서, 그가 마리아 이름이 나오자 얼굴을 붉혔다는 이야기를 했다. 그 이야기를 듣고 마리아는 기쁘다기보다는 뭐라 정의 내리기 어려운 불편함을 느꼈다. 그녀는 이제까지 스스로 자랑스럽게 생각하던 마음의 평온을 즐길 수 없게 되었다. 마음속에서 다시 강력하게 희망과 의혹과 가책 등의 감정이 고개를 들었던 것이다.

이틀 후 니콜라이가 노부인의 집을 방문했다. 그 이틀 동안 마리아의 마음속은 한없이 복잡했다. 상중에 손님을 맞이하러 나가는 게 예의에 어긋난 것처럼 보이기도 했고, 니콜라이에게 입은 은혜를 모른 척하는 게 오히려 실례인 것처럼 여겨지기도 했다. 하지만 정작 당일 날 하인이 니콜라이가 방문했음을 알렸을 때 그녀는 얼굴에 가벼운 홍조만 띠었을 뿐 두 눈은 평소보다 더 반짝였다.

드디어 니콜라이가 방으로 들어섰다. 마리아는 이모와 먼저 인사할 기회를 주려는 듯 고개를 숙였다. 그런 후 이내 고개를 들어 니콜라이의 시선을 맞받았다. 그녀는 품위가 넘치는 우아

한 몸짓으로 그에게 가늘고 화사한 손을 내밀며 몇 마디 했다. 마치 이제까지 그녀의 내부에 표현되지 않고 묻혀 있던 여성적인 부드러움이 그녀의 목소리 안에서 연주하듯 그 존재를 알리기 시작한 것 같았다. 함께 그곳에 앉아 있던 부리엔 양은 놀란 눈으로 마리아를 바라보았다. 교태를 부리는 데 일가견이 있는 그녀로서도 마음을 사로잡고 싶은 남자에게 저토록 능숙하게 처신할 수 있을까 하는 생각이 들 정도였다.

'검은 옷이 마리아에게 어울리는 건가? 아니면 그녀가 갑자기 아름다워진 걸까? 아, 정말 능숙하고 우아해! 전에는 정말 몰랐어'라고 그 프랑스 여자는 생각했다. 만일 그때 마리아에게 곰곰 생각해볼 여유가 있었다면 자신에게 일어난 변화에 대해서 자기 자신이 부리엔보다 더 놀랐을 것이다.

그녀에게 그토록 소중해진 그의 얼굴을 보는 순간 어느덧 일기 시작한 생명의 물결이 그녀의 의지와는 상관없이 그녀의 말과 행동을 온통 지배했다. 그녀의 용모가 갑자기 바뀌었으며 예상치 못했던 아름다움이 빛을 발했다. 마치 어둡고 어지러운 선들이 복잡하게 얽혀 있는 것처럼만 보이던 등롱(燈籠)의 섬세한 채색조각들이 불을 켜자마자 선명한 아름다움을 드러내는 것과 같았다. 이제까지 그녀의 삶을 이끌며 내부에서만 활동했던 순수하고 영적인 모습들이 처음으로 표면에 떠오른 것이다. 그녀의 내적인 노동, 자기 자신에 대한 엄격함, 그녀의 고통, 선을 행하려는 의지, 그녀의 순종, 사랑 그리고 자기희생, 이 모든 것이 그 빛나는 눈, 그 부드러운 미소, 그리고 그녀의 얼굴 표정 하나하나에 그대로 나타난 것이다.

니콜라이는 마치 그녀의 삶 전체를 이미 알고 있었던 듯, 그 모든 것을 분명히 볼 수 있었다. 그는 지금 자기 앞에 있는 사람이 그가 이제까지 만났던 사람과는 다른 존재라는 것을 이해했다. 그에게 그녀는 그 누구보다 뛰어난 존재였으며 무엇보다도 니콜라이 자신보다도 뛰어난 존재였다.

두 사람은 여러 가지 화제에 대해 이야기를 나누었다. 그런데 니콜라이에게도 이상한 일이 벌어졌다. 전에는 마리아의 이름만 들어도 얼굴을 붉히며 당황했던 그였지만 막상 그녀와 이야기를 나누면서 그는 자신이 한없이 자유로워진 것을 느꼈다.

하지만 그날 이후로도 마리아는 전혀 외출을 하지 않았으며 니콜라이도 예의에 어긋날 것 같아 마리아의 집에 드나들지 않았다. 상중(喪中)인 때문이었다. 다만 지사 부인만 빨리 마리아에게 심중을 고백하라고 니콜라이를 부지런히 재촉했다.

마리아를 만난 뒤 겉보기에 니콜라이의 생활은 변함이 없었다. 하지만 이전까지 그에게 만족을 주던 모든 일이 시들해져 버렸다. 그는 끊임없이 마리아를 생각했다. 하지만 그가 마리아에 대해 생각하는 것은 이제까지 사교계 여자들에 대해 생각하던 것과는 성격이 판이하게 달랐다. 또한 그것은 이전에 소냐에 대해 생각할 때와도 달랐다. 그에게 소냐는 성실한 젊은이 모두에게 그런 것처럼 미래의 아내였다. 소냐를 생각하면서 그는 늘 미래의 가정을 그려왔다. 하지만 정작 지금 혼담이 오가고 있는 마리아를 머리에 떠올리면서 그는 미래의 결혼 생활에 대해서는 아무것도 상상할 수 없었다. 그는 둘이 함께하는 생활을 떠올리려 애를 써보았다. 하지만 모든 것이 흐릿하고 혼란스러웠으며 그에게 차라리 두려움 비슷한 느낌만 줄 뿐이었다. 그것은 그가 마리아를 사랑할 뿐 그녀의 깊은 세계를 아직 이해할 수 없던 때문이었다.

제3장

보로디노의 처절한 전투에 이어 모스크바가 함락되었다는 소식은 9월 중순경이 되어서야 보로네슈에 닿았다. 마리아는 신문에서 오라버니의 부상 소식을 알았다. 하지만 확실한 소식을 접할 길이 없었기에 자기가 직접 오라버니를 찾아 나서기로 결심했다. 니콜라이도 한 시라도 빨리 연대로 돌아갈 생각이었다.

하지만 그는 여전히 갈등에 휩싸여 있었다. 그는 마리아에게서 드높은 정신을 보았다. 그리고 그 드높은 정신 속에는 뭐라 말할 수 없는 깊은 비애가 깃들어 있었다. 그리고 그 비애가 저항할 수 없을 만큼 그를 매혹했다.

그는 그녀를 머리에 떠올리며 생각했다.

'오, 얼마나 놀라운 여인인가! 그녀는 정녕 천사임이 틀림없다. 오, 나는 왜 자유롭지 못하단 말인가? 어찌하여 소냐에게 그토록 성급하게 행동했단 말인가?'

그리고 자기가 진정으로 사랑하는 것은 마리아라고 확신했다. 그리고 지금 자신에게 필요한 것은 기도라고 생각하고 열심히 기도했다. 그는 마리아를 생각하는 것만으로도 마음이 정화되는 깃을 느끼며 열심히 성모 마리아에게 기도했다. 그가 그토록 열심히 기도한 것은 난생 처음이었다. 그는 기도에 취해 목이 메고 감격의 눈물을 흘렸다. 그만큼 그의 기도는 간절했다.

그때 누군가 방문을 두드렸다. 연락병이었다. 연락병은 그에게 두 통의 편지를 전했다. 필적을 보니 한 통은 어머니의 편지였고 다른 한 통은 소냐의 편지였다. 그는 먼저 소냐의 편지를 뜯었다. 그런데 채 몇 줄도 읽기 전에 안색이 변하면서 놀라움과 기쁨에 눈이 휘둥그레졌다.

"아니, 이럴 수가!" 그는 자신도 모르게 큰 소리로 외쳤다.

그는 방 안을 서성이며 소냐의 편지를 읽고 또 읽었다. 마침내 하느님이, 성모 마리아가 자신의 기도를 들어주신 것 같았다. 소냐의 편지에는 모스크바를 떠나온 일, 모스크바에 남아 있던 로스토프가의 재산은 거의 다 없어졌다는 소식, 백작 부인이 니콜라이와 마리아가 결혼하기를 염원하며 입버릇처럼 되뇌고 있다는 소식 등과 함께, 자신이 니콜라이를 포기하기로 했다는 결정적인 말이 적혀 있었다.

그녀는 이렇게 썼다.

제게 은혜를 베풀어주신 집안에 제가 불행과 불화의 원인이 될 수도 있다는 생각 때문에 저는 너무 괴롭습니다. 제 사랑의 목적은 제가 사랑하는 사람들의 행복 외에는 있을 수 없습니다. 그러니 '니콜라스', 제발 부탁합니다. 부디 당신 자신이 자유로운 몸이라고 생각해주세요. 하지만 그 누구도 당신의 '소냐'만큼 당신을 깊이 사랑할 사람은 없으리라는 것을 믿어주세요.

백작 부인에게서 온 또 한 통의 편지에는 피난 소식, 모스크바의 화재 소식 등과 함께 부상당한 안드레이가 로스토프 가족들과 함께 지내고 있다는 소식이 적혀 있었다. 안드레이 공작은 한때 아주 위험한 상태였으나 지금은 많이 호전되었다는 의사의 소견도 부인은 알려주었다. 부인은 소냐와 나타샤가 마치 전담 간호부처럼 안드레이를 돌보고 있다는 소식도 적었다.

이튿날 니콜라이는 백작 부인의 편지를 들고 마리아에게 갔다. 하지만 마리아도 니콜라이도 나타샤가 안드레이를 극진히 간호하고 있다는 사실이 무엇을 의미하는지에 대해서는 한 마디도 하지 않았다. 다만 그 편지는 둘 사이를 마치 친척처럼 엮어주는 역할을 했다는 것만은 분명했다.

이튿날 니콜라이는 마리아를 야로슬라블까지 바래다주었다. 로스토프 가족이 그곳에 머물고 있다는 소식을 들은 때문이었다. 그리고 며칠 뒤 그도 연대로 복귀했다.

우리는 여기서 소냐가 어떻게 그런 편지를 니콜라이에게 보내게 되었는지 사정을 좀 알아보아야겠다. 백작 부인이 니콜라이를 부유한 마리아와 결혼시키겠다는 마음이 굳어질수록 소냐의 마음은 괴로웠다. 백작 부인은 처음에는 소냐를 나무랐다. 하지만 차츰 눈물을 흘리며 그녀에게 애원하기 시작했다. 제발 이제까지 돌봐준 은혜를 생각해서 자신을 희생해달라는 것이었다.

소냐도 부인 앞에서 눈물을 흘렸지만 약속은 하지 않았다. 스스로 결심이 서지 않았던 것이다. 물론 그녀는 은혜를 준 사람들을 위해 자신을 희생할 각오가 되어 있었다. 이 집안에서 자신의 가치는 오로지 희생을 통해서만 드러날 수 있음을 그녀도 잘 알고 있었다. 하지만 이번의 희생은 이제까지와는 달랐다. 이전의 희생은 그 희생을 통하여 니콜라이의 아내로서의 자격을 갖추어 간다는 기쁨을 그녀에게 주었다. 하지만 이번의 희생은 단순한 희생이 아니라 삶의 희망을 송두리째 앗아가는 희생이었다. 그녀는 백작 부인에게 애매한 대답을 할 수밖에 없었다. 그리고 마음속으로는 은근히 니콜라이에게 기대를 걸고 있었다.

게다가 안드레이가 자신과 나타샤의 간호를 받으며 점차 회복되어간다는 사실도 그녀에게 희망을 주었다. 안드레이가 회복되어 나타샤와 결혼하게 되면 니콜라이는 마리아와 결혼할 수 없게 된다! 그 생각이 소냐에게 희망을 주고 힘을 주었다.

하지만 그녀는 결국 백작 부인이 원하는 내용의 편지를 썼다. 그녀가 어떻게 니콜라이를 자유롭게 해주겠다는 생각을 하게 되었는지, 그녀가 마음속에서 어떤 신비스러운 경험을 하게 되었는지는 자세히 알 수 없다. 신비스러운 인간의 내면에서 벌어진 일이기 때문이다.

백작 부인이 니콜라이에게 편지를 쓰겠다며 떨리는 목소리로 "너도 쓰지 않겠니?"라고 말했을 때, 소냐는 다시 한번 부인의 눈길에 담긴 뜻을 읽었다. 그 눈길에는 애원과 애원하는 자신에 대한 부끄러움이 담겨 있었으며, 만일 거절하면 너를 증오하리라는 마음도 담겨 있었다.

소냐는 백작 부인의 손을 잡고 입을 맞추며 말했다.

"쓰겠어요. 어머니!"

그 말을 하면서 그녀는 체념과 원망에 사로잡혀 있지 않았다. 그녀는 오히려 흥분과 감격에 사로잡혀 있었다. 그녀는 그 순간 평생 희생하며 살아온 본래의 자신으로 돌아가 있었다. 그리고 니콜라이를 향한 사랑과 희망이 자기희생보다 격이 낮은 것으로 여겨졌다. 그녀는 그녀의 우단처럼 까만 눈을 흐리게 했던 눈물 때문에 몇 번 도중에 중단하면서 니콜라이를 놀라게 했던 그 감동적인 편지를 썼다. 그녀는 자신이 위대한 행위를 하고 있다고 생각하며 환희에 젖어 있었다.

제4장

피에르를 연행한 장교들은 그를 매우 난폭하게 다루었다. 그가 프랑스 병사들에게 가한 폭행 때문이었다. 하지만 동시에 그에게 일종의 존중심도 내비쳤다. 아무리 보아도 신분이 만만해 보이지 않았던 것이다.

하지만 하루가 지나고 파수병이 바뀌자 사정이 바뀌었다. 파수병들은 마부 외투를 걸친 이 뚱보가 화재 현장에서 어린아이를 구했을 뿐 아니라, 프랑스군 약탈자들과 필사적인 격투를 했다는 사실조차 모르고 있었다. 그들에게 피에르는 그냥 죄수 17호에 불과했다. 다만 다른 죄수들과 다른 것이 있다면 전혀 겁을 내지 않은 채 자기 생각에 잠겨 있는 태도와, 마치 프랑스인처럼 프랑스어를 자유자재로 구사한다는 점이었다.

이튿날 그는 방화범으로 체포된 다른 죄수들과 함께 어떤 건물 안으로 끌려갔다. 이른바 재판을 받은 것이다. 하지만 신문(訊問)은 형식적이었다. 그것은 마치 미리 홈통을 파놓은 다음 그곳으로 물이 흐르게 만드는 것과 같았다.

피에르는 너는 누구냐는 신문관의 물음에 침묵으로 일관했다. 이후 그는 '이름을 말하지 않는 자'로 불리게 되었다. 일차 신문 뒤 피에르는 다른 죄수들과 함께 허름한 곳간에 나흘 동안 갇혀 있었다.

9월 8일 피에르는 다른 포로들과 함께 두 번째 신문을 받았다. 그는 다른 열세 명의 포로들과 함께 데비치 들판 오른쪽에 있는 어느 집으로 끌려갔다. 전에 피에르가 자주 방문한 적이 있는 어느 공작의 저택이었다.

포로들을 최종 신문한 것은 다부라는 프랑스 원수(元帥)였다. 피에르를 찬찬히 쳐다본 다부는 피에르를 놀라게 할 생각에서인 듯 "나는 이자가 누구인지 알고 있어"라고 싸늘하게 말했다. 피에르는 놀라서 저도 모르게 말했다.

"장군, 장군이 저를 아실 리 없습니다. 저는 결코 장군을 뵌 적이……."

그러자 다부가 피에르의 말을 끊고 옆에 앉아 있던 다른 장군에게 말했다.

"이놈은 러시아 첩자야."

"아닙니다, 전하!" 피에르는 다부가 프랑스의 대공(大公)임을 상기하고 그에게 극존칭을 쓰며 큰 소리로 말했다. "전하, 그렇지 않습니다. 전하는 저를 아실 리가 없습니다. 저는 민병대 장교로서 모스크바를 떠난 적이 없습니다."

"네 이름이 뭔가?"

"베주호프입니다."

다부는 눈을 들어 피에르를 물끄러미 바라보았다. 둘은 몇 초 동안 서로를 쳐다보았고, 바로 그 마주친 눈길이 피에르를 구했다. 전쟁 중이었고, 현재 두 사람이 처하고 있는 입장의 차이에도 불구하고, 그 짧은 순간 둘 사이에는 인간 대 인간으로서의 관계가 맺어진 것이다. 피에르의 천진한 눈길에는 그런 힘이 있었다.

다부가, 한 인간이 그저 번호와 사건에 불과한 것으로 변해 버린 명부로부터 피에르를 향해 고개를 들었을 때 그는 자신이 나쁜 행동을 한다는 의식도 없이 피에르에게 총살형을 내릴 수도 있었다. 그런데 그와 눈길이 마주치는 순간, 다부는 피에르에게서 한 인간을 보았다. 거짓말 같은 사실이지만, 다부는 피에르에게서 동포애를 느낀 것이다!

그때 부관이 들어와서 다부에게 뭔가 보고를 했다. 다부는 피에르를 눈짓으로 가리키며 부관에게 뭔가 말했다.

피에르는 다른 죄수들과 함께 공작의 저택에서 나온 뒤 노부데비치 수도원을 지나 데비치 초원 한구석의 채소밭으로 끌려갔다. 채소밭에는 기둥이 하나 서 있었으며 기둥 저쪽에 구덩이가 하나 파여 있었다. 피에르는 자신이 총살을 당하리라고 직감했다.

하지만 피에르는 살아남았다. 그는 다섯 명의 포로들이 총살당해 구덩이에 묻히는 모습을 끝까지 바라보고 있을 수밖에 없었다. 총살을 당하는 순간의 포로들의 모습, 자신의 의지와 상관없이 살인자가 된 총살 집행 병사들의 괴로워하는 표정과 눈길이 아프게 그의 가슴에 새겨졌다.

처형이 끝나자 한 프랑스 병사가 그에게 와서 말했다.

"방화를 하면 어떻게 되는지 똑똑히 알았지? 너는 사형은 면했지만 포로수용소에 갇혀 있게 될 거야."

그는 피에르에게 따라오라고 말한 뒤 앞서 걷기 시작했다. 피에르는 자신이 어디로 끌려가는지도 모르는 채 그의 뒤를 따라갔다. 방금 받은 마음의 충격으로 그는 휘청거렸다. 들판 위

쪽에 불에 탄 널빤지와 통나무들로 엉성하게 엮어놓은 몇 채의
막사가 있었다. 그는 그중 한곳으로 끌려갔다.

제5장

어두운 막사 안에는 스무 명 정도의 포로들이 있었다. 피에르는 온몸의 힘이 다 빠지는 것 같아 털썩 바닥에 주저앉았다.

그 맹목적 처형이 집행되는 모습을 본 순간부터 피에르에게는 마치 모든 것에 의미를 주고 그것들을 살아 있는 것으로 여기게 해주었던 그의 삶의 용수철이 갑자기 빠져버린 것만 같았다. 그리고 모든 것이 무의미한 쓰레기가 돼버린 것 같았다. 그 스스로 분명히 의식하지도 못하는 사이에 이 우주의 올바른 질서, 인류, 영혼, 하느님에 대한 믿음이 온통 무너져 내렸다. 전에도 가끔 그런 경험을 한 적이 있었지만 이번처럼 강하지는 않았다. 그가 이전에 그런 의혹에 사로잡혔을 때는, 그런 의혹을 낳은 것은 바로 자기 자신의 그릇된 행동이었다. 그리고 그런 절망과 의혹으로부터 자신을 구해줄 구원은 바로 자기 자신으로부터 올 수 있으리라고 그는 마음 깊은 곳에서 느꼈다. 하지만 지금은 우주 전체가 그의 눈앞에서 무너져 내리고 폐허만이 남은 것 같았다. 그리고 그것은 전혀 자신의 잘못이 아니었다. 그는 삶의 의미에 대한 믿음을 다시 회복하는 일은 자기 능력 밖의 일이라고 느꼈다.

피에르는 벽에 몸을 기대고 눈을 감았다. 그러자 처형당하기 전의 포로들의 모습, 사형을 집행한 프랑스 병사들의 얼굴이 떠올랐다. 그는 견딜 수 없어 다시 눈을 뜨고 아무 생각 없이 주위를 둘러보았다.

그의 바로 옆에 몸집이 작은 한 사나이가 허리를 꺾은 채 앉아 있었다. 몸을 움직일 때마다 진동하는 땀 냄새로 자신의 존재를 알리고 있었다. 어두워서 모습을 제대로 볼 수는 없었지만 피에르는 그가 가끔 고개를 들고 자신을 바라보고 있음을 느낄 수 있었다. 피에르도 그 사내에게 흥미를 느끼고 바라보기 시작했다.

그 사내는 구두를 열심히 벗고 있었다. 구두를 벗어 벽에 박혀 있는 못에 건 뒤, 사내는 주머니칼을 꺼내어 무엇인가를 자른 뒤 다시 주머니칼을 베개 밑에 넣었다. 그런 뒤 그는 다시 피에르를 찬찬히 바라보았다. 그 모든 동작과 그의 체취에서 무언가 마음을 누그러뜨려주는 부드러움이 느껴져 피에르는 찬찬히 그 사내를 관찰하기 시작했다.

"나리, 흉한 꼴을 많이 겪으셨지요?" 그가 갑자기 피에르에게 말했다. 느리게 질질 끄는 그의 말투에는 뭐라고 표현하기 힘든 부드러움과 순박함이 넘치고 있어, 피에르는 자신도 모르게 눈물이 핑 돌았다. 그 사내는 미처 피에르가 뭐라고 대답할 여유도 주지 않고 재차 말했다.

"너무 낙심하실 것 없어요. 고생은 한순간, 인생은 100년 아니니까요. 게다가 고맙게도 우리는 아직 살아 있잖습니까. 저 사람들 중에도 좋은 사람도 있고 나쁜 사람도 있답니다."

그는 갑자기 자리에서 일어나더니 막사 한구석으로 가서 뭔가 헝겊에 싸인 것을 들고 돌아왔다.

"자, 나리, 한번 들어보세요." 그는 헝겊을 끄르더니 그 안에서 구운 감자를 꺼내어 피에르에게 건네며 말했다. "낮엔 수프를 먹었지만 뭐니 뭐니 해도 감자가 최고지요."

피에르는 하루 종일 굶었기에 감자 냄새만으로도 군침이 돌았다. 그는 감자를 받으며 고맙다고 말한 후 허겁지겁 먹었다.

"어때요, 괜찮죠?"라고 사내는 말하더니 감자를 하나 집어

들었다. 그는 감자를 둘로 쪼개더니 헝겊에서 소금을 집어 감자 위에 뿌린 뒤 피에르에게 건네주었다.

"감자가 제일이에요. 자, 드세요."

피에르는 지금까지 이토록 맛있는 것은 처음 먹어보는 것 같았다. 피에르는 감자를 먹으며 사내에게 말했다.

"난, 아무래도 좋아요. 한데 그 불쌍한 사람들을 왜 총살한 거지? 스무 살이 채 안 된 사람도 있었는데……."

"쯧쯧," 사내가 혀를 차며 말했다. "그런데, 나리, 나리는 왜 모스크바에 남아 있던 겁니까?"

"놈들이 이렇게 빨리 올 줄은 몰랐지. 그냥 어쩌다 남게 된 거요."

"그런데 어쩌다 붙잡히셨지요? 집에서인가요?"

"아니, 불구경하다가 붙잡혔어. 그런데 자네는? 오래전부터 여기 있었나?"

"저요? 지난 일요일에 병원에 있다가 붙잡혔지요."

"그럼, 자네는 군인인가?"

"아프셰론 연대 소속이었습니다. 모두 열병에 걸려 죽어가고 있었지요. 스무 명가량이 병원에 누워 있었어요."

"그런데 이런 곳에 갇혀 있는 게 짜증나지 않나?"

"짜증나지 않을 리가 있습니까? 제 이름은 플라톤 카라타예 프입니다. 부대에서는 다들 '작은 매'라고들 불렀지요. 나리, 슬 프지 않을 리 있습니까? 모스크바는 모든 도시들의 어머니인 데 이 꼴이 되었으니…… 하지만 '배추벌레는 배추를 먹는다. 하지만 자기가 먼저 죽는다'라는 속담도 있지 않습니까요."

"뭐야? 뭐라고 말했지?" 피에르가 물었다.

"누가요, 제가요? 그냥 세상만사 우리가 마음먹은 대로 되는 게 아니라 하느님 뜻에 달렸다, 이거지요." 그는 마치 방금 한 말을 되풀이라도 하듯 말했다. 그는 말을 이었다.

"한데, 나리, 나리는 영지가 있으시지요? 저택도 있으시고요. 그렇다면 잔이 가득 차 있는 셈이네요. 하녀는요? 부모님은 살 아 계신가요?"

피에르에게 잘 보이지는 않았지만 상대방이 정겹게 웃고 있 음을 그는 느낄 수 있었다. 그는 피에르에게 양친, 특히 어머니 가 없다는 사실을 안타까워하는 것 같았다.

"마누라는 조언해주는 사람, 장모는 반갑게 맞아주는 사람이 라고들 하지만 그 누구도 어머니를 대신해주지는 못해요. 나리, 자식들은 있으신가요?"

피에르가 없다고 하자 그는 또다시 안타깝게 여기는 듯하더니 서둘러 덧붙였다.

"하긴 나리는 젊으니까 하느님이 내려주실 거예요. 부부가 사이좋게 지내기만 하면……."

"아니, 난 그런 건 관심 없어." 피에르가 무심코 대답했다.

"아니, 무슨 말씀이십니까? 감옥이나 비렁뱅이 쪽박에서 벗어날 수는 없는 법이라고들 하잖아요." 그는 긴 이야기라도 하려는 듯 헛기침을 하더니 자세를 고쳐 잡았다. "나도 말입니다, 나리, 집에서는 편하게 지냈어요. 지주님도 부자인 데다 농부들도 잘살았고, 우리 집도 궁한 게 별로 없었지요. 아버지는 아직도 우리와 풀을 베러 나갈 만큼 정정하시고…… 어쨌든 정말 잘살고 있었어요. 모두 독실한 그리스도 신자였고……."

이어서 플라톤은 남의 숲에서 나무를 하다가 산지기에게 붙잡혀 두들겨 맞은 이야기, 재판을 받은 끝에 입대하게 된 이야기를 길게 했다.

"그런데, 나리!" 그가 미소 띤 얼굴로 이야기를 계속했다. "아, 처음에는 뭐야, 왜 이런 재난이 내게 닥친 거야, 라고 생각했지요. 하지만 아주 좋은 일이었어요. 제가 그런 짓을 하지 않았더라면 제 동생이 입대할 수밖에 없었으니까요. 아, 아우에게는 어린것이 다섯이나 딸려 있었는데 나는 여편네밖에 없으니까요. 딸아이가 하나 있었지만 하느님이 불러 가셨지요. 게다가 휴가로 집에 가보니 전보다 더 잘살고 있더란 말입니다. 두 동생은 벌이를 하러 출타 중이었고, 막내만 있더군요. 아버지가 저를 보고 말씀하셨어요. '애야, 어느 손가락 하나, 깨물어도 아프지 않은 손가락은 없는 법이란다. 네가 군대에 가지 않았더라면 미하일로가 가야만 했을 거다.' 그러고는 가족들을 모두 불러 모아 성상 앞에 꿇어앉게 하셨어요. '미하일로, 어서 절하고 기도해라. 며느리들도, 손자들도 허리 굽혀 절을 해라. 알았냐?' 아시겠어요? 운명은 하느님께서 알아서 선택하시고 심판하시는 거예요. 그런데 우리는 이건 좋으니, 이건 나쁘니 하며 불평만 늘어놓고 있지요. 우리의 행복이란 건 그물 속의 물 같은 거예요. 당길 때는 뭔가 가득 차 있는 것 같은데, 정작 끌어 올리면 텅 비어 있어요."

말을 마친 플라톤은 잠시 잠자코 있다가 말했다.

"어때요? 졸리시죠?"

이어서 그는 성호를 긋더니 기도를 하기 시작했다.

"주 예수 그리스도, 성 니콜라! 프롤라! 라브라! 주 예수 그리스도, 성 니콜라! 프롤라! 라브라! 우리를 불쌍히 여기시고 우리를 구해주옵소서! 하느님, 돌처럼 잠들고 둥근 빵처럼 일어나게 해주소서!"

기도를 마친 그는 외투를 뒤집어쓰고 자리에 누웠다.

"아니, 그게 무슨 기도지?"

"네? 아, 하느님께 기도한 거지요. 나리는 기도도 안 하시
나요?"

"아니, 나도 기도를 하긴 하는데…… 아까 뭐라고 했지? 뭐
프롤라? 라브라? 그게 누구야?"

"아니, 그것도 모르세요? 말의 수호신들이에요. 짐승들도 귀
하게 여겨야 하니까요."

그는 돌아눕더니 이내 잠에 빠져들었다. 피에르는 플라톤의
코 고는 소리에 귀를 기울이며 오랫동안 잠을 이루지 못했다.
그리고 그의 영혼 속에서 무너져 내렸던 믿음의 세계가 전보다
훨씬 아름다운 모습으로 다시 태어나는 것을, 이제 더 이상 흔
들리지 않을 만큼 단단한 토대를 쌓고 있는 것을 느꼈다.

피에르는 그 막사 감방에서 4주간을 지냈다. 그곳에는 스물
세 명의 병사와 세 사람의 장교와 두 사람의 관리가 포로로 수
용되어 있었다. 뒷날 모든 사람들이 피에르의 기억에서 가물가
물해졌지만 플라톤만은 그의 마음속에서 선량하고 부드러운

러시아 사람의 구체적인 모습으로 생생하게 살아 있었다.

이튿날 날이 밝아 플라톤의 모습을 보았을 때, 그는 그의 생김새 전체가 둥글다는 인상을 받았다. 머리도 동그란 공 같았으며, 등도, 가슴도, 뭔가를 껴안으려는 듯 보이는 팔까지도 둥글둥글했다. 상냥한 미소도 둥글둥글했고 커다란 갈색 눈도 둥그스름했다. 그리고 감방 생활이 어느 정도 지나자 병사의 티를 완전히 벗어버리고 다시 이전의 농부로 돌아간 듯했다. 오랜 군대 생활 경험에 대해 하는 이야기들을 들어보니 쉰 살은 넉넉히 되어 보였다.

그는 말이 많았다. 그의 말은 언제나 부드러운 느낌을 주었으며 적절한 속담을 인용하곤 했다. 따라서 그가 하는 말은 아무리 평범한 내용이라 할지라도 대단히 지혜롭게 들렸으며 그의 입을 통해 나온 속담이나 인용문들은 모두 새로운 의미를 띠는 것처럼 보였다.

다른 사람들 눈에 플라톤은 그저 평범한 병사에 불과했다. 모두 그를 '작은 매'라고 부르며 장난삼아 놀려대기도 하고, 심부름을 보내기도 했다. 하지만 피에르에게 그는 순박함과 진실이 완벽하게 구현된 화신으로서 영원히 각인되었다. 그것은 그가 그와 함께 잠을 잔 첫날, 그에게서 받은 인상 그대로였다.

제6장

마리아는 오빠가 로스토프네 가족과 함께 야로슬라블에 있다는 소식을 니콜라이를 통해 듣자마자 이모가 말리는 것도 듣지 않고 출발 준비를 서둘렀다.

마리아와 함께 부리엔 양, 어린 니콜렌카와 가정교사, 유모, 세 명의 하녀, 이모가 딸려 보낸 하인들이 여정에 나섰다. 보통 때처럼 모스크바를 통해 갈 수 없었기에 빙 돌아가야만 하는 어려운 여정이었다.

여행 준비를 하면서 마리아는 생애 최고로 행복한 나날들을 보냈다. 니콜라이를 향한 사랑은 이제 더 이상 그녀를 괴롭히지도, 동요시키지도 않았다. 이 사랑은 그녀와 갈라질 수 없는 한 부분이 되어버렸고, 그녀는 그 사랑에 저항하지 않았다.

이윽고 며칠 후 마리아는 드디어 목적지에 도착해서 로스토프 가족을 만났다. 백작 부인을 만난 마리아는 간단하게 인사 말을 나눈 뒤 가장 궁금하던 것을 물어보았다.

"오라버니는 어떠세요?"

"의사 말로는 위험하지 않다고 하세요"라고 백작 부인은 대답했지만 말과는 달리 입에서는 한숨이 나왔다.

마리아는 안으로 들어가 로스토프 백작을 비롯한 그 가족들과 인사를 나누었지만 안절부절못했다. 한시라도 빨리 오빠 안드레이를 보고 싶었던 것이다. 그때 나타샤가 뛰어 들어왔다. 안드레이를 간호하고 들어오는 길이었다. 마리아는 나타샤의 얼굴을 보자마자 자기의 슬픔을 진정으로 함께할 참된 벗이라는 것을 직감으로 느꼈다. 나타샤의 얼굴에는 오로지 한 가지 표정만이 있었다. 그것은 가없는 사랑의 표정이었다. 그 사람을 향한, 자신을 향한, 그녀에게 소중한 사람 가까이에 있는 모든 사람들을 향한 사랑이었으며, 타인들을 향한 연민, 고통 받고 있는 사람을 위해 자신의 모든 것을 바치고 싶다는 열망 바로 그것이었다. 그녀의 마음속에는 자신의 미래를 안드레이 공작의 미래와 영원히 엮고 싶다는 이기적인 생각은 조금도 없었다. 마리아는 자신의 섬세한 감각으로 이 모든 것을 단번에 알아볼 수 있었다. 그녀는 나타샤의 어깨에 얼굴을 묻고 울었다.

"자, 마리아, 오빠께 가야지요."

나타샤가 마리아를 밖으로 데리고 나갔다.

"오빠는, 오빠는 어떠세요?"

나타샤는 자세하게 안드레이의 병세에 대해 이야기한 후 덧붙였다.

"그런데 이틀 전에 '그것'이 갑자기 오고 말았어요. 저는 왜 그런지 이유를 모르겠어요. 당신이 직접 보시고……."

그 말을 하면서 나타샤는 흐느꼈다. 마리아는 가슴이 철렁 내려앉았다.

"그토록 약해졌나요?"

"아녜요, 그런 게 아니에요. 하지만 더 나쁜 거예요…… 당신이 직접 보시고…… 마리아, 그분은 너무나 좋은 분이에요. 이 세상에서 살아가기에는 너무나 좋은 분이에요. 그래서 사실 수 없을 것 같아요. 그건……."

나타샤는 안드레이의 병실 문을 열고 마리아를 먼저 들여보냈다. 마리아는 목구멍까지 오열이 치밀어 올랐다.

이틀 전에 '그것'이 왔다는 나타샤의 말이 무엇을 뜻하는지

제11부

261

그녀는 알 수 있었다. 그것은 안드레이가 갑자기 기분이 평온해졌음을 뜻했다. 그녀는 오라버니가 마치 아버지의 임종 때처럼 자신에게 조용하고 부드럽게 말을 건네주리라는 것을, 자기는 참지 못하고 오라버니 위에 엎드려 통곡하게 되리라는 것을 잘 알고 있었다. 그녀는 목구멍까지 치미는 오열을 삼키며 안드레이 곁으로 갔다.

드디어 둘의 눈이 마주쳤다. 그러자 갑자기 오열이 멈추고 눈물도 말라버렸다. 그녀는 마치 죄인처럼 두려웠다. '내가 죄인일까?'라고 그녀는 자문해보았다. 마치 안드레이가 차가운 시선을 통해 '너 거기 있구나. 삶과 미래에 충만한 채로. 하지만 나는……'이라고 말하는 것 같았다.

"안녕, 마리! 어떻게 여기까지 왔니?" 그는 그의 시선과 마찬가지로 마치 자신의 것이 아닌 것 같은 목소리로 말했다. 그만큼 조용하고 부드러웠다. 만일 그가 큰 목소리로 외쳤다면 마리아는 오히려 오싹한 기분을 느끼지 않았을 것이다.

마리아는 오빠의 눈빛과 목소리에서 살아 있는 모든 것과 단절되어 있다는 느낌을 받았다. 살아 있는 모든 것들은 그 눈빛과 목소리를 도저히 이해할 수 없다는 느낌을 그녀는 받았다. 그는 이미 살아 있는 모든 것과는 다른 느낌에 빠져 있었고 온통 그것의 지배를 받고 있었다.

마리아가 이곳에 오기까지의 여행 이야기를 해도, 모스크바가 불탔다는 이야기를 해도, 모든 것이 겉돌았다. 마리아가 하고 싶던 말을 꺼냈다.

"오라버니, 니콜렌카가 보고 싶지 않으세요?"

그러자 안드레이는 희미한 미소를 띠었다. 하지만 그 미소는 기쁨의 미소도 아니었고 아들에 대한 사랑의 미소도 아니었다. 그녀의 말이 자신에게서 꺼져가는 인간적 감정을 되살리려는 마지막 시도임을 알고 흘리는 부드러운 비웃음에 가까웠다. 오빠의 표정을 훤히 읽을 줄 아는 마리아는 그 미소의 뜻을 알아채고 오싹해졌다.

"그래, 그 애가 보고 싶구나. 잘 지내니?"

이윽고 아들이 오자 안드레이는 입을 맞추었을 뿐 아무 말도 하지 않았다. 아들에게 무슨 말을 해야 할지 모르는 것 같았다. 니콜렌카가 나가자 마리아는 더 이상 참지 못하고 울음을 터뜨렸다.

"저 애 때문에 우는 거니?"라고 안드레이가 물었다. 마리아는 울면서 고개를 끄덕였다.

"마리, 너 알고 있지? 성서……" 안드레이가 입을 열었다가 곧바로 닫았다.

"오라버니, 뭐라고 하셨어요?"

"아니다. 여기서 울면 안 돼." 그러더니 그는 다시 싸늘한 눈빛으로 누이동생을 바라보았다.

그녀가 울기 시작했을 때 안드레이는 그녀가 고아가 될 니콜렌카 때문에 운다는 것을 금세 깨달았다. 그는 다시 삶으로 돌아가서 살아 있는 사람들의 관점으로 사태를 보려고 어렵게 노력해보았다. 그리고 그는 생각했다.

'그래, 그들에게는 슬프게 보일지 몰라. 하지만 그건 정말 단순한 일인데…… 하늘을 나는 새는 씨를 뿌리거나 거두지 않고도, 하느님께서 먹여 살려주시거늘…….'

그는 그 말을 누이동생에게 하려 했다. 하지만 그는 입을 다물었다. 아무리 이야기를 하더라도 저 인간적 감정에 사로잡혀 있는 누이와 자기는 서로 이해가 불가능하리라는 생각 때문이었다.

그는 자기가 죽어가고 있을 뿐 아니라 이미 반쯤은 죽어 있음을 분명히 알고 있었다. 그는 온갖 지상적인 관심에서 자신이 멀어지면서 오히려 이상한 행복의 빛이 그의 영혼 속을 밝히고 있음을 느끼고 있었다. 그는 차분하게 자신에게 닥쳐올 일을 기다리고 있었다. 살아오면서 줄곧 막연하게 느끼고 있던 무서우면서도 영원히 헤아릴 길 없는 머나먼 그 무엇이 이제 손에 잡힐 만큼 가까이 왔음을 느끼고 있었다.

이전에 그는 죽음이 두려웠다. 그는 벌써 두 번이나 죽음에 대한 공포를 겪었지만, 이제는 그 두려움은 그에게 낯선 것이 되어버렸다. 구급차에 실려 오면서 정신이 들었을 때 그는 그의 영혼 속에서 영원한 사랑이 꽃피어나는 것을 느꼈다. 그리고 삶이라는 멍에에서 해방되는 것을 느꼈다. 지상의 모든 것으로부터 자유로워지자 그에게서 죽음의 두려움은 사라져버렸다. 지금 그의 앞에 펼쳐지려 하는 신비스러운 미래에 더 깊이 빠져들면 빠져들수록 그는 자신을 둘러싸고 있는 모든 것들과 그만큼 더 멀어졌으며, 삶과 죽음을 가르고 있는 장벽은 그만큼 더 낮아졌다. 모두를 사랑한다는 것, 사랑을 위해 헌신한다는 것은 무엇을 뜻하는가? 그것은 그 누군가를 특별히 사랑하지 않는다는 것, 지상의 삶이 아니라 영원하고 비물질적인 신성한 삶을 사랑한다는 것을 뜻하지 않는가? 따라서 그는 무심하게 자신의 죽음을 기다리며 '그래, 그게 더 나은 거야'라고 생각하고 있었다.

나타샤가 '그것이 왔다'고 말한 것은 죽음과 삶 사이의 마지막 싸움에서 결국 죽음이 승리를 거둔 것을 뜻했다. 그 싸움이 계속되고 있을 때는 죽음의 공포가 그를 엄습했다. 그는 꿈속에서 죽음이 그를 방문했음을 알았다. 문밖에 죽음이 서 있었다. 그는 얼른 일어나 그것이 문을 열지 못하게 막으려 했다. 하지만 그가 문 앞에 이르렀을 때는 이미 늦었다! 최후의 노력도 소용이 없었다. 문은 소리도 없이 열렸다. 그리고 그것이 들어왔다. 그것은 바로 죽음이었다. 그리고 안드레이 공작은 자기가 죽었다고 느꼈다. 그러나 자기가 죽어버린 바로 그 순간, 안드레이는 자신이 잠들어 있었음을 알았다. 그는 죽음과 동시에 잠에서 깨어났다. 그는 '나는 죽어서 잠을 깬 것이다. 그렇다. 죽음이란 잠에서 깨어나는 것이다'라고 생각했다. 그러자 홀연 마음속이 밝아졌다. 불가해한 것을 가리고 있던 장막이 그의 마음의 눈앞에서 걷힌 것이다. 순간 그는 자신이 해방되는 것 같았고 마음이 가벼워졌다.

나타샤의 말대로 그는 이틀 전에 그 모든 것을 겪었다. 이날부터 안드레이는 꿈에서 깨어남과 동시에 삶이라는 미망에서 깨어났다. 그리고 그의 최후의 나날들은 그 어떤 특별한 사건 없이 평온하게 흘러갔다. 그의 곁을 지키고 있던 마리아와 나타샤도 분명히 그것을 느끼고 있었다. 그 느낌이 하도 강해서

두 사람은 그의 임종을 지키면서 슬퍼하지 않았다. 그가 어디론가 가라앉고 있다는 것, 그것은 좋은 일이라는 것을 두 사람은 느끼고 있었다.

이윽고 그가 눈을 감자 나타샤는 생각했다.

'어디로 가셨을까? 지금은 어디 계실까?'

이윽고 수의에 싸인 유해가 입관되어 탁자 위에 안치되었다. 어린 니콜렌카도 울었고 백작 부인과 소냐도 울었으며 노백작도 울었다.

그리고 나타샤와 마리아도 울었다. 하지만 그녀들은 슬퍼서 운 것이 아니었다. 그녀들이 직접 마음으로 체험한 그토록 장엄하면서 단순한 죽음의 비밀이 가슴에 넘쳐났기에 감격의 눈물을 흘린 것이다.

제
12
부

제1장

인간이 이 세상 모든 일의 근원을 이해한다는 것은 불가능하다. 하지만 그 원인을 찾고 싶다는 욕망은 인간 누구에게나 생래적으로 존재한다. 하지만 대부분의 사람들은 하나의 현상을 낳는 원인들이 복잡하고 다양하게 얽혀 있다는 것을 깊이 고려하지 않는다. 사람들은 그 다양한 원인들 간의 연관성을 무시한 채, 따로따로 분리해서 본다. 그리고 자신의 생각에 가장 그럴싸해 보이는 것을 붙들고 "이것이 원인이다!"라고 외친다.

역사적인 사건들의 경우 우리는 대부분 그 사건들이 가장 중요한 지위에 있던 사람들, 즉 영웅들의 의지에 의해 이끌렸다고 생각한다. 하지만 역사적 사건들의 본질을 조금 깊이 파고들기만 해도 한 영웅이 그 사건에 직접 참여한 다수를 이끈 것이 아니라 그가 다수에 의해 이끌렸다는 사실을 확인할 수 있다. 역사적 사건의 의미를 이렇게 이해하건 저렇게 이해하건 그게 뭐 그리 중요하냐고 말하는 사람이 있을지도 모른다. 아니, 그런 사람들이 다수일 것이다. 하지만 서구 국민들이 동방으로 향한 것은 오로지 나폴레옹이 그것을 원했기 때문이라고 말하는 사람과 필경 그렇게 될 수밖에 없었기에 그런 일이 벌어졌다고 말하는 사람 간에는, 천체가 지구를 중심으로 돌고 있다고 말하는 사람과 지구를 비롯한 천체 전부가 그 무언가 알지 못할 힘에 의해 움직이고 있다고 말하는 사람 간의 차이만큼 차이가 있다.

분명히 역사적 사건들을 빚어내게 한 가장 결정적 원인은 있을 수 있다. 하지만 그 원인은 우리가 지금 이해할 수 없는 다른 원인들을 염두에 두어야만 찾아낼 수 있다. 역사적 사건들의 원인을 오로지 영웅 한 사람의 의지 속에서 찾으려는 시도를 포기해야만 그 원인을 찾아낼 수 있는 것이다. 그것은 천동설에 대한 믿음을 버려야만 지동설을 발견할 수 있는 것과 같은 이치다.

보로디노 전투와 프랑스군의 모스크바 점령, 이어진 모스크바 화재 등의 역사적 사실에 대해 많은 역사가들은 그 과정에서의 러시아군의 진로와 행동에 대해 수많은 분석을 한다. 특히 러시아군이 랴잔 가도로부터 칼루가 가도로 나아간 사실, 타루티노 진지로 나아간 측면 행군에 대해 주목한다. 그리고 그 천재적인 발상에 대해 그 공을 몇몇 인물들로 돌리면서 심지어 프랑스 역사가들까지 러시아 지휘관들의 능력을 칭송한다. 하지만 왜 군사 평론가들을 비롯한 수많은 사람들이 그 측면 행군이 어떤 한 사람의 깊은 성찰에서 나왔다고, 바로 그 사람이 러시아를 구했고 나폴레옹을 파멸에 빠뜨렸다고 생각하는지 이해할 수 없다.

우선 그 측면 행군은 절대로 천재적 발상이 아니었다. 어려운 처지에서 퇴각을 하면서 부대가 식량을 구하기 쉬운 곳을 향하는 것은 너무나 당연하며 평범한 발상이다. 그리고 칼루가가 바로 그런 곳이었다.

하지만 더 결정적인 잘못은 이 행동이 바로 러시아를 구원했고 나폴레옹을 파멸에 이끌었다는 발상이다. 이 측면 행군은 그에 수반된 여러 가지 상황과 조건 여하에 따라서는 러시아에게 패망을, 프랑스군에게 구원을 줄 수도 있는 행동이었다. 만일 모스크바가 전소되지 않았다면? 뮈라가 러시아군을 맹추격했다면? 만약 나폴레옹이 모스크바 정복에 취해 우물쭈물하는 대신 곧바로 행동을 개시했다면? 만약 러시아군이 베니그센이나 톨리의 권유대로 파흐라에서 프랑스군과 일전을 벌였다면? 이 수많은 '만약' 중에 한 가지 상황이라도 일어났으면 역사가들이 칭송하는 측면 행군은 러시아에게는 파멸의 행군이 되었을 것이다.

마지막으로, 이 측면 행군은 절대로 한 사람의 발상이 아니었다. 시시각각 꼬리를 물고 일어나는 사건들이 서로 연결되고 영향을 미치면서 부대는 그쪽으로 나아갔던 것이며, 이미 측면 행군이 이루어져서 과거의 일이 되었을 때에야 비로소 전체 모습을 드러냈을 뿐이다. 마치 언제 누구에 의해 모스크바 포기가 결정되었느냐고 말할 수 없는 것과 마찬가지로, 언제 누가 러시아군을 타루티노로 진출하게 만들었는지 아무도 대답할 수 없다. 수많은 원인과 의견이 작용한 결과 그곳에 부대가 도착해서야 사람들은 자기네들이 이 진행을 원하고 있었으며, 오래전부터 그 결과를 예견하고 있었다고 스스로 확신하기 시작했다.

하지만 둥근 공이 자신에게 가해진 충격이 사라지면 우연히 가장 적당한 곳에 자리를 잡아 서버리는 것과 똑같은 과정을 통해 러시아군은 타루티노로 진출했을 뿐이다. 그 공에게 애당초 그곳으로 가서 멈추겠다는 의지와 필연성이 없었던 것은 너무나 당연하지 않은가?

총사령관 쿠투조프의 공훈은 그의 천재적 전략에 있던 것이 아니라, 오로지 그만이 당시 벌어지고 있는 사건들의 의미를 이해하고 있었다는 데 있다. 오로지 그만이 프랑스군이 활동하지 않고 있는 것의 의미를 이해하고 있었으며, 그만이 보로디노 전투는 승리했다고 주장했다. 총사령관으로서 그 누구보다 공격을 하고 싶은 처지에 있으면서도 오로지 그만이 러시아군이 쓸데없는 곳에 힘을 낭비하지 않게 하기 위하여 전력을 다하고 있었다.

그리하여 드디어 전세가 역전되었다. 작은 전투에서의 승패의 저울추가 기울었다는 뜻이 아니다. 프랑스군이 모스크바에서 약탈을 자행하고 러시아군이 타루티노 부근에서 평온하게 주둔하고 있는 사이 양군의 전력(병력과 사기)에 변화가 생겼고, 결국 러시아군이 우세하게 되었다는 뜻이다. 그리고 러시아군은 그 사실을 의식하게 되었다. 이제 공격은 필연적이 되었다.

러시아군 참모부는 완전히 새롭게 개편되어 있었다. 여전히 현장에서의 군 지휘권은 총사령관인 쿠투조프가 쥐고 있었지만 통수권은 페테르부르크의 황제에게 있었다. 전사한 바그라티온과 화를 내고 물러난 바르클라이 드 톨리의 자리는 예르몰로프가 대신하게 되었다. 군 참모장은 황제 측근인 베니그센이 맡고 있었으며 쿠투조프와 베니그센 사이의 반목은 여전했다. 하지만 전황은 그들의 반목과 음모와는 상관없이 나아가야 할 방향을 향해 나아갔다.

드디어 공격 일자가 10월 5일로 정해졌다. 언제나 공격만을 주장하던 베니그센의 뜻이 관철된 것이다. 언제나 선제공격에 미온적이었던 쿠투조프는 4일 아침 작전 명령서에 마지못해 서명했다.

결론부터 말하자. 러시아군의 첫 번째 반격이었던 타루티노 전투는, 러시아군이 애당초 목표했던 것을 한 가지도 이루지 못했다. 러시아군은 수뇌부의 반목을 그대로 보여주듯 질서 정연하게 출동하여 전투를 치르지도 못했다. 적장 뮈라를 생포하겠다는 목표도 이루지 못했고, 프랑스 전 군단을 일거에 섬멸하겠다는 베니그센의 포부는 포부로 끝났을 뿐이었다. 실전에 참가했던 장교들도 자신이 원했던 공훈을 세우지 못했으며, 카자크 병사들도 예상했던 만큼의 노획물을 얻지 못했다. 말하자면 세부적으로는 완전히 실패한 전투였다.

하지만 그 전투의 목적이 프랑스군을 몰아내고자 하는 데, 프랑스군에 치명상을 가하자는 데 있었다고 본다면, 타루티노 전투는 이 전쟁에서 가장 필요했고 가장 적합한 전투였음이 분명하다. 이 전투가 그 목적을 충분히 이루었기 때문이다. 역사상 이 전투만큼 최종 결과가 그토록 바람직하게 나타났던 경우는 찾아보기 힘들 성도다. 아니, 아예 불가능하다. 유례없는 혼란 속에서 치러진 전투였음에도 불구하고, 최소한의 손실과 최소한의 노력으로 러시아군은 최대의 성과를 얻어냈다. 바로, 프랑스군이 형편없이 약하다는 사실이 드러난 것이며, 마치 후퇴만을 기다리고 있던 것 같던 프랑스군에게 그 계기가 될 일격을 가한 것이다.

제2장

나폴레옹은 모스크바 근교에서 눈부신 승리를 거둔 뒤 모스크바에 입성했다. 싸움터가 프랑스군 수중에 들어왔으니 승리임이 분명했다. 러시아군은 퇴각하고 모스크바를 넘겨주었다. 식량과 무기와 무진장한 재화를 지닌 그 모스크바를! 나폴레옹은 러시아군의 공격을 받지 않은 채 그곳에서 한 달을 지냈다.

나폴레옹이 처하고 있는 입장은 모든 면에서 더 이상 유리할수 없었다. 두 배나 되는 우월한 병력으로 적들을 공격하여 섬멸시킨 뒤 자신에게 유리한 강화조약을 맺기 위해서는 특별한천재성을 발휘할 필요도 없는 것 같았다. 만일 강화조약을 거부하면 페테르부르크로 진격해서 점령하면 그만이었다. 만에하나 그 공격이 실패하더라도 스몰렌스크로 돌아오거나 모스크바에 머물면서 지금 차지하고 있는 빛나는 지위를 그대로 유지하면 되었다.

그런 목적을 이루기 위해 해야 할 일은 너무나 간단하고 쉬웠다. 병사들의 약탈을 금지하고 모스크바에서 충분히 마련할 수 있는 겨울옷을 준비하고, 반년 이상 전군에 공급할 수 있을 만큼 모스크바에 넘쳐나고 있는 식량을 마련하면 되었다. 하지만 역사가들이 천재 중의 천재라고 일컫는 나폴레옹은 그러한 조치를 전혀 취하지 않았다. 뿐만 아니라 오히려 눈앞에 놓인 모든 수단 중에서 가장 어리석은 길, 필경 파멸로 이를 수밖에 없는 길을 택했다.

그는 군대의 약탈을 방치한 채 10개월을 모스크바에서 빈둥거리다가 마지못해 수비병만 남긴 채 모스크바를 나와, 프랑스군을 파멸에 이르게 만드는 어리석고 위험한 길을 택해서 그대로 따라갔다. 만일 나폴레옹의 목적이 자기 군대를 파멸시키는 데 있었다 할지라도, 그 목적을 달성하기 위해 이보다 더 치밀하고 완벽한 행동들을 생각해낼 수 있는 전략가는 없다고 할 정도다.

그런데 천재 나폴레옹이 그 일을 해냈다! 하지만 그가 원했기에 프랑스군을 전멸시켰다고 말하거나, 그가 어리석었기에 그런 일이 벌어졌다고 말하는 것은 그가 원했기에 그가 모스크바로 입성한 것이며, 그가 현명하고 천재라서 그 일이 가능했다고 말하는 것과 마찬가지로 옳지 않다. 그의 개인행동은 일개 병사의 개인행동과 마찬가지로 역사적 사건에서 그다지 큰 영향력을 발휘하지 못했다. 그의 행동은 그런 결과를 낳게 한 여러 법칙과 흐름에 보조를 맞추었을 뿐이다.

한마디만 더 하자. 역사가들은 모스크바에 입성하면서 나폴레옹이 총기(聰氣)를 잃었다고 말한다. 아니다. 그는 그전이나 마찬가지로 모스크바에서도 자기 자신과 자기 군대의 영광을 위해 자신의 재능과 정력을 유감없이 발휘했다.

그는 모스크바에서도 이전에 이집트, 이탈리아, 오스트리아, 프러시아에서 했던 행동에 비추어 조금도 손색없는 행동을 했다. 그는 잠시도 쉬지 않고 계획을 세우고 명령을 내렸으며, 페테르부르크에서 사절단이 오지 않아도, 모스크바에서 잇따라 화재가 발생해도 조금도 당황하지 않았다. 그는 군대의 안녕과 러시아 국민의 행복을 위해 일했으며, 적의 동향과 파리에서 일어난 사건들에 대해서도 늘 유념했고 눈앞에 닥친 강화조약을 유리하게 맺기 위한 외교적 노력도 소홀히 하지 않았다. 그런 점에서 그는 경탄할 만한 천재였음이 틀림없다.

우리는 그가 군사적으로, 외교적으로, 혹은 사법과 행정 면에서 심지어 종교와 상업의 측면에서 그가 구체적으로 행한 일들을 일일이 열거하지는 않겠다. 그 모든 포고문, 지시, 명령은 훌륭하기 그지없었다.

하지만 그 명령들은 모두 비현실적이었으며 조금도 실행되지 않았다. 무엇보다 군대의 약탈이 계속되고 있었다. 프랑스군은 마치 풀어헤쳐진 가축처럼, 모스크바를 황폐화시켰다. 자신을 굶주림에서 구출해줄 수 있는 터전을 스스로 파괴한 것이다. 그들은 그렇게 스스로의 먹이를 짓밟으면서 아무 의미도, 아무 이익도 없이 모스크바에 머물렀다. 그러면서 나날이 붕괴되어갔고 멸망으로 치달았다. 그리고 그 상태조차 그렇게 오래가지 못했다.

나폴레옹이라는 천재의 위대한 군대는, 스몰렌스크 가도에서 수송 마차를 탈취당하자 갑자기 공포에 사로잡혔고, 타루티노 전투에서 패하자 도망가기에 급급했다. 군대 사열 중에 느닷없이 타루티노 전투에 대한 보고를 받은 나폴레옹은 다시 러시아군을 응징하겠다는 열망에 불탔고, 진격 명령을 내렸다.

그 진격 명령은 모스크바 체류에 지친 나폴레옹 군대 모두가 간절히 원하던 것이었다. 그런데 나폴레옹 군의 모든 장병들은 그동안 자신들이 약탈한 물건들을 모두 갖고 출격했다. 나폴레옹도 자신이 소유하게 된 귀중품을 가지고 떠났다. 나폴레옹도 처음에는 그 엄청난 마차 행렬을 보고 놀랐다. 그런데 그토록 전쟁 경험이 많은 나폴레옹이 이전처럼 그 짐마차들을 소각하라는 명령을 내리지 않았다. 그는 병사들이 타고 있는 포장마차와 사륜마차를 보고 나중에 식량과 환자와 부상병들을 실을 수 있으니 도움이 될 것이라고 생각했다.

당시 나폴레옹 군의 상황을 자신의 최후가 가까이 왔음을 알고 공포에 질려 있던 짐승과 같다고 할 수 있을까? 나폴레옹이 모스크바에 입성해서 멸망할 때까지 행했던 수많은 능란한 일들과 화려한 계획들은 부상당한 짐승이 죽기 직전에 발하는 광분과 경련에 가까운 것이 아니었을까?

부상당한 짐승은 바스락거리는 소리만 들려도 오히려 사냥꾼이 있는 쪽으로 뛰어나가 이리저리 날뛰면서 스스로 목숨을 재촉하기 마련이다. 나폴레옹 군대도 마치 그런 짐승처럼 행동했다. 그들은 바스락거리는 소리에 놀라 사냥꾼의 총소리가 들리는 쪽으로 도망갔다가, 총소리에 놀라 다시 되돌아왔다. 그리고 눈에 익은 길, 하지만 가장 위험하고 치명적인 길로 들어섰다.

당시 나폴레옹은 누구였을까? 우리가 그런 프랑스군대의 지휘자로 알고 있는 나폴레옹은 실은, 마차 안에 있는 끈을 부여잡은 채 자기가 마차를 몰고 있다고 생각하는 어린아이와 같았다.

제3장

10월 6일 이른 아침, 피에르는 포로수용소 막사로 매일 찾아오는 강아지와 장난치며 놀고 있었다. 이 강아지는 거의 수용소 막사에서 살다시피 했으며 밤에는 플라톤과 잠을 잤다. 하지만 낮에는 시내 쪽 어디론가 갔다가 돌아오곤 했다. 프랑스 병사들은 그 개를 그냥 아조르(개)라고 불렀고 플라톤은 세리(회색)라고 불렀다.

이전과 비교해볼 때 피에르의 복장은 가관이었다. 그의 옷 가운데 오직 하나 남은 더러운 셔츠와 플라톤의 충고에 따라 보온을 위해 발목을 묶은 바지, 마부 외투와 모자가 전부였다. 하지만 피에르에게서 진짜로 변한 것은 복장이 아니라 외모 자체였다. 그는 아직 조상이 물려준 그대로의 건장한 몸집을 하고 있었다. 하지만 그는 더 이상 뚱뚱하다는 느낌을 주지 않았다. 무성한 턱수염과 콧수염이 얼굴의 반을 완전히 뒤덮고 있었고 머리칼은 제멋대로 자라 서로 뒤엉킨 채 마치 모자처럼 머리를 덮고 있었으며, 그 머리칼에는 이(蝨)가 들끓고 있었다. 눈빛은 이전보다 당당하고 침착했으며 그의 전매특허였던 방심한 표정은 즉각 행동으로 옮길 준비가 되어 있는 힘이 넘치는 표정으로 바뀌어 있었다. 발은 맨발이었다.

피에르는 짐마차와 기병 들이 점차 늘어가고 있는 평원, 저 멀리 반짝이며 흘러가는 강들에 눈길을 주었다가 이어서 자기를 깨무는 시늉을 하며 장난하는 강아지를 바라보았다. 이어서 그의 눈길은 자신의 더러운 맨발로 향했다. 그는 자신의 맨발을 바라보며 정말 흡족하다는 듯 미소를 지었다. 그가 최근에 겪고 배운 것들이 생각났던 것이다.

피에르가 포로가 된 지도 4주일이 지났다. 프랑스군 장교와 병사들은 피에르에게 친절했다. 그가 프랑스어를 할 줄 알았고 교양과 인품이 있던 덕분이었다. 프랑스인들은 그에게 병사 수용소에서 장교 수용소로 옮기길 권했지만 그는 받아들이지 않고 그대로 남아 있었다. 그동안 그는 말도 못 할 정도로 궁핍하게 지냈다. 하지만 이제까지는 별로 의식하지 않았던 자신의 체력과 건강 덕분에 그는 그 궁핍을 즐거운 마음으로 즐길 수 있었다. 그는 이제까지 그가 그토록 갈망했지만 얻을 수 없었던 영혼의 평화와 자기만족이 자신의 내부로 스며드는 것을 느꼈다.

그것은 그가 보로디노 전투 시 병사들의 모습에서 충격적으로 발견했던 것, 바로 그것이었다. 그것은 그가 인류애 속에서, 프리메이슨에서, 사교 생활에서, 술에서, 영웅적 자기희생에서, 나타샤를 향한 낭만적 사랑에서 찾으려 했으나 찾지 못했던 것이었다. 그런데 죽음의 공포 앞에서, 궁핍 속에서, 플라톤 카라타예프의 '운명 순종 철학' 앞에서 그가 이전까지 느낄 수 없었던 내적 위안과 만족이 홀연 그에게 찾아왔던 것이다.

동료들이 처형당하는 현장에서 그가 맛보았던 무시무시한 고뇌는 그때까지 그를 그토록 불안하게 만들던 모든 생각과 감정, 그가 그토록 중요시하던 생각과 감정을 일거에 그의 정신 속에서 씻어내버렸다. 그는 더 이상 러시아에 대해서도, 전쟁에 대해서도, 정치에 대해서도, 나폴레옹에 대해서도 생각하지 않았다. 대신 "러시아와 여름은 한데 묶을 수 없는 법이지요"라는 플라톤의 말이 떠오르며 그의 마음을 가라앉혀주었다.

그는 이제까지 자기가 중요시했던 것들은 자기와 아무 관련이 없으며 자신에게는 그런 것에 대해 판단할 자격과 의무도 없다는 것을 깨달았다. 일종의 계시처럼 나폴레옹을 죽이려 했던 것도 우스꽝스러웠으며 아내에게 화를 냈던 일, 자기의 명예를 더럽힐까봐 걱정했던 일들도 쓸모없는 짓 정도가 아니라 우스꽝스럽게 여겨질 정도였다. 그녀가 자기가 하고 싶은 대로 살아가든 말든 자신에게 무슨 상관이 있단 말인가? 이 한 포로의 이름이 베주호프 백작이건 아니건 그게 어쨌단 말인가?

그는 요즘 자주 안드레이 공작에 대해 생각했다. 그리고 비록 안드레이의 생각을 자기 식으로 이해한 면도 있었지만 대체로 그의 생각에 동의했다. 안드레이는 행복이란 부정적일 수밖에 없다고 씁쓸함과 야유가 뒤섞인 어조로 말하곤 했다. 마치 현실적 행복을 향한 우리들의 열망은 우리를 고통스럽게 만들 뿐이라고, 우리는 결코 그 열망을 실현시킬 수 없다고 말하는 것 같았다.

하지만 피에르는 안드레이가 말한 부정적이라는 뜻을 다르게 이해했다. 피에르는 그 말을 거창한 행복에 대한 부정으로 이해했다. 그리고 아무런 유보 없이 작은 행복을 믿었다. 고통에서 벗어나 자기의 욕구를 충족시키는 것, 직업, 즉 자신의 삶의 길을 자유롭게 선택하는 것이 지금의 피에르에게는 최상의 행복으로 여겨졌다. 지금 이곳에서 그는 생전 처음으로 먹고 싶을 때 먹고, 마시고 싶을 때 마시고, 자고 싶을 때 자고, 추울 때 몸을 덥히고, 그 누군가와 이야기를 나누고 싶을 때 그 사람에게 말을 걸고 그의 목소리에 귀를 기울일 수 있는 것의 기쁨을 뼈저리게 느꼈다. 그에게 지금 결핍되어 있는 것들, 말하자면 음식, 청결, 자유에 대한 욕구를 충족시키는 것, 그것이야말로 완전한 행복의 조건이라고 피에르는 생각했다. 그리고 지금, 자기 스스로 자신의 삶의 길을 택하는 것이 극도로 제한되어 있었기에, 오히려 그런 것들이 너무 쉬운 일처럼 생각되었다.

하지만 그가 단 한 가지 잊고 있는 것이 있었다. 그는 지나치게 안락한 생활이, 욕구를 충족시킬 때의 기쁨을 오히려 없애 버린다는 것, 그가 지닌 부, 그가 받은 교육, 그의 사회적 지위에 의해 그에게 부여된 직업 선택의 자유가 오히려 직업 선택을 어렵게 한다는 것, 직업을 갖고자 하는 욕구와 그 가능성을 파괴할 수 있다는 사실을 잊고 있었다.

그즈음 피에르의 생각은 온통 자신이 자유로워졌을 순간에만 집중해 있었다. 하지만 훗날 그는 이 한 달간의 억류 생활을 회상할 때마다 기쁨에 젖었으며, 그때 느꼈던, 결코 지워지지 않을 강한 감동, 특히 그 당시 그가 완벽하게 맛보았던 마음의 평화와 내면의 자유에 대해 열광적으로 이야기하곤 했다.

그가 수용소에 갇힌 바로 그다음 날 동틀 무렵, 그가 수용소 밖으로 나와 노보데비치 수도원의 아직 거무스름한 지붕과 십자가를 보았을 때, 흙먼지를 뒤집어쓴 초원에 맺힌 이슬을 보았을 때, 보르비요비 고르비의 산등성이가 연보라 아침 안개 속으로 멀리 기울어져 가는 것을 보았을 때, 신선한 미풍이 스치고 지나가는 것을 느꼈을 때, 평원 위를 날아가는 까마귀 날갯짓 소리를 들었을 때, 갑자기 밝은 빛이 아침 안개를 몰아내며 태양이 장엄하게 구름 위로 솟아올라 수도원 지붕도, 십자가도, 이슬도, 저 멀리 들판과 강도 그 즐거운 빛과 함께 춤추기 시작했을 때, 그의 마음은 이전까지 한 번도 맛본 적이 없던 충일감과 기쁨으로 넘쳐흘렀다. 그리고 그 감정은 그가 포로생활을 하는 동안 단 한 번도 그의 마음을 떠난 적이 없었으며, 상황이 어려워지면 어려워질수록 그 감흥은 더욱 깊어만 갔다.

게다가 그는 모든 사람들에게 존경심을 받고 있었다. 외국어 지식, 너그러운 인심(그는 장교 대우를 받아 1주일에 3루블씩 돈을 지급받고 있었다), 그의 체력과 힘, 겸손한 태도, 몇 시간이고 꼼짝 않고 명상에 잠겨 있는 모습들은 함께 지내고 있는 수감자 병사들에게 그가 한수 위의 사람이라는 인식을 심어주었다. 전에 사교생활을 할 때는 오히려 짐처럼 여겨졌던 그가 지닌 특질들이 이곳에서는 그를 영웅으로 만들어주었던 것이다.

피에르가 강아지와 놀고 있던 바로 그날, 즉 10월 6일 밤중부터 10월 7일에 걸쳐 프랑스군의 후퇴가 시작되었고, 포로들도 함께 출발했다. 포로들은 짐마차, 긴 포차 행렬에 뒤섞여 행군했다. 10월 7일 피에르를 비롯한 포로들은 모스크바를 나와 칼루가에 도착했다. 밤이 되자 피에르는 동료 포로들과 함께 노숙을 했다.

제4장

10월 상순 나폴레옹의 친서가 쿠투조프에게 전달되었다. 벌써 두 번째 강화 요구 친서였다. 친서에는 모스크바발(發)이라고 적혀 있었지만 사실이 아니었다. 나폴레옹은 이미 쿠투조프와 아주 근접한 칼루가 거리까지 와 있었던 것이다. 쿠투조프는 먼젓번과 마찬가지로 강화 따위는 없다고 잘라 말한 뒤 연락 장교를 돌려보냈다.

쿠투조프는 여전히 인내와 시간만이 더없이 훌륭한 동맹군이라고 믿고 있었다. '사과는 익으면 저절로 떨어지기 마련이다. 공연히 아직 덜 익은 사과를 따면 나무도 사과도 성치 못하고 먹는 이의 이만 시릴 뿐이다'라고 그는 생각하고 있었다. 그는 노련한 사냥꾼처럼 짐승이 이미 상처를 입었다는 것을, 지금 현재 러시아군이 입힐 수 있는 최대한의 상처를 입혔다는 것을 알고 있었다. 그는 적이 치명상을 입었으리라는 것은 어렴풋이 짐작하고 있었다. 하지만 확증이 필요했다. 더 기다려야만 했다.

'모두들 얼른 뛰어가서 자신들이 입힌 짐승의 상처를 보고 싶어한다. 그래서 줄곧 작전이니, 공격이니 떠들어댄다. 왜? 공을 세우고 싶어서다. 마치 전투가 무슨 재미있는 일이나 되는 것처럼 생각하고 있다. 이런 어린애들! 뭐가 뭔지 아무것도 모르고 그저 싸움 자랑이나 하는 어린애들!'

그는 나폴레옹 군의 온갖 움직임을 예상하고, 정보를 입수하며 기다렸다. 그는 자신의 60년의 경험에 비추어 설마 하는 일도 얼마든지 벌어질 수 있다는 것을 알고 있었다. 그 무엇인가를 강력하게 희망하고 있는 사람은 오로지 그 희망을 뒷받침하는 정보만 열심히 종합하고, 그에 어긋나는 것은 버리기 마련이라는 것도 그는 알고 있었다. 그래서 그는 그 어떤 희망도 갖지 않으려 애썼다. 다만 프랑스군이 어떻게 움직이는지 가능한 한 정확히 예의주시하고 있을 뿐이었다.

10월 11일 밤이었다. 쿠투조프는 팔베개를 한 채 이런저런 생각에 잠겨 있었다. 그때 옆방에서 인기척이 들렸다. 톨리를 비롯해 몇 명의 장군이 들어온 것이었다.

"거, 누구야! 오, 어서 들어오게. 뭐 새로운 소식이라도 있나?" 쿠투조프 원수가 소리쳤다.

병사가 촛불을 켜는 동안 톨리가 그에게 소식을 전했다.

"누가 가져온 보고인가?" 평소와 달리 차갑고 엄숙한 어조라서 톨리는 놀랐다.

"각하, 조금도 의심의 여지가 없는 사실입니다."

"어디, 그 보고를 가져온 자를 불러오게."

이어서 연락장교가 들어오자 쿠투조프는 그의 마음을 읽으려는 듯 눈을 가늘게 뜨고 낮은 목소리로 속삭이듯 말했다.

"그래, 이봐, 어서 말해봐! 이리 가까이 와보라니까! 그래, 무슨 소식을 갖고 왔다고? 나폴레옹이 모스크바를 떠난 것 같다고? 그게 정말이야?"

연락장교는 총사령관에게 그간 입수한 정보와 명령 받은 내용을 충실하게 보고했다. 그는 보고를 마치자 조용히 서서 기다렸다. 톨리가 입을 열어 뭔가 말하려 하자 쿠투조프가 가로막았다. 그는 갑자기 눈을 가늘게 뜨더니 얼굴이 온통 주름투성이가 되었다.

쿠투조프는 빙글 몸을 돌리더니, 성상이 걸려 있는 막사 구석을 바라보며 말했다.

"오, 주여, 우리들의 주님이시여! 제 기도를 들어주셨나이다……." 그는 두 손을 모으고 떨리는 목소리로 말했다. "오, 러시아는 구원받았습니다. 오, 주여, 감사하옵니다!"

그의 뺨 위로 눈물이 흐르고 있었다.

그 보고를 받은 이후 전쟁이 완전히 끝날 때까지 쿠투조프는 오로지 한 가지 일에만 전력을 다했다. 그것은 러시아군이 이제 멸망할 것이 뻔한 적을 공격하여 쓸데없이 힘을 소진하는 짓을 막는 것이었다. 그는 그 목표를 이루기 위해 그의 권력이 허락하는 한에서 권위도 내세웠고 온갖 꾀도 냈으며 기도까지 했다. 전군을 거느린 그는 군대를 조금도 움직이지 않다가 칼루가까지 철수명령을 내리기까지 했다.

그래서 당분간 전투 아닌 전투라는 이상한 상황이 벌어졌다. 쿠투조프는 이곳저곳에서 뒤로 물러났고, 적은 그 반대 방향으로 도주했던 것이다. 그렇더라도 당시 나폴레옹 군을 구할 수 있는 방법은 그 어디에도 없었다. 나폴레옹 군 병사들은 장군이나 장교와 마찬가지로 이 막다른 상태에서 자신만이라도 빨리 빠져나가겠다는 일념에 도망치느라 바빴다. 지휘관과 병사가 어깨를 나란히 하고 정처 없이 함께 도망치고 있었으니, 전력을 회복할 길도 없었고 따라서 파멸을 면할 길이 없었다. 그리고 그것은 나폴레옹에게도 예외가 아니었다. 그가 모자이스크 가도(街道) 방향을 택했다는 것은 전군을 감싸고 있는 분위기와 힘이 이미 그에게도 작용하고 있었음을 증명해주는 것이다.

프랑스군이 러시아로 들어섰을 때 그곳은 약속의 땅이었다. 하지만 지금은 그들의 고향이 약속의 땅이었으니! 똑같은 거리였으나 고향은 너무나 멀었다. 그곳은 쟁취의 땅이 아니라 휴식의 땅이었기 때문이다. 앞으로 가야 할 길이 1,000킬로미터나 남아 있음에도 불구하고 그들은 너무 쉽게 목적을 잃어버렸다. 오늘 40킬로미터를 가면 휴식할 곳이 기다리고 있다는 달콤한 생각에 사로잡혀 있었기 때문이다. 이 중도 휴식의 땅이 최종 목적을 가려버리고, 그곳이 모든 희망과 소원이 집중된 장소가 되어버렸다.

스몰렌스크 옛길을 통해 퇴각하는 프랑스군에게 고향은 너무나 멀었다. 그래서 당장의 목표는 스몰렌스크가 되어버렸다. 그래서 그들은 놀라운 힘과 속도로 스몰렌스크를 향해 거의 돌진하다시피 했다. 적들이 일제히 빠른 속도로 퇴각을 하자 러시아군 최고 간부들은 일제히 적에 대한 일제 공격을 주장했다.

다만 쿠투조프만이 온 힘을 다해 공격을 저지하려 했다. 아마 속으로는 아군의 병력에 손실을 입히면서까지 적들의 숨통을 끊어놓을 필요가 있겠느냐고 생각했을 것이다. 모스크바에서 바지마까지 가는 동안 이미 3분의 1의 적군이 스스로 소멸되었는데 굳이 나서서 부추길 필요가 있느냐고 생각했을 것이다.

하지만 쿠투조프의 노력에도 한계가 있었다. 이미 적들과 근접해 있던 부대의 지휘관들은 적들의 퇴로를 차단하여 공격하겠다는, 어찌 보면 자연스러운 욕구를 억제할 수 없었다. 몇몇 지휘관은 자기들의 공격 계획을 쿠투조프에게 보고하면서 정식 보고서 대신 백지를 봉투에 넣어 보내기도 했다. 이미 보병 몇 개 연대는 적에게 공격을 감행하여 몇천 명의 인명을 빼앗고, 그만큼 아군을 잃기도 했다.

하지만 아무도 적의 주요한 퇴로를 차단하지는 못했다. 위험에 처한 프랑스군은 더욱더 굳게 뭉쳐서, 하지만 서서히 무너져가면서, 여전히 스몰렌스크를 향하여 멸망의 길을 재촉하고 있었다.

제
13
부

제1장

보로디노 전투와 모스크바 점령 이후 단 한 번도 전투를 치르지 않은 채 프랑스군대가 패주한 것은 역사상 거의 유례가 없는 교훈적인 사건이다. 그 전쟁 뒤 멸망한 것은 러시아가 아니라 60만의 프랑스군이었고 나폴레옹이 다스리는 프랑스 제국이었다.

도대체 어떻게 된 일인가? 간단히 말하자. 전쟁의 승리가 곧 정복으로 이어지지는 않는다는 사실, 정복의 확실한 징표가 아니라는 사실을 보여준 것이다. 그 역사적 사건은 한 민족의 운명을 결정하는 힘은 정복자에게 있는 것도, 군대 규모나 전투의 승패에 있는 것도 아니고 그 무언가 다른 것에 있다는 것을 증명해준다. 그 다른 것은 바로 사기(士氣)다.

프랑스군은 수적으로 우세했음에도 불구하고 모스크바와 스몰렌스크에서 약탈을 자행하면서 자기네들의 사기를 떨어뜨렸고 오히려 몽둥이라도 들고 총검에 대항하겠다는 러시아군과 백성들의 사기는 높아졌다. 그 사기는 군대의 화력이나 병력 등의 물리적 숫자와는 무관한 보이지 않는 힘이다.

사기가 잔뜩 올라간 러시아군은 집단적으로 행동해야 한다는 군사 기본 방침을 무시하고 흩어져서 행동했다. 그들은 사기가 엄청 높았기에 각자 명령도 기다리지 않고 프랑스군을 공격했다. 그들에게 그런 위험에 뛰어들라고 명령할 필요도 없이 그들은 자발적으로 프랑스군을 공격했다. 러시아군인들이 이른바 유격전에 뛰어든 것이다.

이 유격전은 적이 스몰렌스크에 들어왔을 때부터 이미 시작된 셈이다. 정부로부터 공식으로 채택되기 전에 이미 적군 낙오자, 약탈병들은 카자크와 농부들로부터 예기치 못한 공격을 받았다.

데니스 다비도프는 이 유격대(프랑스어로 파르티잔partisan. '빨치산'이라는 명칭은 바로 그 프랑스어에서 유래했음—옮긴이)의 위력을 누구보다 먼저 깨닫고 이 전법을 합법적으로 만든 공로자다. 8월 24일에 제1유격대가 창설되었으며, 이어서 다른 부대들이 편성되었다. 그리고 전쟁이 진행됨에 따라 유격대의 숫자는 점점 더 늘어났다.

나폴레옹 군대가 퇴각을 시작했을 때 가장 활동이 활발했던 것이 바로 이 유격대다. 사기가 떨어질 대로 떨어진 프랑스 병사들은 그런 만큼 더 흩어지지 않고 뭉쳐서 퇴각했다. 유격대원들은 이렇게 한데 뭉쳐 퇴각하는 적들을 동에 번쩍, 서에 번쩍 나서서 공격했다. 유격대는 나폴레옹의 '위대한 군대'를 하나씩 하나씩 쳐부수면서, 그 고목을 마구 흔들어댔고, 고목의 마른 나뭇잎들은 우수수 떨어졌다.

프랑스군이 스몰렌스크를 향하여 패주하고 있을 때는 그런 활동을 한 유격대가 몇백이나 되었다. 보병과 포병, 사령부까지 갖춘 유격대도 있었고, 카자크 기병만으로 구성된 유격대도 있었으며 보병과 기병이 혼합된 부대도 있었고 심지어 순수 농민과 지주만으로 이루어진 유격대도 있었다. 그들은 유격대의 규모와는 상관없이 무슨 일이든 해치울 수 있다는 자신감에 충만해 있었다.

10월 22일, 바실리 데니소프는 유격대장의 한 사람으로 활동하고 있었다. 전에 니콜라이가 속했던 기병대 중대장으로서 나타샤에게 구혼했다가 거절당한 바로 그 사람이다. 그는 부대에 복귀한 뒤, 굶주린 부하들을 위해 다른 부대의 식량을 훔쳤다가 사병으로 강등되었었다. 원래 정이 많고 부하들을 아끼던 사람이기에 벌어진 일이었다. 그는 다른 전투에서 공을 세워 다시 복권되었고, 소령 계급장을 달고 부하들을 이끌며 유격대장으로서 활동하고 있었다.

그는 아침부터 부하들을 이끌고 프랑스군을 노리며 이리저리 숲을 누비고 다녔다. 그는 척후로부터 프랑스 기병대의 짐들과 러시아군 포로들이 프랑스군의 호송을 받으며 다른 부대들과 떨어진 채 스몰렌스크로 향하고 있다는 보고를 받았다. 데니소프는 가까운 곳에서 역시 소규모의 유격대를 이끌고 있는 돌로호프와 힘을 합쳐 그 호송대를 공격하기로 합의를 보았다.

프랑스군 호송대는 10월 22일 미쿨리노 마을을 떠나 샴세보 마을을 향해 진군하고 있었다. 프랑스 호송대 병력은 모두 1,500명이었고 데니소프의 부하들은 200명이었다. 돌로호프의 부하도 그 정도였다. 데니소프는 샴세보로 향하는 길 왼편에 그 길을 따라 나 있는 숲속에 몸을 숨긴 채 프랑스 호송대를 옆에서 따라가며 적군의 동정을 살폈다. 그는 일단 프랑스군이 샴세보에 이른 뒤, 그곳에서 자신을 기다리고 있는 돌로호프

부대와 합류하여 새벽에 프랑스군 야영지를 습격하기로 작전
계획을 세웠다.

포근하고 비가 내리는 가을밤이었다. 하늘과 지평선이 흐린
물빛으로 하나가 되어 뒤섞이더니, 안개와 같은 보슬비가 내리
다가 폭우가 쏟아지다가를 반복했다. 데니소프가 휘하 장교들
과 카자크들을 거느리고 숲속을 헤치고 나가 공터에 이르렀을
때였다. 앞쪽에서 젊다기보다는 차라리 어린 장교 한 명이 병
사를 대동하고 다가오고 있었다. 어린 장교는 데니소프 앞으로
다가오더니 흠뻑 젖은 봉투를 내밀며 말했다.

"장군님께서 보내셨습니다. 비에 젖어 죄송합니다."

데니소프는 얼굴을 찡그리며 편지를 받아 겉봉을 뜯었다. 데
니소프가 편지를 읽는 동안 어린 장교가 부(副)대장 직을 맡고
있는 카자크 대위 쪽으로 고개를 돌리며 말했다.

"모두들 너무 위험하다고들 하십니다. 우리들은 빈틈없이 준
비를 해왔습니다만……."

그사이 편지를 다 읽은 데니소프가 어린 장교를 유심히 바라
보더니 갑자기 소리쳤다.

"아니, 페차 아닌가! 왜 오자마자 아는 척하지 않았어?"

그 어린 장교는 바로 니콜라이 로스토프의 막냇동생 페차였

다. 페차는 이 유격대 대장이 데니소프라는 것을 이미 알고 있었다. 그는 이곳까지 오는 동안 데니소프를 만나더라도 아는 척하지 않고 어엿한 장교로서 떳떳하게 행동하리라고 수차례 다짐했었다. 그러나 데니소프가 반갑게 웃는 얼굴로 그를 맞자 그만 다짐을 다 잊어버리고 얼굴이 빨개진 채 그간 자기가 겪은 일들과 수훈에 대해 털어놓기 시작했다.

"그래, 자네를 만나서 반가워." 데니소프가 그의 말을 가로막더니 카자크 대위 쪽으로 얼굴을 돌리며 말했다.

"이보게, 독일인에게서 온 편지야. 벌써 두 번째지. 수송대 습격을 함께 하자는 거야. 먹이를 가로채겠다는 심산이지. 우물쭈물했다가는 코앞의 먹이를 놓치게 될 거야. 이 친구는 그 부대 소속이지."

페차는 갑자기 냉정해진 데니소프의 태도를 보고 놀랐다. 그는 자기 바지 꼴이 우스워 그러는 것이라고 짐작하고 남몰래 얼른 접혀 올라간 바짓단을 내린 뒤 될 수 있는 한 씩씩한 모습을 보이려 애썼다. 페차는 데니소프에게 거수경례를 하며 말했다.

"대장님, 제가 대장님 곁에 함께 있으면 안 되겠습니까?"

"내 곁에? 자네, 편지를 전하고 곧 돌아오라는 명령을 받지 않았나?"

"아무 말씀도 없으셨습니다만…… 그러니 머물러도 괜찮겠지요?"

"좋아, 그렇게 해."

데니소프는 선선히 응낙한 뒤 부대 전체를 돌로호프와 미리 약속한 장소인 숲속 감시소 근처로 급히 이동하라고 명령했다. 그리고 부관에게는 돌로호프를 맞으러 가서, 지금 어디쯤 오고 있는지, 오늘 저녁까지 도착할 수 있는지 알아보라고 지시했다. 그리고 데니소프 자신은 카자크 대위와 페챠를 데리고 샴셰보 근처 숲가로 향했다. 내일 습격하기로 되어 있는 프랑스 진지를 정찰하기 위해서였다.

데니소프는 프랑스 진지를 정찰하고 돌아온 뒤 내일 습격할 결심을 굳혔다. 그가 보기에 프랑스 진지는 무방비 상태에 놓인 먹잇감에 불과했다.

그들이 내일의 전투를 위해 감시소 방 안에서 배불리 식사를 하고 있을 때 돌로호프 부대가 합류했다. 페챠는 돌로호프의 단정한 복장을 보고 깜짝 놀랐다. 데니소프와는 너무나 대조적이었다. 카자크 외투를 입은 데니소프는 턱수염을 잔뜩 기른 채 가슴에는 성 니콜라이의 성상을 걸고 있었다. 그리고 말

하는 투나 행동거지나 그가 지금 맡고 있는 유격대 대장이라는
특별한 역할에 딱 어울렸다. 하지만 옛날 모스크바 시절 페르
시아풍의 옷을 입고 잔뜩 티를 내며 다니던 돌로호프가, 지금
은 가장 단정하고 정확한 근위대 복장을 하고 있었다. 얼굴은
깨끗이 면도를 했고, 근위병 제복 단춧구멍에는 게오르그 훈장
을 달고 있었으며 머리에는 평범한 군모를 쓰고 있었다.

방 안으로 들어선 돌로호프는 젖은 외투를 방구석에 벗어 던
지더니 아무에게도 인사를 건네지 않고 곧바로 데니소프에게
가더니 상황에 대해 물었다. 데니소프는 수송대의 규모와 성격,
자신이 직접 정찰을 통해 확인한 그들의 동태에 대해 돌로호프
에게 자세히 설명해주었다.

이윽고 날이 어스름하게 밝아오기 시작했다. 데니소프는 감
시소 곁에 서서 마지막 명령을 내렸다. 이어서 보병을 앞세우
고 부대가 출발했다. 데니소프가 말에 오르자 페차도 말에 올
라 그의 곁으로 가서 말했다.

"대장님, 제게도 임무를 맡겨주세요."

데니소프는 페차의 존재를 아예 잊고 있었던 것 같았다.

"내, 자네에게 딱 한 가지만 말해주겠어." 데니소프가 엄한

표정으로 말했다. "반드시 내 명령에 따르고, 어디서든 함부로 나서지 마."

행군 도중 데니소프는 더 이상 아무 말도 하지 않았다. 이윽고 그들은 숲 가장자리까지 왔다. 들판이 훤히 내려다보였다. 데니소프가 카자크 대위와 뭐라고 속삭이자, 곧이어 카자크들이 페차와 데니소프를 앞질러 말을 달리기 시작했다. 그들이 모두 통과하자 데니소프도 말을 몰아 아래로 내려갔고 페차도 데니소프와 나란히 말을 몰아갔다. 이제 주위는 차츰 밝아졌다.

아래까지 내려오자 데니소프는 카자크 대위를 향해 고개를 끄덕이며 "자, 신호를!"이라고 낮은 목소리로 말했다. 카자크 대위가 한쪽 손을 들었다. 그러자 총성 한 발이 울려 퍼졌다. 그러자 병사들이 말굽 소리도 요란하게 고함을 지르며 내려갔다.

페차도 앞쪽으로 냅다 말을 몰았다. 그는 정신이 하나도 없었다. 그의 눈앞에 한 떼의 사람들이 정신없이 달려가고 있었다. 프랑스군인들이었다. 그는 계속 말을 몰았다. 어느 농가 곁에서 카자크들이 프랑스 병사들의 가슴에 창을 찔러대고 있었다. 앞쪽에서 총소리가 들리자 페차는 그쪽으로 말을 몰았다. 프랑스 병사 한 명이 러시아 경기병들에게 총을 쏘며 대항하고 있었다. 하지만 페차가 그곳에 도착했을 때는 프랑스 병사는 이미 쓰러져 있었다. 페차는 자신도 모르게, 자신이 프랑스 병사를 구하기 위해 달려간 것이며, 이미 늦었다는 생각을 했다.

그는 다시 격렬하게 총소리가 들리는 쪽을 향해 말을 몰았다. 프랑스 병사들이 한 저택의 뜰 담장 뒤에 몸을 숨긴 채 카자크들을 향해 총을 쏘고 있었다. 맹렬한 총소리가 들렸고 유탄이 쌩쌩 날아왔다. 얼마 지나지 않아 프랑스 병사들은 무기를 내동댕이치고 도망가기 시작했다. 페차는 저택 뜰 안을 달리고 있었다. 순간 말이 갑자기 멈춰 섰고 페차는 축축한 땅 위로 힘없이 쓰러졌다. 총알이 그의 머리를 관통한 것이다.

항복을 선언한 프랑스 장교와 교섭을 끝내고 나오던 돌로호프가 그 모습을 보았다. 그는 얼굴을 찌푸리며 "갔군!"이라고 말한 뒤 그를 향해 말을 타고 오고 있는 데니소프 쪽으로 갔다.

"죽었단 말이야?" 멀리서 페차가 길게 누워 있는 모습을 보고 데니소프가 외쳤다.

"끝났어!" 돌로호프는 마치 즐거운 일이라도 되는 듯 재차 말하더니 카자크들이 둘러싸고 있는 러시아인 포로들을 향해 갔다. 데니소프는 서둘러 페차의 곁으로 왔다.

그는 떨리는 손으로 진흙범벅, 피범벅이 된 불쌍한 페차의 얼굴을 들어올렸다.

'나는 단 게 좋아요. 이거, 아주 좋은 건포도예요. 자, 모두들 드세요.' 페차가 전에 했던 말이 문득 그의 귀에 울리는 것 같았다. 그때 마치 데니소프의 가슴속에서 터져 나오는 것 같은 개의 비명이 들렸다. 데니소프는 고개를 돌리더니 울타리 쪽으로 걸어갔다.

데니소프와 돌로호프가 구출해낸 러시아 포로들 중에는 피에르 베주호프가 포함되어 있었다.

제2장

피에르가 속한 죄수들을 호송하던 부대는 그 죄수들을 어떻게 처리하라는 아무런 새로운 명령도 상부로부터 받지 못했다. 10월 22일 당일, 이 일행은 함께 모스크바를 떠났던 다른 부대나 수송대와 함께 하지 못했다. 처음 얼마 동안 식량을 싣고 따라오던 수송대의 반은 카자크의 습격을 받았고, 반은 앞질러 도망가버렸다. 또한 선두에서 일행을 이끌었던 기병들도 어디론가 자취를 감추어버린 채, 호송병들만이 일행을 무질서하게 끌고 가고 있었다. 일행이 바지마에서 모스크바를 출발한 뒤 처음으로 휴식을 취했을 때 무질서는 극에 달해 있었다.

일행 중 가장 많이 줄어든 것은 뭐니 뭐니 해도 역시 포로들이었다. 모스크바를 출발할 때는 330명이었던 포로들은 이제 채 100명도 되지 않았다. 호송병들에게 포로는 귀찮은 존재일 뿐이었다. 자신들도 추위와 굶주림에 떨면서, 내버려둬도 죽을 이 포로들을 왜 호송해야 하는지, 그들이 낙오하거나 도망가면 왜 총살해야 하는지 알 수가 없어 화가 치밀 지경이었다.

피에르는 수용소 생활을 하면서 인간은 행복을 위해 태어난 존재라는 것, 그 행복은 작으나마 자신의 욕망을 충족하는 데 있다는 것을 깨달았다. 그러나 3주에 걸친 행군을 하면서 그는 또 하나 마음에 평화를 가져다줄 진리를 깨달았다. 그것은 이 세상에 진정으로 끔찍한 것은 없다는 진리였다. 그는 인간은 결코 완전하게 행복하거나 자유로울 수는 없다는 것, 따라서 완전하게 불행하거나 완전한 예속 상태에 놓일 수도 없다는 것을 깨달았다. 그는 그 진리를 머리를 통해 깨달은 것이 아니라 자신의 삶 자체를 통해, 자신의 영혼을 통해 깨달은 것이다.

그는 고통에도 한계가 있고 자유에도 한계가 있다는 것 그리고 그 두 한계는 아주 근접해 있음을 깨달았다. 그는 장미 화원에 누워 꽃잎이 한 장 떨어져 있다고 괴로워하는 사람이나, 축축한 땅에 누워 엄습해오는 추위 때문에 괴로워하는 사람이나, 그 괴로움은 별반 다르지 않다는 것을 깨달았다. 그가 전에 너무 발에 꽉 끼는 무도화 때문에 받은 괴로움이나, 지금 맨발로 걸으면서 겪은 괴로움이나 그가 보기에는 똑같았다. 자기 자신의 의지에 의해(적어도 그때 그는 그렇게 생각했다) 결혼하고 기뻐했을 때나 밤중에 마구간에 처박힌 지금이나 별로 자유가 없기는 마찬가지였다.

22일 낮, 피에르는 울퉁불퉁한 고갯길을 맨발로 오르고 있었다. 아침부터 보슬비가 내리더니 이어서 굵은 빗방울이 떨어지기 시작했다. 포로들은 모두 기진맥진해 있었다.

고갯길을 오르던 피에르는 문득 뒤를 돌아다보았다. 플라톤이 이제 더 이상 걸을 기력이 없는지 자작나무에 기대어 앉아 있었다. 조용하고 경건한 얼굴이었다. 눈물이 고인 그의 선량한 눈은 마치 피에르를 곁으로 부르고 있는 것 같았다. 하지만 피에르는 그에게 가까이 가면 자기 자신이 무너져내릴까 두려웠다. 그는 짐짓 그의 시선을 못 본 척 발길을 서둘렀다.

얼마 지났을 때 피에르는 뒤를 돌아다보았다. 플라톤은 여전히 길가 자작나무 아래 앉아 있었고, 프랑스 병사 두 명이 그에게 뭔가 말을 걸고 있었다. 이후 피에르는 다시는 뒤를 돌아보지 않았다. 그는 다리를 절룩거리며 고갯길을 올라갔다.

얼마 뒤 뒤에서 한 발의 총성이 울렸다. 피에르는 분명 그 총

소리를 들었다. 하지만 그 순간 그는 머릿속으로 여기부터 스
몰렌스크까지는 얼마나 남았는지 그 계산에 몰두해 있었다.

잠시 뒤 프랑스 병사 두 명이 피에르 가까이 왔다. 한 사람
의 총에서는 아직 연기가 피어오르고 있었다. 둘 다 얼굴이 새
하얗게 질려 있었다. 그들의 표정은 전에 피에르가 사형장에서
보았던 사형집행 병사들의 표정과 같았다. 플라톤이 앉아 있던
곳에서 개가 슬프게 우짖는 소리가 들렸다.

'바보 같은 놈! 도대체 뭣 때문에 우는 거야!' 피에르는 생각
했다. 병사 두 명도 피에르와 마찬가지로 뒤를 돌아다보지 않
았다. 하지만 그들의 표정은 돌처럼 굳어 있었다.

수송대도 포로대도, 짐마차들도 샴셰보 마을에서 멈췄다. 모
두들 모닥불 주변으로 몰려들었다. 피에르도 모닥불 곁에서 말
고기를 조금 먹고 나서 곧 잠에 빠져들었다.

잠결에 그는 보로디노 전투 뒤 모자이스크에서 겪었던 것과
똑같은 일을 겪었다. 현실이 꿈결과 겹치고 자기 목소리인지
남의 목소리인지 구분 안 되는 소리가 또렷이 들려온 것이다.

'삶이 전부다! 삶은 하느님이다. 모든 것이 움직인다. 이 움
직임이 하느님이다. 살아 있는 한 하느님의 존재를 알아볼 수

있는 기쁨이 있다. 삶을 사랑한다는 것은 하느님을 사랑하는 것이다. 가장 어려우면서도 가장 영광스러운 것은, 아무 죄 없이 받는 고통 가운데에서도 이 삶을 사랑하는 것이다!'

그 목소리를 듣는 순간 피에르는 곧바로 플라톤이 떠올랐다. 꼭 그가 하는 소리 같았다. 순간 누군가의 고함에 그는 잠에서 깨어났다. 모닥불 곁으로 온 강아지를 보고 프랑스 병사가 소리를 지른 것이다.

"아, 너구나. 그런데 플라……." 무심코 거기까지 말한 뒤 그는 말을 잇지 못했다. 문득 나무 밑에 앉아 그를 바라보던 플라톤의 눈길, 거기서 들려온 총소리, 그의 곁으로 다가온 프랑스 병사들의 창백하게 굳은 얼굴, 연기가 나오고 있던 총, 오늘 밤은 이제 플라톤 없이 지내야 한다는 사실, 이 모든 것들이 한꺼번에 떠올랐다. 그리고 어느 날 밤 키예프의 별장에서 아름다운 폴란드 여인과 지냈던 밤도 겹쳐 떠올랐다. 피에르는 미처 그 뒤엉킨 이미지들을 연결시킬 겨를도 없이 스르르 눈을 감고 다시 잠에 빠져들고 말았다.

새벽에 피에르는 귀가 따가울 정도로 요란한 총소리와 사람들의 외침에 잠에서 깨어났다. 피에르는 그저 어리둥절할 뿐이었다. 동료 포로들이 기쁨에 넘쳐 내지르는 환호가 들려왔다. 카자크 병사와 경기병들을 끌어안고 눈물을 흘리는 사람들도 있었다. 데니소프와 돌로호프가 프랑스군을 공격해서 포로들을 구출해낸 것이다.

그날 포로로 잡은 프랑스 병사는 모두 200명이었다.

돌로호프는 날카로운 눈초리로 포로가 된 프랑스 병사들을 노려보고 있었으며 네니소프는 침통한 표정으로 카자크 병사들의 뒤를 따라가고 있었다. 그들은 페차의 시체를 들고 시체를 묻을 구덩이를 향해 가고 있었다.

10월 28일부터 혹한이 시작되었다. 패주하는 프랑스군은 점점 더 비극적인 상황에 빠졌다. 병사들은 얼어 죽거나 모닥불 옆에서 화상으로 죽어갔다. 모스크바에서 바지마로 가는 도중 7만 3,000명의 프랑스군 가운데 살아남은 수는 3만 6,000명에 불과했다. 이 가운데 전사자는 5,000명도 되지 않았다. 같은 비율로 프랑스군은 바지마에서 스몰렌스크에 이르기까지, 스몰렌스크에서 베레지나에 이르기까지, 베레지나에서 빌나에 이르기까지 파멸되어갔다. 모두들 어디로 무엇 때문에 가는지도 모르는 채 약탈을 하면서 계속 도주했고 계속 죽어갔다.

물론 도중에 간간이 전투가 벌어졌다. 역사가들은 그 전투에서 러시아가 자주 패배했고, 프랑스군을 전멸시키는 차단전략을 세우지 않은 것에 대해 비난한다. 하지만 나폴레옹 군을 차단해서 섬멸하는 일은 아무런 뜻도 없고, 그것은 애당초 불가능했다. 그런 일은 극소수 인간의 상상 속에서만 존재했다.

단언하지만 러시아가 프랑스군을 차단해 섬멸한다는 통쾌한, 그러나 불가능한 계획을 세우고 실행에 옮겼다면 러시아는 스스로 멸망했을 것이다. 프랑스군을 추격하는 데 온 힘을 기울이고 있던 판에 그 이상의 힘을 썼다면 러시아는 감당하기 어려웠을 것이다.

게다가 프랑스군 차단과 섬멸 자체가 러시아 국민들의 목적과는 아무 상관이 없었다. 러시아 국민의 목적은 오로지 하나였다. 조국에서 침입군을 몰아내는 것, 그것만이 목적이었다. 그 바람은 프랑스군의 도주로 저절로 이루어졌다. 그러니, 그 도주가 계속 이어지게만 하면 그만이었다. 러시아 국민은 그 목적을 이루기 위해 총동원되었다. 쿠투조프 지휘하의 러시아군은 프랑스군이 퇴각을 멈출 경우에 대비하기 위해 그들을 뒤쫓았다.

러시아군은 달아나는 동물에게 휘두르는 채찍 같은 것이었다. 경험이 있는 몰이꾼은 달아나는 동물의 머리를 후려치는 것보다 채찍을 휘두르며 위협하는 것이 더 효과적이라는 것을 잘 안다.

제

14

부

제1장

사람은 죽어가는 동물을 보면서 공포를 느낀다. 자기 눈앞에서 자신과 다름없는 하나의 생명체가 소멸되어가는 것을 직접 목격하기 때문이다. 그런데 죽어가는 것이 동물이 아니라 사랑하는 사람, 가까운 사람인 경우 생명의 소멸에 대한 공포와 함께 일종의 단절감을 느끼고 정신적 상처를 입게 된다. 그 상처는 물리적 상처와 마찬가지로 사람을 죽음에 이르게 할 수도 있고, 그 상처가 나을 수도 있다. 하지만 완전한 치유는 불가능하다. 치료가 된 것처럼 보이다가도 외부의 작은 자극에 아픔과 경련을 느끼게 된다.

안드레이 공작이 죽은 뒤 나타샤와 마리아의 상태가 바로 그러했다. 그녀들은 그녀들 머리 위를 오랫동안 떠도는 죽음이라는 구름의 위협에 정신적으로 위축되고 나약해져 있었다. 그녀들은 감히 삶을 똑바로 바라볼 수 없었다. 그녀들은 그녀들의 벌어진 상처를 건드리는 모든 것들을 피했다.

그런데 일상생활의 모든 것이 그 상처를 건드렸다. 거리에서 들려오는 마차 소리, 식사 시간이 되었음을 알리는 종소리, 무슨 옷을 준비할까라는 하녀의 질문들이 그러했으며, 더 나쁜 것은 진실성이 들어 있지 않은 텅 빈 동정의 말들이었다. 그런 말들은 그녀들에게 마치 모욕처럼 느껴졌으며, 아플 정도로 상처를 건드렸다. 그것들은 그녀들이 애써 지키려 한 정적, 아직 그녀들의 상상 속에서 울리고 있는 경건하고 엄숙한 코러스에 귀를 기울이기 위해 그녀들이 필요로 하고 있는 그 정적을 깨뜨렸으며, 그녀들 앞에 한순간 열린 그 신비스러운 피안을 바라보려는 그녀들의 시선을 흐려놓았다.

그녀들은 단둘이 있을 때만 그 모든 것에서 벗어날 수 있었다. 하지만 둘은 일상적인 평범한 대화만 나누었을 뿐 미래나 과거에 대해서는 이야기를 삼갔다. 미래에 대해 이야기하는 것은 안드레이의 기억에 대한 모욕이라고 생각했으며, 과거에 대해 이야기하는 것은 지금 눈앞에 펼쳐진 위대하고 신성한 신비의 세계를 훼손하는 것이라고 생각했다.

제14부

319

하지만 영원하고 순수한 기쁨이란 없듯이, 영원하고 순수한 슬픔도 없는 법이다. 먼저 마리아가 2주일 정도 잠겨 있던 슬픔의 세계에서 빠져나왔다. 그녀는 자신의 운명을 스스로 개척해 나가야 한다는 절대적으로 독립적인 처지에 있었으며 무엇보다 조카를 보호하고 가르쳐야 했다.

어느 날 집사 알파티치가 야로슬라블로 그녀를 찾아왔다. 그는 모스크바의 보즈트비센카 거리에 있는 집이 온전한 채 있으니 그곳으로 이사를 하라고 그녀에게 권고했다. 마침 니콜렌카가 감기에 걸려 있었기에 보다 좋은 환경으로 이사할 필요도 있었다. 그녀는 다시 현실로 돌아왔고, 모스크바로 이사할 준비를 했다.

마리아는 백작 부인에게 나타샤도 함께 모스크바로 가게 해 달라고 부탁했다. 딸의 건강을 걱정하던 백작 부인도 동의하고 나타샤에게 권했다. 하지만 나타샤는 냉정하게 거절했다. 나타샤는 자기와 함께 나누던 슬픔의 세계에서 빠져나가, 현실로 돌아간 마리아를 향해 화가 나 있었다. 그녀는 마리아에게 버림받고 자기 홀로 슬픔의 세계에 남았다고 생각했다. 그녀는 이 세상이 아니라, 안드레이가 있는 곳, 바로 저세상에 더 친근감을 느끼며 홀로 고립된 채 나날이 야위어갔다.

그녀는 일상과 완전히 격리되어 있었다. 심지어 가족들까지도 그녀에게 혐오감을 주었다. 아버지도, 어머니도, 소냐도 그녀에게 너무도 익숙하고 친근했기에 오히려 그들의 말은 그녀를 완전히 사로잡고 있는 이상세계를 훼손하는 것 같았다.

그러던 어느 날이었다. 그녀가 거실에 들어섰을 때 아버지가 어머니의 방에서 황급히 나오고 있었다. 아버지는 얼굴이 잔뜩 일그러진 채 눈물을 흘리고 있었다. 그는 나타샤를 보더니 더 이상 참지 못하고 오열을 터뜨렸다.

"페차, 페차가……! 어서 가봐라! 어머니가 너를……!"

그는 미처 말을 다 맺지 못하고 거실 소파에 그대로 무너져 내리듯 주저앉았다. 순간 나타샤의 머리부터 발끝까지 갑자기 전류 같은 것이 찌르르 흘렀으며 그 무언가가 그녀의 가슴을 심하게 후려친 것 같았다. 그녀 안의 그 무엇인가가 폭발해, 그 자리에서 그대로 죽어버릴 것만 같았다. 그런데 그 무시무시한 공포에 이어, 이상한 해방감이 그녀를 덮쳤다. 아버지를 보는 순간, 이어서 어머니의 처절한 비명을 듣는 순간, 그녀는 자신만이 간직하고 있던 슬픔을 잊게 된 것이다.

나타샤는 아버지 곁으로 달려갔다. 하지만 아버지는 손으로 힘없이 어머니의 방문을 가리킬 뿐이었다. 얼굴이 새파랗게 질

제14부

321

린 마리아가 어머니 방에서 나오더니 울음 섞인 목소리로 뭐라고 중얼거리며 나타샤의 손을 잡았다. 하지만 나타샤에게는 그녀의 말이 한 마디도 귀에 들어오지 않았다. 나타샤는 황급히 어머니의 방으로 달려 들어갔다. 방으로 들어간 그녀는 일순 걸음을 멈추었다가 어머니에게로 와락 달려들었다.

백작 부인은 안락의자에 몸을 반쯤 묻은 채, 온몸을 비비 꼬며 머리를 벽에 찧고 있었다. 소냐와 하녀들이 그녀의 손을 붙잡고 있었다. 나타샤를 보자 그녀가 하녀와 소냐를 밀어내며 외쳤다.

"오, 나타샤! 그럴 리가 없어! 거짓말이야! 그렇지, 나타샤?"

나타샤는 어머니 앞에 무릎을 꿇고 "어머니, 어머니, 저예요"라고 속삭이며 어머니의 얼굴과 손에 계속 입을 맞추었다. 마치 나타샤는 어머니의 고통을 자신이 모두 떠맡겠다는 듯 계속 어머니를 달랬다.

하지만 백작 부인은 이 힘겨운 현실과의 싸움을 더 이상 이겨나갈 힘이 없었다. 그녀는 사랑하는 아들이 한창 꽃다운 나이에 죽었는데 자신이 계속 살아갈 수 있다고는 믿을 수 없었다. 그녀는 현실로부터 광란의 세계로 도피해버렸다.

나타샤는 그날 밤과 다음 날 하루가 어떻게 지나갔는지 기억할 수가 없었다. 그녀는 한숨도 자지 않고 어머니 곁을 떠나지 않았다.

사흘째 되는 날 백작 부인은 잠시 안정을 되찾았다. 나타샤는 안락의자에 앉아 눈을 감았다. 얼마 후 그녀는 침대 삐걱거리는 소리에 눈을 떴다. 백작 부인이 침대 위에 앉아 나직한 목소리로 말했다.

"폐차, 네가 돌아와서 정말 기쁘구나. 피곤하지? 차라도 마시지 않겠니?"

나타샤는 어머니 곁으로 갔다. 백작 부인은 딸의 손을 잡고 계속 말했다.

"어디 보자, 내 자식! 어이쿠, 정말 인물이 훤하구나! 어른이 다 되었구나!"

"어머니, 누굴 보고 하시는 말씀이세요?"

"오, 나타샤! 그 애는 죽었어! 다시는 돌아오지 않아!" 백작 부인은 딸을 껴안고 울음을 터뜨렸다.

마리아는 모스크바로의 출발을 연기했다. 나타샤는 꼬박 3주일 동안 어머니 곁에서 어머니를 간호했다. 소냐도, 그 누구도, 그녀의 역할을 대신할 수 없었다. 백작 부인을 다시 광란에 빠지지 않게 만들 힘은 그녀밖에 없었다. 나타샤의 상냥한 목소리 외에는 그 어떤 것도 백작 부인을 진정시키지 못했다.

하지만 어머니가 받은 영혼의 상처는 아물 수 없었다. 페차의 죽음은 그녀의 목숨을 반 이상 빼앗은 셈이었다. 페차가 죽었다는 소식을 들은 지 한 달 만에 아직 정정하던 50세의 백작 부인은 이미 반쯤 죽은 할머니가 되어버렸다. 그녀는 이제 일상의 삶에는 아무 관심이 없는 사람이 되어버렸다. 그런데 그녀를 쓰러뜨린 이 충격이 역으로 나타샤를 마비상태에서 벗어날 수 있게 해주었다.

그 충격을 받기 전 나타샤는 자기의 삶은 끝났다고 생각하고 있었다. 그러나 어머니를 향한 애정을 통해 자기 삶의 본질, 즉 사랑이 아직 자신 속에 살아 있음을 알게 되었다. 그리고 그녀의 영혼 속에서 깨어난 사랑이 그녀의 삶 전체로 되돌아왔다.

출발을 늦춘 마리아는 나타샤가 어머니를 돌보는 3주 동안, 마치 병을 앓는 어린아이를 간호하듯 나타샤를 돌보았다. 어머니를 밤낮으로 돌보는 동안 나타샤가 너무나 쇠약해진 것이다. 그리고 그러는 사이 둘은 이전보다 더 가까워졌다. 둘 사이에는 여자들 사이에서만 오갈 수 있는 고양된, 그리고 열정적인 우정이 맺어졌다. 둘은 틈만 나면 키스하고 부드러운 말을 주고받으며 거의 하루 종일 함께 지냈다.

하지만 둘은 안드레이에 대한 이야기는 전혀 하지 않았다. 그녀들의 마음속에 간직하고 있는 숭고한 감정을 말로 깨뜨리고 싶지 않아서였다. 그리고 그렇게 침묵하는 사이에 그녀들도 모르게 안드레이는 차츰 잊혀졌다.

1월 말쯤 마리아는 모스크바로 떠나게 되었다. 나타샤의 건강을 염려한 로스토프 백작은 나타샤에게 마리아와 함께 모스크바로 가서, 훌륭한 의사의 진찰을 받아보라고 강하게 권했다.

제2장

쿠투조프는 여전히 적군과의 충돌을 피했다. 그러나 싸움을 강하게 원하는 휘하의 군대를 언제까지 억제할 수 없었기에, 바지마에서 한 차례 전투를 치렀다. 하지만 그 뒤로 프랑스군과 러시아군은 단 한 번의 충돌도 없이, 크라노스예까지 도망과 추적을 계속했다. 프랑스군의 퇴각이 어찌나 빠른지 러시아군이 보조를 맞추기 힘들 정도였다.

러시아군은 프랑스군을 뒤쫓다가 기진맥진했다. 러시아군이 얼마나 기진맥진했는지 보여주기에 충분한 확실한 자료가 있다. 타루티노를 향해 떠날 때 러시아 병력은 10만이었다. 그런데 그들이 크라스노예에 도착했을 때는 그 병력이 절반으로 줄어 있었다. 그사이 사상자는 5,000명 미만이었고, 적에게 포로로 잡힌 병력은 100명 미만이었는데도 말이다. 프랑스군이 빠르게 도주하면서 낙오자가 속출하고 자멸을 초래했듯이 러시아군도 빠른 추격 때문에 낙오자가 속출했다. 다만 프랑스군 부상병들은 적의 손아귀에 들어갔지만 러시아군 낙오자들은 고향으로 돌아갔다는 점이 달랐을 뿐이다.

쿠투조프는 무슨 수를 써서라도 그 피해를 줄이려고 노력했다. 쿠투조프는 모든 러시아인이 느꼈던 것처럼 프랑스군이 이미 패배했다는 것, 전투가 아니라 오로지 상황에 의해 패배했다는 것을 잘 알고 있었다. 그들이 패배해서 도망가고 있으므로 그대로 몰아내면 그만이라는 것을 그는 잘 알고 있었다.

하지만 장군들, 특히 외국인 장군들은 개인적으로 뛰어난 공훈을 세우겠다는 야심에 불타고 있었다. 그들은 적군의 대공이나 장군들을 포로로 잡는 공을 세우기 위해 정규전을 치를 기회를 호시탐탐 노리고 있었다. 다 해진 구두를 신고 외투도 입지 못한 채 굶주림에 지친 병사들을 이끌고, 그저 희생자나 늘어날 뿐인 무의미한 전투 계획을 휘하 장군들이 제출했을 때, 쿠투조프는 다만 어깨를 움찔했을 뿐이었다. 모스크바를 출발해 빌나에 오기까지 쿠투조프의 계획은 오로지 하나밖에 없었다. 자기 병사들에게 전투가 초래할 위험과 불행을 가능한 한 줄이는 것, 그것이 그의 유일한 계획이었다.

하지만 그의 노력에도 불구하고 그의 주변에서 들끓고 있는 야망들을 모두 제어하는 것은 불가능했다. 그리고 러시아군과 프랑스군이 우연찮게라도 맞닥뜨리게 되면 그 야망은 여지없이 폭발했다.

바로 그런 일이 크라스노예 부근에서 일어났다. 러시아 쪽에서는 기껏해야 프랑스의 1개 중대 정도와 만나리라고 예상하고 있었다. 그런데 뜻밖에도 1만 6,000명의 병력을 거느린 나폴레옹과 직접 맞닥뜨리게 되었다. 쿠투조프는 이런 파멸적인 충돌을 막기 위해 노력했지만 그의 노력에는 한계가 있었다. 지친 러시아 병사들은 프랑스 패잔병을 사흘 동안 계속해서 학살했다.

크라스노예 근처의 전투에서 러시아군은 1만 명 이상의 프랑스 포로들과 몇백 문의 대포와 이른바 '원수(元帥)의 지팡이'라 불리는 지팡이를 노획했다. 그리고 이 전투에서 누가 수훈을 세웠는지 공훈을 따지는 데 열을 올렸다. 이어서 사람들은 온갖 혐의를 씌우며 쿠투조프를 비난했다. 그들은 쿠투조프가 처음부터 전쟁을 방해만 했다, 신변 안전만을 생각해 숨기에 급급했다, 크라스노예 전투에서도 군대의 출격을 저지하려 한 것은 나폴레옹에게 겁을 먹었기 때문이다, 그가 나폴레옹에게 매수되어 내통하고 있었다고 보아도 지나치지 않다는 등, 온갖 비난을 그에게 퍼부었다.

쿠투조프를 그런 식으로 비난한 것은 욕망과 열정에 사로잡혀 있던 당대 사람들뿐만이 아니다. 후세 역사가들은 나폴레옹을 영웅이라고 칭하면서 쿠투조프는 그 반대로 평가했다. 외국인들은 그를 교활하고 음탕하며 심술궂은 노인네로 묘사했으며 러시아인들은 그가 오로지 러시아 이름을 갖고 있다는 이유만으로 쓸모가 있는 일종의 꼭두각시 같은 이상한 존재로 취급했다.

1812년부터 1813년에 이르는 전쟁에서 사람들은 쿠투조프를 소리 높여 비난했다. 황제는 그를 탐탁지 않게 생각했으며 최근 최고위층의 칙명에 의해 쓰인 역사책에서도 그가 교활한 궁정대신이며, 크라스노예에서 프랑스군을 전멸시킬 수 있었건만 그 위대한 러시아의 명예를 가로막은 자라고 기술되어 있다.

이것이 신의 섭리를 깨닫고 자신의 개인 의지를 그 신의 섭리에 의탁한, 매우 드문 소수의 인간들의 운명이다. 사람들은 그들이 이 세상을 지배하는 최고의 법칙을 깨달았다는 바로 그 사실 때문에 그런 사람들에게 온갖 증오와 질시를 보내며 그들을 벌한다.

정말 이상하고 무서운 일이지만 러시아 역사가들에게 나폴레옹은—역사의 도구에 지나지 않았던 그가—언제나 칭찬과 감동의 대상이고 위대한 존재다. 그에 반해 1812년 보로디노에서 빌나에 이르기까지 시종일관 언행이 일치했으며, 미래와 현재를 정확히 통찰할 줄 알았던 쿠투조프는 역사가들의 눈에 흐리멍덩한 존재로 보인다.

그는 보로디노 전투는 승리로 끝났다고 말하고 보고한 유일한 사람이다. 모스크바를 잃었을 때 러시아를 잃은 것이 아니라고 말한 사람도 그밖에 없었다. 나폴레옹이 강화를 제안해왔을 때 "강화란 있을 수 없다. 러시아 국민이 원치 않기 때문이다"라고 말한 것도 쿠투조프다. 프랑스군이 퇴각할 때 "어떠한 군사작전도 필요 없다. 모든 것은 우리들이 바라는 것 이상으로 순조롭게 이루어질 것이다. 적에게 '황금다리'를 건너게 하라. 온 힘을 다해 그들을 국경 밖으로 몰아내라. 프랑스 병사 열 명에 대해 러시아 병사 단 한 명이라도 희생시키지 않겠다"고 말한 사람도 그 혼자뿐이었다.

전쟁에 임한 그의 원칙은 단 세 가지였다.

첫째, 프랑스군과의 전투에 대비해 전력을 집중할 것.

둘째, 적과 전투를 벌이면 승리할 것.

셋째, 가능한 한 국민과 군대의 손실을 최소화하면서 프랑스군을 러시아 밖으로 쫓아낼 것.

이 노인이 오로지 혼자, 다른 모든 영향력 있는 사람들의 의견에 맞서면서 그렇듯 정확하게 모든 것을 꿰뚫어볼 수 있었던 힘은 어디서 오는 것일까? 처음부터 끝까지 흔들리지 않고 큰 원칙을 지킬 수 있던 놀라운 힘은 어디서 오는 것일까? 그것은 바로 그의 애국심에서 온 것이다. 그의 내부에서 가장 순수하게, 가장 강력하게 울리고 있던 바로 그 애국심이, 그 큰 안목이, 개인적 편견이나 공명심 때문에 흐려질 수도 있을 눈을 언제나 올바로 뜨게 해준 것이다.

러시아 국민들은 그의 애국심을 이해했다. 바로 그 러시아 국민이 황제로 하여금 자신이 미워하던 이 노인을 총사령관으로 임명할 수 있게 해주었다. 군의 총사령관에 오른 그는 사람을 죽이거나 파멸에 이르는 데 힘을 쓰지 않았다. 오히려 사람들을 불쌍히 여기고 그들을 구제하기 위해 전력을 쏟았다.

이렇게 소박하고 겸손한 인물, 말하자면 진정한 의미에서의

'위대한 인물'은 역사가 만들어낸 유럽식 거짓 영웅의 범주에
는 들어갈 수 없다. 노예들에게는 그 누구도 영웅이 될 수 없다.
노예들은 영웅에 대한 자기들만의 잣대를 갖고 있기 때문이다.

11월 29일 쿠투조프는 빌나에 입성했다. 그리고 12월 11일
황제가 빌나에 도착했다. 쿠투조프는 황제로부터 게오르그 일
등 훈장을 받았다. 하지만 그 훈장은 일종의 상징이었다. 이후
총사령부는 황제 직속으로 개편되었고 사람들은 모두 쿠투조
프가 너무 늙었으며 지쳤다고 떠들고 다녔다. 그는 자신의 역
할을 다하고 그 자리에서 물러났으며 조용히 사라졌다.

제3장

포로에서 벗어난 피에르는 오룔로 갔다. 그는 그곳에 도착한 뒤 사흘 만에 영지가 있는 키예프로 가려 했다. 하지만 덜컥 열병에 걸렸다. 흔히 그렇듯이, 정작 육체적 피곤과 정신적 긴장에서 벗어나자 갑자기 그 무게에 짓눌린 것이다. 그는 석 달 동안 드러누워 있었다.

의사들은 그의 병을 담낭열이라고 진단했다. 의사들이 온갖 약을 먹이고, 사혈을 하면서 그의 건강회복을 방해했음에도 불구하고 그는 건강을 되찾았다.

자유로운 몸이 되었던 바로 그날, 그는 페차 로스토프의 시체를 보았다. 같은 날 그는 안드레이가 죽었다는 사실도 알게 되었다. 그 흉보를 피에르에게 전한 데니소프는 내친김에 엘렌의 죽음에 대해서도 슬쩍 말을 비쳤다. 피에르가 그 사실을 이미 알고 있으리라 생각한 것이다.

그 소식을 듣고 피에르는 마치 이상한 이야기를 들은 것처럼 놀랐다. 하지만 그뿐이었다. 그는 그 사건이 그에게 중요한 의미가 있다는 것을 이해하지 못하는 것 같았다. 당시 그에게는 어서 빨리 이 지옥에서 벗어나 어디 조용한 곳에서 지금까지 일어난 일을 하나하나 되새겨보고 싶다는 욕망밖에 없었다. 그리고 오룔에 오자마자 덜컥 병에 걸린 것이다.

피에르는 건강을 회복하면서 자신이 이제 자유로운 몸이 되었다는 기쁨을 한껏 만끽했다.

"아, 정말 좋아! 너무 훌륭해!" 맛있는 수프가 놓인 식탁이 침대 가로 운반되었을 때, 밤에 부드러운 침대에 누웠을 때, 이제는 아내가 곁에 없음을 실감했을 때 그는 자신도 모르게 그렇게 중얼거렸다.

가끔 그는 이전 습관이 남아 이렇게 자문하곤 했다.

'이제 뭘 하지?' 그런 뒤 그는 스스로 답했다. '아무것도……나는 살아갈 것이다……. 오. 얼마나 좋은가!'

삶의 목적 같은 것은 이제 그에게 존재하지 않았다. 전에는 삶의 목적이 없이 그냥 살아간다는 것에 대해 그는 그토록 괴로워했다. 하지만 이제는 목적이 없다는 것이 괴로움 대신 무한한 자유를 그에게 주었다. 믿음이 있는 지금 도대체 왜 목적이 필요하단 말인가? 어떠한 법칙이나 사상에 대한 믿음이 아니라 살아 있으며 언제나 현존하고 있는 하느님에 대한 그 믿음!

이전에 그는 자신이 스스로에게 부과한 사명 안에서 목적을 찾고 있었다. 하지만 포로 생활을 하면서 그는 하느님이 계시다는 것, 지금 어디에나 편재(遍在)해 계시다는 것을 논리에 의해서가 아니라 내밀한 계시에 의해 깨달았다. 그는 플라톤 카라타예프의 하느님이 프리메이슨이 인정하고 있는 '위대한 건축가'로서의 하느님보다 훨씬 위대하며 무한하다는 것을 깨달았다. 그는 바로 자기 발아래 놓인 보물을 눈을 들어 멀리서 찾던 것이 아니었을까?

이전에 그는 자기 주변의 것은 모두 천박하며 무의미하다고 생각했다. 그는 미지의 망원경을 통해 먼 곳만 바라보고 있었다. 이제 그는 무한을 이해했고, 어디서나 그것을 볼 수 있게 되었으며 영원히 변하면서 영원히 위대한, 바로 그 삶이라는 그림을 그 다양한 모습 그대로 희열에 차서 바라볼 수 있게 되었다. 이제 그에게는 '왜?'라는 질문, 이제까지 쌓아 올린 사고의 발판을 모두 허물어뜨리기 일쑤인 그 질문이 존재하지 않았다. 그의 마음속에 언제나 간단한 대답이 준비되어 있었다. 그것은 '신은 존재한다'라는 한 마디였다. 신의 의지 없이는 머리카락 한 올도 머리에서 떨어지지 않는다는 믿음, 바로 그것이었다.

겉모습으로 보아 피에르는 조금도 달라지지 않았다. 그는 여전히, 언제나 제 생각에 몰두해서 멍한 표정을 짓고 있는 사람이었다. 하지만 완전히 달라진 것이 있었다. 이전의 그는 사람들을 피했지만 지금 그는 사람들과 함께 있는 것을 즐거워했다.

그리고 무엇보다 달라진 것은 그전에 그가 그토록 무심하던, 그리고 무능해 보이던 금전적인 문제들에서 중심이 생긴 것이었다. 그가 돈에 무관심한 것은 예나 지금이나 마찬가지였다. 하지만 전에는 자기에게 도움을 요청하는 사람이, 정말로 절실하게 그 돈을 필요로 하는 사람인지, 누가 더 절실한 사람인지 판단할 수 없었다. 게다가 내가 더 돈이 필요한가, 저 사람이 더 필요한가라는 자문(自問) 앞에서는 속수무책이었다. 그래서 그는 도움을 요구하는 사람에게 거의 무조건 도움을 주었다. 또 자기 자신의 재산에 대해 문제가 생길 때마다, 사람에 따라 다른 이야기를 하면 혼란에 빠져들기 일쑤였다.

하지만 지금은 달랐다. 그는 스스로가 놀랍게도 어느 것이 올바른 결정인지 저절로 판단할 수 있게 되었다. 그는 일언지 하에 남의 부탁을 거절할 수 있게 되었으며, 특별히 부탁을 하지 않아도 알아서 남을 도울 수 있게 되었다. 아내가 남긴 빚을 어떻게 처리할 것인가 하는 문제, 모스크바와 시골의 집과 별장을 복구하는 문제에서도 마찬가지였다. 이전이라면 도저히 어쩔 줄 몰라 했을 그 문제를 그는 아주 능동적으로 처리했다.

피에르가 아직 오룔에 있을 때 집사가 그에게 왔다. 집사의 계산에 의하면 모스크바 화재로 인해 피에르가 입은 손해는 200만 루블 정도였다. 집사는 손실을 벌충하기 위해 다음과 같은 제안을 했다. 우선, 부인이 남긴 부채는 피에르의 책임이 아니니 지불을 거절한다. 다음으로 유지비만 매년 8만 루블 이상 들어갈 뿐인 저택과 별장은 수리하지 않은 채 그대로 내버려 둔다. 그렇게 하면 수입은 줄지 않고 오히려 늘 수 있다는 것이 집사의 제안이었다.

피에르는 처음에는 그 제안을 받아들이려 했다. 그러나 그는 곧, 페테르부르크로 가서 아내의 빚도 청산하고 모스크바의 집도 수리하기로 마음을 바꾸었다. 왜 그래야 하는지는 스스로도 설명하기 힘들었다. 그는 다만 그것이 옳다고, 그래야만 한다고 느꼈고 즉시 실행에 옮겼다. 그 결과 그의 수입이 4분의 3 정도 줄었지만, 그는 조금도 망설임이 없었다.

제4장

피에르는 1월 하순에 모스크바로 돌아와 손상되지 않은 별
채에 묵었다. 그는 러시아 총독 로스토프친 백작 등 몇 사람의
지기를 방문한 후 페테르부르크로 갈 예정이었다.

사람들은 그를 환영하며 그에게 이것저것 캐물었다. 피에르
도 그들이 반가웠다. 하지만 그는 신중했다. 사람들이 그에게
미래의 계획에 대해 물어도 그는 모호하게 얼버무렸다. 사람들
이 그에게 로스토프 가족이 코스트로마에 있다는 소식을 전해
주었지만, 나타샤 생각은 거의 떠오르지 않았다. 나타샤에 대한
기억은 이미 아련한 과거의 기분 좋은 추억일 뿐이었다. 그는
자기 자신이 삶의 온갖 제약으로부터 뿐 아니라, 자기가 억지
로 제 안에서 불러일으켰던 감정—그는 분명 그렇게 생각하고

있었다—으로부터도 자유로워졌다고 생각하고 있었다.

피에르는 모스크바에 온 지 사흘째 되는 날 마리아 볼콘스키가 모스크바에 있다는 소식을 들었다. 그는 그 소식을 들은 날 저녁에 바로 그녀를 방문했다. 그녀의 집으로 가는 도중에 그는 계속 안드레이 공작을 생각하고 있었다. 그의 고통, 그의 죽음, 둘 사이의 우정, 특히 보로디노 전투 전날의 그와의 마지막 만남에 대해 그는 생각했다.

'과연 그때 그 모습 그대로 분노한 채 죽었을까? 혹시 죽는 순간에 삶의 비밀이 그에게 밝혀지지 않았을까?'라고 그는 자문했다. 문득 그는 플라톤 카라타예프의 죽음을 생각하고 그토록 다른 두 사람을 자기도 모르게 비교해보았다. 둘은 그토록 달랐지만 둘 다 결국 이 세상을 살다가 죽었다는 점에서는 똑같았다. 그리고 자기 자신이 둘 다 깊이 사랑했다는 점도 똑같았다.

마리아는 보즈트비센카 거리의 타다 남은 저택에 살고 있었다. 피에르가 저택에 도착하니 하인이 그를 2층 거실로 안내했다.

마리아는 촛불 하나만을 밝혀놓은 작은 방에 검은 옷을 입고 있었다. 그녀 곁에는 역시 검은 상복을 입은 여자가 한 명 있었다. 피에르는 늘 마리아 곁에 있던 친구려니 생각하고 별로 주목하지 않았다.

피에르를 보자 마리아가 손을 내밀었고 피에르가 그 손에 입을 맞추자 그녀가 말했다.

"정말 이렇게 다시 뵈올 날이 오리라고는 생각 못 했어요. 오라버니께서 돌아가시기 전에 자주 당신 말씀을 하셨어요."

"믿지 않으시겠지만 저는 그분 소식을 전혀 모르고 있었습니다. 전사하신 줄로만 알고 있었지요. 누군가 그런 소식을 전해줘서……. 그런데 그분이 로스토프 가족을 만나 함께 있었다니…… 정말 세상 인연이란……."

피에르는 그 말을 하면서 흘낏 눈길을 마리아 곁에 있는 여자에게 주었다. 그녀가 부드러운 시선으로 자기를 바라보고 있음을 느낀 것이다.

그러자 마리아가 눈길을 피에르에게서 검은 옷을 입은 여인에게로 옮기면서 피에르에게 말했다.

"정말 못 알아보시겠어요?"

피에르는 조금 더 주의 깊게 상복을 입은 여인의 창백하고 야윈 얼굴을 바라보았다. 그리고 그녀의 커다란 검은 눈을 보는 순간 갑자기 그가 오랫동안 잊고 있던, 그토록 감미로운 시선이 그를 향하고 있음을 알아차렸다.

'아니, 그럴 리 없어!' 그는 생각했다. '이처럼 창백하고 야윈, 나이 든 얼굴이! 이토록 엄숙한 얼굴이 그녀일 리 없어! 내가 환각을 보고 있는 거야.'

"나타샤예요." 마리아가 피에르에게 말했다. 나타샤가 마치 오랫동안 열리지 않아 녹슨 문을 열 듯 가까스로 미소를 지었다. 그러자 그 열린 문으로부터 피에르가 이제껏 잊고 있던 행복, 당시로서는 전혀 생각조차 할 수 없었던 행복이 피에르를 감쌌고, 그를 완전히 사로잡아버렸다. 이 웃음 앞에서 의심할 것은 티끌만큼도 없었다. 그녀는 나타샤였고, 피에르는 그 어느 때보다 그녀를 사랑하고 있었다.

그 순간 피에르는 자신도 모르게 지금까지 자신도 의식하지 못했던, 아니, 차라리 알고 있지 못했던 비밀을 나타샤에게, 마리아에게, 그 무엇보다 자기 자신에게 드러내고 말았다. 그는 기쁨으로 얼굴이 붉어졌다. 하지만 그 안에는 고통도 함께하고 있었다.

그는 마음속 동요를 감추려고 애썼다. 하지만 그가 감추려 하면 할수록 그만큼 더 또렷하게, 그 어떤 말보다 더 명료하게 자기가 그녀를 사랑하고 있음을 자기 자신에게, 그녀에게, 마리아에게 드러냈다.

'아니야, 너무 뜻밖이어서 그럴 뿐이야'라고 피에르는 생각했다. 그러나 나타샤를 다시 한번 흘끗 본 순간 그의 얼굴은 더 붉어졌으며 기쁨과 고통이 뒤섞인 동요가 더욱 강하게 그의 영혼을 사로잡았다.

피에르가 나타샤를 알아보지 못했던 것은 그가 그녀를 그곳에서 만나리라고는 전혀 예기치 못한 때문이기도 했고 그녀가 마지막으로 보았을 때와는 너무나 변한 때문이기도 했다. 그녀는 분명 야위었고 혈색도 안 좋았다. 하지만 그가 그녀를 알아보지 못한 것은 그 때문만은 아니었다. 언제나 삶의 기쁨에 가득 찬 미소를 머금고 있던 그녀의 얼굴에서 미소의 그림자조차 발견할 수 없던 때문이었다. 그녀의 눈은 연민과 선량함과 서글픔만을 드러내고 있었다.

피에르의 당황한 모습에 나타샤는 똑같이 당황하는 모습을 보여주지 않았다. 단지 조용한 만족감으로 얼굴이 옅게 빛났을 뿐이었다.

잠시 침묵이 흐른 뒤, 피에르의 흥분은 어느 정도 가라앉았다. 그때 마리아가 조심스럽게 오빠 안드레이 공작 이야기를 꺼냈다.

"아, 신앙이 없이는 살아갈 수 없을 것 같아요. 오라버니가 저승에서 기다리고 있을 생각을 하면……."

"그래요. 어쨌든 그분은 마음이 편해지셨을 거예요. 언제나 완전한 존재가 되기를 꿈꾸어왔던 분이고, 죽는 순간에 그것을 이루었을 거예요. 게다가 그 사람이 당신 곁에서 죽었으니 얼마나 행복했겠습니까?" 피에르는 갑자기 나타샤에게로 얼굴을 돌리고 눈물을 글썽이며 말했다.

순간 나타샤가 얼굴을 파르르 떨면서 눈길을 낮추었다. 그녀는 안드레이에 대한 이야기를 해야 할지 말아야 할지 망설이고 있었다.

"그래요, 정말 행복했어요." 이윽고 그녀가 입을 열고 가슴에서 나오는 듯한 목소리로 나지막이 말했다. "최소한 제게는……. 그리고 제가 그분께 갔을 때…… 그분이 제게…… 저를 보고 싶었다고 말씀하셨어요……."

이어서 그녀는 피에르와 마리아에게 입을 열 틈을 주지 않고, 이제까지 아무에게도 들려주지 않았던 이야기, 3주일 동안 그와 여행하면서 있었던 일, 야로슬라블에 머물면서 있었던 일, 그녀가 마음속에서 겪었던 모든 일에 대해 이야기했다. 그것은 안드레이와 나타샤의 내밀한 사랑에 대한 고백이었다.

나타샤는 마치 억제할 수 없는 그 어떤 충동에 이끌리는 것처럼 그 모든 것을 이야기했다. 마치 그 이야기를 꼭 해야만 하는 것 같았다. 나타샤는 아주 자질구레한 일들을 그녀 영혼 속 가장 은밀한 비밀들과 뒤섞으면서 이야기를 계속했고 그 이야기는 언제까지나 계속될 것 같았다. 그녀는 몇 번이고 똑같은 이야기를 되풀이했다.

그때 니콜렌카가 방으로 들어오지 않았다면 이야기가 언제 끝날지 알 수 없었을 것이다. 니콜렌카가 방으로 들어오자 나타샤가 갑자기 정신을 차린 듯 의자에서 벌떡 일어났다.

"이게 전부예요. 이제 제 이야기는 끝났어요."

그리고 그녀는 허둥지둥 방에서 나갔다.

피에르는 마리아에게 작별인사를 하려 했다. 그러자 그녀가 그를 붙들며 말했다.

"아니에요. 좀 더 계셔주세요. 우리는 가끔 새벽 2시가 넘도록 잠을 자지 않아요. 야식을 준비시킬 테니 아래층에서 잠시 기다려주세요."

피에르가 그러겠다고 하며 방에서 나가려 하자 마리아가 덧붙였다.

"아시겠어요? 나타샤가 그렇게 마음을 활짝 열고 이야기한 건 이번이 처음이에요."

제5장

잠시 후 피에르는 식당으로 안내되었다. 잠시 후 발소리가 들리더니 마리아와 나타샤가 식당으로 들어왔다. 나타샤는 다시 차분해졌지만 미소는 사라진 무거운 얼굴이었다. 마리아도 뭔가 거북한 표정이었다. 알 수 없는 격정에 휩싸여 속마음을 털어놓은 뒤 으레 찾아오기 마련인 거북함이었다.

식탁에 앉아서도 어색함은 이어졌다. 마리아가 분위기를 바꾸려는 듯 피에르에게 말했다.

"백작님, 이번에는 당신 이야기를 해주시겠어요? 백작님이 믿을 수 없는 일을 겪었다고들 하거든요."

"아하, 저도 재미있는 이야기를 많이 들었습니다. 다들 저를 초대해서는 제가 겪은 일, 아니 겪었다고 생각하고 있는 일들을 제게 이야기해주더군요. 제가 인기가 아주 대단한 모양입니다. 저를 초대해서는 제 앞에서 제 이야기를 해주니까요."

"그런데 모스크바 화재로 200만 루블의 피해를 보셨다고들 하던데요."

"그럴지도 모르지요. 하지만 저는 전보다 세 배는 부자가 된 셈입니다."

작고한 부인의 빚을 갚고 집을 새로 짓겠다는 결정을 했기에 분명 재산과 수입이 감소했음에도 불구하고 피에르는 전보다 세 배나 부자가 되었다는 말을 늘 하고 다녔다. 그가 계속 말했다.

"제가 분명히 되찾은 게 있거든요. 바로 자유 말입니다."

하지만 그는 그 화제가 너무 이기적이라는 생각에 그 화제를 더 이상 잇지 않았다.

야식이 거의 끝나갈 무렵 그동안 피에르가 겪은 일로 화제가 옮겨 갔다. 피에르는 자신의 이야기에 취해 차츰 흥분되어갔다. 피에르는 자신이 정말 나폴레옹을 암살하려 했다는 이야기, 화재 장면을 목격한 이야기, 체포되어 처형장으로 끌려갔던 이야기들을 해주었다. 그리고 플라톤 카라타예프 이야기를 할 때 그는 흥분해서 자리에서 일어나 식당을 거닐고 있었고, 나타샤는 눈길로 그를 따르고 있었다.

"그래요, 제가 그 일자무식의 사람에게서, 어리석어 보이는 그 사람에게서 어떤 것을 배웠는지 좀처럼 이해할 수 없을 것입니다."

그는 마치 그가 겪은 모험들을 지금에야 처음으로 회상해보는 것처럼 이야기했다. 말하자면 그는 지금 그가 겪은 일들의 새로운 의미를 알아낸 셈이었다. 그는 나타샤에게 그 이야기를 하면서 즐거웠다. 그녀는 그의 이야기를 통해 무언가 배우려고 귀를 기울이고 있는 것이 아니었다. 그녀는 자신도 모르는 사이에 그의 모든 이야기를 온몸으로, 영혼으로 흡수하고 있었다. 그녀는 그의 말 단 한 마디도, 그의 목소리도, 그의 억양이나 눈빛도, 안면 근육의 움직임도, 몸짓도, 그 어느 하나 놓치지 않았다. 그녀는 채 끝나지도 않은 말을 공중에서 붙잡아 그녀의 열린 마음에 담았다. 그리고 피에르의 마음속에서 일어나고 있는 비밀스런 의미를 받아들였다.

마리아도 피에르의 이야기를 이해했고, 그의 이야기에 공감했다. 하지만 그 외에 그녀는 온통 다른 것에 주의가 팔려 있었다. 그녀는 나타샤와 피에르에게서 둘 사이의 사랑의 가능성, 행복의 가능성을 보았다. 그리고 그런 생각이 들자마자 그녀의 마음을 기쁨으로 가득 찼다.

피에르가 이야기를 마쳤을 때는 이미 새벽 3시였다. 나타샤는 마치 피에르가 빼놓은 이야기를 더 캐내려는 듯 눈을 반짝이며 그를 바라보고 있었다. 피에르는 부끄럽고 당황스러우면서도 행복한 눈길로 그녀를 가끔 바라보았다. 그는 화제를 바꾸기 위해서는 무슨 이야기를 해야 할 것인지 열심히 생각하고 있었다.

이윽고 그가 다시 입을 열었다.

"고통이나 불행에 대해서 많이들 이야기하지요. 이상하게 들릴지 모르겠지만, 만일 누군가가 저를 보고 다시 한번 포로 생활을 겪고 싶으냐고 묻는다면 저는 기꺼이 그러고 싶다, 말고기를 먹고 싶다, 라고 말할 것입니다. 누구든 익숙한 길 밖으로 내동댕이쳐지면 모든 걸 잃었다고 생각합니다. 바로 그때 진정으로 '참'과 '선'이 비로소 나타나는 것인데 말입니다. 우리가 살아 있는 한 행복은 존재합니다. 우리는 더 많은 희망을 가질 수 있습니다. 특히, 나타샤, 당신께 이 말을 드리고 싶습니다."

"맞아요." 그녀는 피에르에게 대답했다기보다는 방금 자기에게 스쳐 지나간 생각에 대해 답을 하고 있었다. "저도, 다시 제 삶을 시작할 수 있다면 더 이상 바랄 게 없겠어요."

피에르는 그녀를 주의 깊게 바라보았다.

"정말, 더 이상 바랄 게 없어요." 그녀가 큰 목소리로 외치듯 말했다.

"아니에요. 그러면 안 돼요!" 갑자기 피에르가 외쳤다. "제가 이렇게, 이런 식으로 살아 있는 게, 살아 있기를 바란다는 게 제 잘못일까요? 왜 꼭 다른 삶이어야 하지요? 당신도 마찬가지 아닐까요?"

나타샤는 갑자기 얼굴을 파묻고 울기 시작했다.

마리아가 놀라서 "왜 그래요?"라고 묻자 그녀는 눈물 어린 눈을 들어 피에르에게 미소를 보냈다.

피에르는 이제 집에 갈 때가 되었다며 자리에서 일어났다.

집으로 돌아온 피에르는 오랫동안 잠을 이룰 수 없었다. 그는 안드레이 공작과 나타샤의 사랑에 대해 생각했으며, 그들을 질투하기도 했고, 그런 자신을 꾸짖기도 했다. 그는 새벽 6시가 되도록 방 안을 서성이고 있었다.

그날 저녁 피에르는 다시 마리아의 집으로 갔다. 마리아가 그를 만찬에 초대한 것이다. 마리아의 집에 들어서면서 피에르는 자기가 어제 이곳에서 나타샤를 만나 이야기를 나누었다는 사실 자체를 의심하기 시작했다.

'어쩌면 나 혼자 공상에 빠졌던 것인지도 몰라. 틀림없이 이 집에 그녀는 없을 거야'라고 그는 생각했다. 하지만 그가 집안에 발을 들여놓자마자 그는 그녀가 그곳에 있음을 온몸으로 느낄 수 있었다. 홀연 자신에게서 자유가 사라진 것 같은 느낌에 사로잡혔던 것이다.

그녀는 어제와 똑같이 검은 옷을 입고 똑같은 머리 모양을 하고 있었다. 하지만 그 표정은 완전히 바뀌어 있었다. 만일 어제 그녀가 그런 표정이었다면 그가 그를 알아보지 못하는 일은 없었을 것이다. 그녀는 바로 그가 소년 시절부터 알고 있던, 안드레이 공작과 약혼 시절에 보았던 바로 그 모습이었다. 그 눈빛은 즐거움으로 반짝였고 장난기까지 드러나 있었다.

그날 그는 그곳에 오래 있을 수 없었다. 마리아가 저녁 기도에 가야 했기 때문이다.

다음 날도 그는 마리아의 집으로 갔다. 그날은 목요일이었다. 마리아가 피에르에게 물었다.

"내일 페테르부르크로 떠나실 건가요?"

피에르는 금요일에 페테르부르크로 떠날 예정이었다.

"아니, 안 떠납니다." 피에르가 마치 모욕이라도 당한 듯 황급히 말했다. 그러더니 스스로도 깜짝 놀란 듯 다시 말을 바꾸었다. "글쎄요…… 아마도……. 하지만 내일 작별인사를 하러 다시 들르겠습니다."

그는 돌아가기 위해 자리에서 일어나, 나타샤에게 작별인사를 했다. 피에르가 그녀의 손에 키스를 하자 그녀는 밖으로 나가버렸다. 하지만 마리아는 피에르에게 뭔가 할 이야기가 있는 듯 그대로 소파에 앉아 있었다. 나타샤가 있을 때는 그토록 당황스럽고 어색한 표정이었지만 마리아와 단둘이 있게 되자 그의 얼굴은 홀연 활기를 띠었다. 먼저 입을 연 것은 피에르였다.

"당신께 털어놓고 싶은 말이 있습니다. 제발 저를 도와주십시오. 전 어떻게 해야 하나요? 제게 희망이 있을까요? 저는 그럴 자격이 없다는 것을 잘 알고 있습니다. 그리고 지금은 그런 이야기를 해야 할 때가 아닌 것도 잘 알고 있습니다. 하지만, 하지만…… 제가 저 사람의 오빠가 되면 안 될까요? 아니…… 제가 바라는 건 그게 아닙니다…… 저는……."

그는 마음을 가다듬으려는 듯 잠시 말을 멈추었다. 이윽고 그가 다시 입을 열었다.

"저는, 저는…… 제가 언제부터 그녀를 사랑했는지 알 수 없습니다. 하지만 저는 오직 한 사람만을, 지금까지 오직 그녀 한 사람만을 사랑해 온 것은 틀림이 없습니다. 그녀 없는 삶은 상상할 수도 없을 만큼 그녀를 사랑하고 있습니다. 지금 그녀에게 청혼하기는 어렵다는 것도 압니다. 하지만 그녀가 저를 받아들일 수도 있다는 생각을 하면……. 저는 두렵습니다. 기회를 잃을 수도 있다는 생각을 하면……. 제발 말씀해주세요. 제게 희망이 있을까요? 어떻게 해야 하나요?"

마리아는 잠시 주저하다가 말했다.

"그래요, 나타샤에게 지금 그 이야기를 할 수는 없어요."

"그럼 어떻게 해야 하나요?"

"제게 맡겨주시겠어요? 저는 알고 있으니까요……."

"뭘 말씀이십니까?"

"그녀가 당신을 사랑하고 있다는 것을……."

"아, 정말 그렇게 생각하시나요? 아니에요! 그럴 리가 없어요! 오오, 이렇게 행복할 수가!"

"자, 내 말대로 하세요. 당신은 계획대로 내일 페테르부르크로 가세요. 그게 훨씬 나아요. 제가 편지로 다 알려드릴게요."

다음 날 피에르는 작별인사를 하러 다시 마리아의 집으로 왔다. 작별인사를 하면서 나타샤가 피에르에게 손을 잡힌 채 말했다.

"백작님, 잘 다녀오세요. 백작님을 기다리고 있겠어요."

이 간단한 한 마디 말과 그녀의 표정 덕분에 피에르는 페테르부르크에 머무는 두 달 동안 끊임없이 회상과 상상에 빠져들 수 있었으며, 한없이 행복에 젖을 수 있었다.

그는 나타샤와의 앞날을 생각하면서 아무 계획도 하지 않았다. 앞으로 그에게 다가올 행복이 도저히 있을 수 없는 것처럼 과분한 것이었기에, 그 뒤의 일을 계획한다는 것 자체가 당치 않은 일이었다. 인생의 모든 의미가, 자기뿐 아니라 전 세계 모든 사람들의 삶의 의미가 오로지 자신의 사랑, 자신에 대한 그녀의 사랑에 집약되어 있는 것만 같았다. 모든 사람들이 자신의 행복을 나누고 있는 것 같았다.

피에르가 페테르부르크를 향해 떠난 뒤, 마리아는 나타샤의 변화를 보고 놀랐다. 그녀의 모든 것, 얼굴, 걸음걸이, 눈빛, 목소리, 이 모든 것이 일순간에 완전히 변해버렸다. 그녀는 단 한 마디도 자신의 처지에 대해 불평하지 않았고, 과거에 대해 단 한 마디도 하지 않았다. 그녀는 피에르의 이름을 단 한 번도 입 밖에 내지 않았으나 마리아가 어쩌다 그의 이야기를 하면 얼굴이 붉어지며 입가에는 야릇한 미소를 지었다.

처음에 마리아는 그 변화를 보고 일종의 슬픔을 느꼈다.

'오라버니를 이렇게 빨리 잊을 수 있다니! 그렇다면 그토록 그 사랑이 깊지 않았단 말인가?'라고 그녀는 생각했다. 하지만 그녀는 나타샤를 조금도 비난하거나 원망하지 않았다. 그리고 그것이 나타샤 내부에서 다시 불이 붙은 일종의 생명력, 삶의 원기 같은 것임을 깨달았다.

마리아와 피에르가 이야기를 나눈 바로 그날 저녁, 마리아가 거실로 들어갔을 때 나타샤는 문 앞에서 그녀를 맞았었다.

"그분이 뭐라고 하셨어요? 말씀하셨지요?" 그녀의 얼굴에는 감동과 기쁨의 표정과 함께, 그 기쁨을 용서해달라는 표정이 동시에 떠올라 있었다. "저는 문 앞에서 엿듣고 싶었어요. 하지만 당신이 제게 다 말해주실 것 같아서……."

나타샤의 눈길이 하도 진지하고 감동적이어서 그녀의 말에 마리아는 상처를 입지 않았다. 그 순간 그녀는 오빠 안드레이를 생각하고 있었는데도 말이다.

'어쩌란 말인가? 달리 어쩔 도리가 없지 않은가?'라고 그녀는 생각하며 피에르가 다음 날 페테르부르크로 떠날 것이라고 말해주었다.

"페테르부르크로요!" 그녀는 놀란 듯 비명을 지르더니, 마리아의 곤혹스러워하는 표정을 보고 울음을 터뜨리며 말했다.

"아, 언니! 전 어떻게 하면 좋아요? 제발 가르쳐주세요. 제가 나쁜 짓을 하는 것 같아 무서워요. 언니 말대로 따를 테니, 제발 가르쳐주세요."

"그를 사랑해요?"

"네." 나타샤는 낮게 속삭였다.

"그렇다면 왜 우는 거예요? 나는 너무 기쁜데……." 마리아는 눈물이 흐르는 것을 억제할 수 없었다. 그녀는 바로 이 눈물 때문에 나타샤의 기쁨을 용서할 수 있었다.

"언니, 금세 이루어질 일은 아니겠지요. 아, 내가 그분의 부인이 되고, 언니가 니콜라이 오빠와 결혼한다면 얼마나 행복하겠어요."

"나타샤, 제발 그 이야기는 하지 말아요. 우리, 당신 이야기나 해요."

"그런데 그분은 왜 페테르부르크로 가시는 거지요?" 나타샤가 불쑥 물었다. 그리고 곧바로 자신의 질문에 스스로 대답했다. "그래요, 그래야 해요. 그게 더 잘된 일이에요! 그렇지요, 언니?"

제14부

에필로그

제1장

1813년 나타샤는 피에르 베주호프 백작의 부인이 되었다. 둘의 결혼은 유서 깊은 로스토프 집안의 마지막 경사였다. 같은 해, 그 결혼이 있은 지 얼마 되지 않아 일리야 안드레이치 로스토프 백작이 사망하고 이 집안은 완전히 몰락했다.

니콜라이가 아버지 사망 소식을 들었을 때 니콜라이는 러시아군과 함께 파리에 있었다. 그는 곧바로 휴가원을 내고 모스크바로 돌아왔다.

백작이 죽은 지 한 달 뒤에 집안의 재정상태가 훤히 실체를 드러냈다. 자질구레하게만 여겨왔던 부채 액수가 막대한 것에 모두들 깜짝 놀랐다. 부채는 재산의 갑절 이상이었다.

니콜라이에게 부채를 상속할 의무는 없었다. 친척을 비롯해서 친구들은 그에게 유산 상속을 거부하라고 권했다. 하지만 상속을 거부하는 것은 아버지의 이름을 더럽히는 것이라고 생각하고 니콜라이는 부채를 갚겠다며 유산을 상속받았다.

아버지가 돌아가시자 채권자들이 앞다투어 몰려들었다. 니콜라이에게는 여유도 없고 휴식도 없는 생활이 시작되었다. 니콜라이는 돈 융통에 애를 먹었다. 모든 재산을 반값으로 경매에 넘겼으나 아직 부채의 절반은 그대로 남아 있었다. 니콜라이는 이제 매제가 된 피에르로부터 3만 루블을 빌려서 현금 부채를 갚았다. 하지만 나머지 채권자들이 니콜라이를 감옥에 넣겠다고 위협하는 바람에 그는 일자리를 찾았다.

다시 군대로 돌아간다면 그에게는 연대장 자리가 보장되어 있었다. 하지만 그것은 불가능했다. 어머니가 마치 생의 마지막 보람인 듯 그에게 매달려 있었던 때문이다. 그는 문관 직을 싫어했지만, 도리 없이 모스크바에서 문관 직을 얻었다. 그는 그토록 좋아하던 군복을 벗어던지고, 어머니와 소냐와 함께 모스크바 근교의 작은 셋집으로 거처를 옮겼다.

당시 피에르와 나타샤는 니콜라이의 재정 형편을 상세히는 모르는 채 페테르부르크에 살고 있었다. 니콜라이는 어쩔 수 없어 매제인 피에르에게 돈을 빌리긴 했지만 집안 재정 상태 및 자신의 불행한 처지는 철저히 숨기고 있었다. 니콜라이가 정말 힘들었던 것은 1,200루블의 봉급으로 어머니와 소냐를 부양해야 했을 뿐 아니라, 자기네들이 가난하다는 사실을 어머니가 눈치채지 못하도록 애써야 했기 때문이다. 평생 호사스런 생활을 해온 백작 부인이 몸에 밴 그 생활습관을 버리고 살아간다는 것은 상상하기도 힘들었다. 그런 백작 부인의 비위를 맞추며 집안의 궁상을 숨기며 지내는 데 소냐가 한몫 당당히 했음은 물론이다.

그런 소냐를 니콜라이는 존경했다. 하지만 이상한 것이 그녀를 향한 존경심이 커지면 커질수록 그만큼 그녀를 향한 사랑은 줄어들었다. 그는 소냐가 자신에게 자유를 주겠다고 써 보낸 편지를 떠올리며 두 사람 사이에 이전에 있었던 일은 완전히 지워버린 채, 다시는 그런 일은 없으리라는 태도로 소냐를 대했다.

니콜라이가 아무리 애를 써도 상황은 조금도 좋아지지 않았다. 봉급을 아껴서 저축하겠다는 생각은 애당초 꿈에 불과했고, 오히려 빚만 늘어났다. 그의 친척 부인들은 부유한 상속녀와 결혼하라고 그를 부추겼다. 그녀들은 은근히 마리아를 염두에 두고 있었다. 하지만 그는 돈 때문에 결혼한다는 것이 죽기보다 싫었다. 그는 아무것도 바라지 않고, 아무것도 기대하지 않은 채 자신의 처지를 견디면서 그 자학적 즐거움에 빠져서 지냈다.

초겨울 무렵, 마리아가 모스크바로 거처를 옮겼다. 그녀는 로스토프 일가의 몰락 소식과 니콜라이가 어머니를 위해 희생하고 있다는 소식을 소문을 통해 들어서 알고 있었다. 그녀는 그 사람이라면 틀림없이 그러리라고 생각하며 그를 향한 자신의 마음이 변함없음을 확인했다. 그녀는 로스토프 일가의 방문을 자신의 의무라고 생각했다. 하지만 보로네슈에서의 니콜라이와의 만남을 생각하고는 냉큼 그를 찾아가는 것이 그녀는 두려웠다. 그녀는 몇 주일을 망설인 끝에 겨우 용기를 내어 니콜라이의 집을 찾아갔다.

그녀는 백작 부인을 제일 먼저 찾아보려 했다. 하지만 그를 먼저 맞은 것은 니콜라이였다. 백작 부인의 방으로 가려면 그의 방을 지나야만 했던 것이다. 니콜라이의 표정을 보고 마리아는 놀랐다. 그녀를 만나서 기쁘다는 표정을 짓지도 않았을뿐더러, 애정을 보여주기는커녕 거의 오만하다고 할 정도로 냉담했던 것이다. 그녀가 백작 부인을 만나고 나서 그가 그녀를 배웅할 때도 마찬가지였다. 그녀가 백작 부인의 건강을 염려하는 말을 건네도 그는 한마디도 하지 않았다. 마치, '그래서 어쨌다는 겁니까? 제발 내버려두세요'라고 말하는 듯한 눈빛을 보였을 뿐이었다.

그녀가 돌아간 뒤 백작 부인이 니콜라이에게 마리아 칭찬을 하며 그녀를 찾아가 만나보라고 하자 니콜라이는 "어머니, 전 조금도 만나고 싶지 않아요"라고 퉁명스럽게 말했을 뿐이었다.

마리아는 마리아대로 이제 다시는 그 집에 찾아가지 않겠다고 결심하고 있었다. 하지만 마음속은 늘 불안했다. 자기 자신도, 니콜라이도 그 무언가 중요한 것을 감추고 있는 것 같다는 생각이 드는 것을 어쩔 수 없었다. 그것이 무엇인가를 밝혀낼 수 있을 때까지 그녀의 마음은 진정이 되지 않았다.

그러던 겨울 어느 날이었다. 마리아가 조카의 공부를 봐주고 있을 때 니콜라이가 불쑥 마리아의 집을 방문했다. 마리아는 마음의 동요를 보여주지 않으려고 부리엔 양을 불러서 함께 객실로 나갔다.

마리아는 니콜라이를 보는 순간, 자신이 그의 집을 방문한 데 대한 사교상 답례 방문임을 금세 알아차렸다. 이윽고 니콜라이가 자리에서 일어났다. 하지만 마리아는 그가 일어선 것도 알아채지 못한 듯 그대로 앉아 있었다. 그는 부리엔 양에게 인사를 건넨 뒤 흘낏 마리아의 얼굴을 쳐다보았다. 고뇌의 흔적이 역력했다. 니콜라이는 갑자기 그녀가 측은하다는 생각이 들었다. 그리고 그 슬픔과 고뇌의 원인이 바로 자기 자신일지 모른다는 생각이 들었다. 그는 갑자기 그녀를 위로해주고 싶어졌다. 하지만 무슨 말을 해야 할지 알 수 없었다. 그는 더듬더듬 말했다.

"실례하겠습니다. 볼콘스키 양."

그제야 마리아는 정신이 돌아온 듯 얼굴을 붉히면서 땅이 꺼져라 한숨을 내쉬었다.

"아, 정말 죄송해요. 백작님, 벌써 돌아가시려고요? 그럼, 안녕히 가세요. 아, 참, 제가 백작 부인께 드릴 베개를 준비해놨었는데……."

그러자 눈치 빠른 부리엔 양이 재빨리 거실에서 나가며 말했다.

"제가 가지고 올게요."

두 사람은 잠자코 얼굴을 마주보며 서 있었다. 잠시 뒤 니콜라이가 더듬거리며 말했다.

"우리들이 보구차보로에서 처음으로 만난 게 바로 엊그제 일 같군요. 그 사이 많은 일이 일어났지요. 그때 우리들은 우리들이 불행하다고 생각하고 있었지요……. 하지만…… 하지만……
그 시절을 우리가 돌이킬 수만 있다면 저는 어떠한 희생도 마
다하지 않을 것입니다. 그런데…… 그런데…… 이젠 돌이킬 수
없습니다.”

그가 그 말을 하는 동안 마리아는 찬찬히 그의 얼굴을 들여
다보고 있었다. 잠시 빛나던 그의 표정이 다시 냉담하게 변해
있었다. 하지만 마리아는 잠깐 동안에 자기가 알고 있던 사람,
자기가 사랑해왔던 사람의 눈빛을 흘낏 볼 수 있었다. 그러자
홀연 깨달은 게 있었다. 그녀는 순간적으로 생각했다.

‘그래, 이분은 변한 게 아니야. 그리고 내가 이 사람의 쾌활한
성격만을, 그 시원한 눈빛만을, 그 아름다운 용모만을 사랑한
게 아니야. 이 사람의 인격과 자기희생 정신도 알고 있었던 거
야. 그래, 이분은 지금 가난하고 나는 부자야. 이분이 나를 냉담
하게 대한 건 오로지 그 때문이었어.’

그녀는 어디서 그런 용기가 솟았는지도 모르는 채 그에게 말
했다.

“그래요, 저는 당신이 제게 냉담하신 이유를 모르겠어요. 하
지만 당신이 제게서 제 옛날의 우정을 빼앗아 없애려 하고 있
다는 것은 알고 있어요.”

그 말을 하면서 그녀는 울었다.

"저는 지금까지 별로 행복을 누려오지 못했어요. 그래서 조금만 잃어도 마음이 아파요. 죄송해요……, 안녕히 가세요."

그녀는 눈물을 흘리며 거실에서 나가려 했다.

"저, 잠깐만, 제발 잠깐만……!" 그가 그녀를 불러 세웠다.

그녀는 돌아보았다. 둘은 말없이 눈길을 주고받았다. 그러자 불가능하고 멀리 있는 것만 같던 것이 갑자기 가능하고 가까운 일이 되었으며 피할 수 없는 것이 되었다.

제2장

　1813년 가을 니콜라이는 마리아와 결혼하고 백작 부인과 소냐와 함께 '민둥산'으로 거처를 옮겼다. 그 뒤 4년 동안 그는 아내의 소유지를 하나도 팔지 않은 채 남아 있던 빚을 모두 갚았다. 그리고 사촌누이 한 명이 죽으면서 약간의 유산을 남겼기에 피에르에게 빌렸던 돈도 갚았다.

　그리고 3년 뒤인 1820년에는 사업수완을 발휘해 '민둥산'에 인접해 있는 작은 땅을 사들여 영지를 늘렸으며 오랫동안 숙원이었던 조상 대대로의 소유지인 오트라드노예 회수를 위한 협상도 시작했다.

　니콜라이는 영지 관리와 경영에서 탁월한 능력을 발휘했다. 그는 농부들의 존경을 받으며 재산을 급속히 불려나갔다. 마리아는 행복했다. 그녀는 이승에서 이런 행복이 있으리라고는 상상도 못 했다는 듯 가끔 미소를 지었다.

하지만 그와 동시에 그녀는 한숨을 내쉬기도 했다. 그 차분한 눈에는 우수가 깃들어 있었다. 마치 이승에서 자기가 지금 누리고 있는 이 행복 이외에 이승에서는 결코 다다를 수 없는 또 다른 행복에 대해 생각하는 것 같았다. 니콜라이와 마리아 사이에는 이제 여섯 살 된 아들 안드류샤와 세 살 된 딸 나타샤가 있었다.

1813년 봄에 결혼한 나타샤는 1820년에는 벌써 딸 셋과 아들 하나를 두고 있었다.

그녀는 아예 다른 사람이 된 것처럼 변해 있었다. 아들을 바라고 있던 그녀는 아들에게 유모의 젖이 아닌 자신의 젖을 직접 먹였다. 그녀의 이목구비는 더 뚜렷해졌고, 표정은 조용하고 평온하며 잔잔해져서 이전의 날씬하고 민첩하던 그녀와 같은 사람이라고는 상상하기 힘들었다.

지금의 나타샤에게는 그전에 그녀를 매력적으로 만들었던 타오르는 것 같은 불꽃은 좀처럼 보기 힘들었다. 이제 그녀에게서는 얼굴과 몸만 보일 뿐 영혼은 보이지 않는 것만 같았다.

말하자면 그녀에게서는 강하고 보기 좋은, 풍요로운 여성의 모습만 보일 뿐이었다. 물론 이따금 전과 같은 불꽃이 타오를 때도 있었다.

예컨대 피에르가 멀리 얼마 동안 가 있다가 집으로 돌아왔을 때, 앓고 있던 아이의 병이 나았을 때, 이제는 백작 부인이 된 마리아와 안드레이 공작을 회상하며 이야기를 나눌 때, 혹은 아주 드문 경우지만 노래를 우연히 부르게 되었을 때, 그런 불꽃을 발하는 적이 있었다. 그런 때면 성숙한 보기 좋은 몸에 이전의 매력이 덧붙여져, 그녀는 한결 새로운 매력을 발했다.

그녀는 결혼 후 사교계에 전혀 모습을 드러내지 않았다. 어쩌다 사람들을 만나더라도 애교도 보이지 않았고 상냥하지도 않아서 사람들에게 인기가 없었다. 임신과 출산, 어머니로서의 의무, 남편의 온갖 시시콜콜한 일을 챙겨주기 등, 그녀가 자신의 의무로 삼고 있는 일들을 제대로 하려면 사교계로부터 멀어지는 것 외에는 방법이 없었다.

노 백작 부인의 표현대로 나타샤는 정말 아둔할 정도로 모범적인 아내, 모범적인 어머니가 되려고 노력했다. 그녀는 영리한 사람들, 특히 프랑스 사람들이 여자들에게 권하고 있는 금언(金言)을 따르지 않았다. 여자는 결혼해도 자기 자신을 돌보는 일을 소홀히 해서는 안 된다, 자신의 재능을 버려서는 안 된다, 결혼 후에도 결혼 전처럼 남편을 유혹할 수 있어야 한다, 라는 금언을 전부 외면했다. 그리고 그녀는 무엇보다 노래를 버렸다. 노래는 언제까지나 그녀에게 너무 매력적이고 유혹적인 때문이었다. 그리고 피에르의 모든 삶도 아내와 가족에 속하기를 요구했다.

결혼한 지 7년째에 이르자 피에르는 자기가 나쁜 사람은 아니라는 즐겁고도 확실한 자각을 갖게 되었다. 아내에게 투사되는 자신의 모습 덕분이었다. 그는 자신의 내부에 선과 악이 뒤섞인 채 서로 겹쳐 있음을 느꼈다.

하지만 그중에 오로지 좋은 것만이 아내에게 투사되었고, 나쁜 것은 모조리 배척되었다. 하지만 그것은 논리적인 추론의 결과가 아니었다. 그것은 직접적이고, 신비스러운 감정, 바로 그것이었다.

요즘 피에르 가정의 생활비는 전의 절반으로 줄어 있었다. 나타샤의 생활 방식을 피에르가 따르고 있던 덕분이었다.

이미 두 달 전부터 피에르 가족은 손님으로 로스토프 가족 집에 머물러 있었다. 그는 자신이 창립자이기도 한 어느 모임에 참석하기 위해 잠시 페테르부르크로 갔다. 나타샤는 그에게 4주간의 기한을 주고 놓아주었다. 그때 그 집에는 이제 퇴역 장성이 된 데니소프도 2주 전부터 식객으로 머물러 있었다.

약속된 날짜가 되자 피에르가 돌아왔다. 피에르가 돌아오자 너무 반갑게 그를 맞이하는 나타샤를 보고 데니소프는 그제야 비로소 옛날의 나타샤를 본 것 같은 느낌이 들었다.

피에르를 누구보다 반갑게 맞은 것은 아내 나타샤였지만 아이들과 가정교사들도 그의 귀가를 기뻐했다. 피에르가 누구보다 아이들의 비위를 잘 맞출 수 있던 때문이었다. 특히 이제 열다섯 살이 된 니콜렌카 볼콘스키, 즉 안드레이의 아들이 가장 기뻐했다.

니콜렌카에게 피에르는 존경의 대상이었다. 그는 영지 관리 일에만 몰두해 있는 고모부 니콜라이도 좋아했지만, 그 속에는 약간의 경멸감도 섞여 있었다. 그는 고모부처럼 경기대 장교나 게오르게 훈장을 받은 사람이 되고 싶지 않았다. 게다가 농장 일에만 열심인 일꾼이 되고 싶지도 않았다. 니콜렌카는 피에르처럼 유식한 학자이자 현명하고 친절한 사람이 되고 싶었다.

니콜렌카는 피에르가 하는 말은 단 한 마디도 놓치지 않고 새겨들었다. 자신이 마음대로 시적으로 상상해서 그려낸

1812년 이전의 피에르의 삶, 모스크바에 있을 때의 모험, 포로 생활, 플라톤에 대한 이야기, 나타샤를 향한 그의 사랑, 그중에서도 자신의 기억에 없는 아버지를 향한 그의 우정 등이 피에르를 그의 눈에 영웅이나 성자로 만들어주었다. 심지어 그는 아버지가 죽어가면서 나타샤를 피에르에게 부탁했으리라는 상상까지 했다.

저녁에 집안 어른들이 모두 모여 차를 마시면서 이야기를 나누었다. 아이들이 잠자리에 들 시간이 되자 가정교사와 보모들도 아이들을 따라 나갔고, 니콜렌카는 마리아에게 사정해서 그 자리에 남아 있었다.

마리아는 수를 놓고 있었고 나타샤는 눈을 빛내며 남편 피에르를 바라보고 있었다. 니콜라이와 데니소프는 파이프를 피우며 소냐가 따라주는 차를 마시고 있었다. 그들은 피에르에게 페테르부르크 여행 중에 있었던 일에 대해 질문했고, 나타샤와 니콜렌카는 피에르의 말에 귀를 기울이고 있었다.

이윽고 화제가 최근 소문으로 떠돌고 있는 러시아 권력층의 움직임으로 옮아갔다. 개인적으로 현 정부 인물들을 탐탁지 않게 생각하고 있던 데니소프는 현 정부에서 저지르고 있는 어리석은 짓에 대한 피에르의 이야기를 자못 흥미롭게 듣고 있었다. 그는 가끔 생생하고 날카로운 어조로 피에르가 한 말에 논평을 가하기도 했다.

"제길, 전에는 독일인이 아니면 되는 일이 없더니 이제는 뭐 신비주의자들 교본을 읽지 않으면 안 될 노릇이니! 놈들 앞에 다시 나폴레옹을 풀어놓고 싶을 지경이라니까! 그런 바보 같은 놈들과 바보 같은 생각을 몰아내줄 테니. 도대체 슈바르츠처럼 졸병 같은 놈에게 세묘노프스키 연대를 맡긴다는 게 말이나 돼?"

니콜라이는 데니소프처럼 한쪽 편을 들고 싶은 마음은 없었으나 새로 요직에 임명된 사람들에게는 관심이 많아서 피에르에게 이런저런 질문을 했다.

언제나 피에르의 마음을 정확히 읽을 줄 아는 나타샤는 피에르가 화제를 바꾸고 싶어하는 것을 알았다. 실제로 그는 그가 페테르부르크로 가서 만난 사람들의 생각을 데니소프와 니콜라이 앞에서 피력하고 싶어했다. 나타샤는 그를 돕기 위해, 페테르부르크에 가서 만난 사람들과의 일이 어떻게 되었느냐고 그에게 물었다.

"무슨 일이었는데?" 니콜라이가 물었다.

"뭐, 매일 같은 거지, 뭐." 피에르가 주위를 돌아보며 말했다. "누구나 일이 잘못 돌아가고 있구나, 그러니 양식 있는 사람이라면 마땅히 해야 할 일이 있다고 생각하고 있어. 그런 일들을 의논했던 거야."

"양식 있는 사람!" 니콜라이가 약간 얼굴을 찌푸리며 말했다. "그래, 그런 사람이 뭘 해야 하는 건데?"

"그러니까……."

"자, 서재로 갈까?" 갑자기 니콜라이가 제안했다. 아까부터 유모가 오기를 기다리고 있던 나타샤는 유모 목소리가 들리자 얼른 아이 방으로 갔다. 마리아도 나타샤와 함께 갔다. 남자들은 서재로 자리를 옮겼다.

"그래, 무슨 일을 하자는 거지? 어디 설명해봐." 데니소프가 파이프를 입에서 떼지 않은 채 말했다.

"이런 거야." 피에르가 방안을 왔다 갔다 하면서 열정적인 몸짓으로 말했다. "지금 페테르부르크에서는 황제까지 신비주의에 빠져 있다 이거야. 주변에는 어중이떠중이뿐이고…… 말하자면 모든 게 무너지고 있는 셈이야. 오늘날 같은 상황에서는 교육이나 자선 사업 말고 뭔가 다른 게 필요하다 이거야."

"대체 뭐가 필요하다는 거지?" 니콜라이가 말했다.

그때 니콜라이는 처조카가 곁에 있다는 것을 발견했다. 니콜렌카가 그들 이야기에 귀를 기울이며 한쪽에 앉아 있었던 것이다. 피에르는 "아니, 그냥 내버려두지, 뭐"라고 말한 다음 이야기를 계속했다.

"줄이 팽팽해지면 결국 끊어지게 되어 있어. 그 줄이 끊어지기 전에 뭔가 해야 한다 이거지. 젊고 힘 있는 자들이 모두 그쪽으로 끌려 들어가 타락하고 있단 말이야. 어떤 자들은 여자나 명예 때문에, 어떤 자들은 돈과 출세를 위해 그쪽으로 끌려 들어가고 있어.

자네나 나처럼 독립적인 사람이라곤 없어. 나는 우리 모임에서 말했어. 우리 모임의 지평을 넓혀야 한다고……. 이렇게 연대(連帶)를 맺는 것에서 그치지 말고 자유와 행동을 우리의 지표로 삼자고."

니콜라이는 조카가 가지 않고 있는 것이 신경이 쓰였다. 게다가 피에르의 말이 마음에 들지 않아 얼굴을 찌푸렸다. 그는 대들듯 피에르에게 말했다.

"그래, 그 활동의 목적이 대체 뭔데? 대체 정부에 대해서 어떤 입장을 취하자는 건가?"

"잘 물었어. 자네에게는 흡사 우리 모임이 정부에 반대하는 것처럼 보이겠지? 아니야, 우리는 정부를 돕자는 거야. 어떤 의미로는 우리는 혁신 모임이 아니야. 보수적인 모임이라고 할수 있어. 한데 정부가 인정을 하지 않으니까 할 수 없이 비밀결사 단체처럼 된 거야."

"하지만 비밀결사인 이상 어차피 정부에 반대하는 셈이 아닐까?"

이어서 피에르와 니콜라이 사이에 논쟁이 벌어졌다. 피에르는 비밀결사 단체라도 러시아 전체에 해독을 끼치지 않으면 된다고 말했고, 니콜라이는 혁명이 일어날 기미는 없다, 피에르가하고 있는 걱정은 다만 망상에 지나지 않는다고 반박했다. 데니소프는 무슨 어려운 이야기들을 하고 있느냐는 표정이었다.

피에르가 니콜라이의 말에 대해 정교한 이론을 들이대며 반박했다. 니콜라이는 피에르만큼 이론적으로 무장하고 있지 않았기에 궁지에 몰렸다. 그러나 그는 승복하지 않았다. 그는 피에르의 논리가 정연할수록 기분이 나빴다. 그 어떤 그럴듯한 이론보다, 자신의 의견만이 옳다는 것을 마음 깊이 믿고 있던 때문이었다.

그는 자리에서 일어나더니 파이프를 내동댕이치며 큰 소리로 말했다.

"내 이것 한 가지만 말해두지. 나는 이론적으로 설명할 수는 없어. 자네 말대로라면 러시아가 잘못된 길을 가고 있고 곧 혁명이 일어날 것 같지만, 내가 보기엔 그렇지 않아. 나는 러시아 국민으로서 선서할 거야.

나는 자네와 친해. 하지만 자네가 반정부 활동을 한다면, 그리고 만약 정부가 자네를 토벌하라는 명령을 내게 내린다면 나는 기꺼이 자네를 토벌하러 나설 거야. 어떤 정부이건 그 정부가 내리는 명령에 복종하는 것이 나의 의무라고 생각하니까……."

어색한 침묵이 흘렀다. 잠시 후 모두 자리에서 일어났다. 그때 한쪽에 앉아 있던 니콜렌카 볼콘스키가 피에르에게 다가가서 말했다. 얼굴이 창백했지만 눈은 반짝이고 있었다.

"아저씨, 아저씨는…… 저, 아버지가 살아 계셨다면…… 아저씨와 같은 생각이었겠지요?"

"그랬을 거야." 피에르는 소년이 함께하고 있다는 걸 잊어버리고 그런 이야기를 한 것을 후회했다. 하지만 그렇게 대답할 수밖에 없었다.

소년이 앉았던 자리 위에는 부러진 펜과 양초 조각이 소복이 쌓여 있었다. 소년은 피에르의 이야기를 들으면서 자신도 모르게 펜과 양초를 손으로 분지르고 있었던 것이다.

그날 니콜렌카 볼콘스키의 침상에는 밤늦게까지 불이 켜져 있었다. 그의 가정교사는 옆 침대에서 자고 있었다. 니콜렌카는 잠이 들었다가 무서운 꿈을 꾸고 잠에서 깨어 불을 켠 것이었다.

그는 피에르 아저씨와 자기가 『플루타르코스 영웅전』의 삽화에 나오는 무구를 입고 있는 꿈을 꾸었다. 그와 피에르 아저씨는 대군의 선두에 서서 진격하고 있었다. 그때 고모부 니콜라이가 그들을 막아 세웠다.

"네가 이 짓을 한 거지?"

고모부는 부러진 연필과 양초를 가리키며 니콜렌카에게 다그쳤다. 고모부가 계속 말했다.

"나는 정부의 명령으로 왔다. 누구든 앞서는 자는 한칼에 베어버리겠다."

니콜렌카는 피에르를 돌아다보았다. 하지만 피에르 아저씨는 없었다. 피에르 아저씨는 어느 틈에 아버지 안드레이 공작으로 변해 있었다.

그러자 니콜렌카는 아버지에 대한 사랑 때문에 마음이 약해지는 것을 느꼈다. 아버지는 그를 어루만지며 귀여워해주었다. 순간 고모부 니콜라이가 차츰 그에게 다가왔다. 니콜렌카는 무서워 잠을 깼다.

'그래, 아버지야.'

그는 생각했다.

'아버지가 나를 쓰다듬어주셨어. 아버지가 나와 피에르 아저씨를 인정해주신 거야. 아버지가 무슨 말씀을 하시건 나는 그대로 할 거야. 나보고 모두 지금은 공부를 하라고 한다. 그래, 공부할 거다. 하지만 언젠가 공부는 끝이 난다. 그러면 나는 뭔가 할 것이다.

나는 『플루타르코스 영웅전』에 나오는 인물들에게 일어났던 일이 내게도 일어나라고 하느님께 기도하겠어. 그리고 그들처럼 행동할 거야. 아니, 그들보다 더 훌륭한 일을 할 거야. 모두들 나를 알게 되도록, 나를 사랑하고 모든 사람이 나를 보면 기뻐하게 만들겠어.'

갑자기 가슴이 북받쳐 올라 소년은 울기 시작했다.

"왜, 어디 아프니?" 가정교사가 물었다.

"아니요." 니콜렌카가 베개에 얼굴을 묻으며 대답했다. 그리고 생각했다.

'오, 피에르 아저씨는 정말 훌륭한 분이야! 그리고 아버지는? 오, 아버지, 아버지! 그래, 아버지께서 만족하실 그 뭔가를 이루고야 말 거야!'

『전쟁과 평화』를 찾아서

　레프 톨스토이(Lev Nikolayevich Tolstoy)『전쟁과 평화』는 엄청난 대작이다. 우선 대하소설이라고 할 만큼 그 분량이 엄청나고 등장인물만도 500명을 훌쩍 넘어 600명에 가깝다. 하지만 이 작품이 대작인 것은 그 길이가 길고 등장인물이 엄청나게 많기 때문이 아니다. 작품이 차지하는 세계문학사적 위치나 의미, 작품이 주는 감동이 그 어떤 작품보다 뛰어나기 때문이다. 문학 전문가나 애호가들은 주저 없이『전쟁과 평화』를 걸작 중의 걸작으로 꼽으며 일반인들도 세계 문학사에서 중요한 작품을 몇 편 꼽으라면 대개 이 작품을 포함시킨다.

　그런데 묘한 역설이 있다. 정작 그렇게 유명한 걸작을 읽은 사람은 드물다. 아니, 아예 거의 없다고 말하는 것이 정직하다.

평생 문학을 전공하고 문학을 가르쳤으며, 문학 평론가이기도 했던 내 주변에서도 사정은 마찬가지다. 왜일까? 답이야 뻔하다. 너무 길기 때문이다.

또한 등장인물들은 그 얼마나 많은가? 게다가 러시아 사람들 이름은 왜 그렇게 복잡한가? 자기 이름에 아버지 이름이 덧붙여지고 그 뒤에 성이 따른다. 그뿐이 아니다. 거의 모든 인물에 애칭이 있고 그 애칭도 하나가 아니다. 영 헷갈릴 수밖에 없다. 열심히 정신 차리고 보는가 했더니 어느새 정신 줄을 놓아 버린 자신을 발견한다. 그리고 마침내 포기한다. 정말 안타까운 일이다. 이 걸작이 그저 그 이름만으로 존재하다니! 그렇다면 『전쟁과 평화』는 고전이라기보다는 골동품이 되었단 말인가!

물론 골동품도 골동품 나름대로 가치가 있다. 하지만 그 의미와 감동은 그야말로 소수 애호가만 누릴 수 있다. 하지만 고전은 골동품이 아니다. 고전은 언제, 어디서나, 많은 사람들이 쉽게 접근할 수 있고 공감할 수 있어야 고전으로서의 가치를 지닌다. 접근하기도 어려운 모습 그대로 놔둔 채, 그 의미와 중요성을 모르겠느냐고 다그치는 것은 마치 모든 사람에게 골동품 애호가가 되라고 강요하는 것과 마찬가지다.

『전쟁과 평화』 축역을 끝내고 나니 나는 자칫 골동품이 될 수도 있을 이 걸작을 사람들이 비교적 쉽게 감상할 수 있도록 새롭게 연주해서 들려준 것 같아 뿌듯하다. 이 책을 읽은 사람들이 "『전쟁과 평화』, 정말 읽기 쉽고 재미있네"라고 말해준다면 나는 더없이 행복할 것이다.

기왕에 『전쟁과 평화』가 걸작 중의 걸작이라는 이야기로 글을 시작했으니, 이 작품이 발표된 뒤 사람들의 반응에 잠시 귀를 기울여보자.

우선 동시대 작가들의 반응이다.

> 이 소설은 러시아의 『일리아스』라 일컬을 만하다. 이 작품은 그 자체로 장엄한 문학적 사건이다. 이 소설로 인해 톨스토이는 러시아 문학에서 진정한 사자(獅子)가 되었다.
> (이반 곤차로프)

> 러시아 최고의 역사적 작품이며 러시아 현대 문학의 자존심이다. (니콜라이 레스코프)

> 예술적 측면에서의 깊이와 작품에서 다루고 있는 현실에

대한 역사적·시대적인 맥락에서의 깊은 지식을 갖춘 작가는 톨스토이 한 명뿐이다. (도스토예프스키)

우리 시대 최고의 작품이다. 진정한 대가의 손을 통해 19세기 초 러시아의 삶 전체가 보편적으로, 그리고 상세하게 재창조되었다. 이 소설 안에 진정한 러시아가 들어 있다. (이반 투르게네프)

이어서 해외 작가들의 반응을 살펴보자.

최고의 작품! 얼마나 뛰어난 예술가이며 심리학자인가! 정말 강력합니다, 강력해요 (플로베르가 투르게네프에게 보냈던 편지)

이 작품은 우리의 삶과 마찬가지로 시작도 없고 끝도 없다. 영원한 움직임 속에 놓인 삶 그 자체다. (로맹 롤랑)

문학사에서 가장 위대한 전쟁소설이다. (토마스 만)

나는 전쟁에 대해 어떻게 하면 가장 올바르고 정직하게, 객관적이고 준엄하게 쓸 수 있는가를 톨스토이로부터 배웠다. 전쟁에 대해 그보다 더 잘 썼던 사람을 나는 알지 못한다. (헤밍웨이)

만일 이 세상이 스스로 글을 쓴다면 톨스토이처럼 쓸 것이다. (이삭 아벨)

그런데 이 소설에 대한 최대의 찬사는 내가 우연히 우리나라 한 포털 사이트의 블로그에서 발견했다. '다윗의 서재'라는 블로그 운영자는 『전쟁과 평화』에 대한 아주 뛰어난 서평 끝에 이렇게 쓰고 있다.

이 소설은 반드시 읽어야 할 소설이다. 이 소설 한 편으로 세계의 모든 소설들이 덮이고 커버된다. 소설의 보편을 초과하고 소설의 끝장을 보여주는 소설이다. 이런 소설은 다시 쓰여지기 힘들다. 흉내 내기도 힘들다. 이 소설의 트레이드마크인 방대한 스케일과 심원한 주제는 결국 '인간의 삶(행복)'이라는 단 하나의 웅대한 축약 속으로 빨려 들어간다. 인간이란 무엇인가, 역사란 무엇인가, 삶이란 무엇인가. 그래서 감히 외치겠다. 톨스토이의 『전쟁과 평화』를 읽지 않는다는 건 인생을 낭비하고 있는 것이다.

위의 찬사들에서 두드러지는 것은 『전쟁과 평화』는 단순한 소설이 아니라 삶이고 역사이고 시대라는 사실이다. 오죽하면 이 세상이 자신의 있는 그대로 모습을 스스로 드러낸 것이라고까지 하겠는가? 그러니까 『전쟁과 평화』를 읽는 것은 단순히 소설을 읽는 것이 아니라 삶을 한 번 더 살아내는 게 된다. 그래서 '다윗의 서재' 블로거는 "톨스토이의 『전쟁과 평화』를 읽지 않는다는 건 인생을 낭비하고 있는 것이다"라고 과감하게 쓴다. 하지만 나는 그 말을 이렇게 바꾸고 싶다.

톨스토이의 『전쟁과 평화』를 읽지 않는다는 건 여러 삶을 살 기회를 놓치는 것이다.

『전쟁과 평화』를 읽는 것은 바로 여러 삶들이 어우러진 세상을 다시 한번 살아내는 셈이기 때문이다.

이 작품이 삶 그 자체라면 우리는 이 작품을 어떻게 읽어야 할까? 한마디로 말하자. 우리가 우리의 삶을 살듯이 그냥 이 작품을 살면 된다. 결론을 내리려 하지 않기만 하면 된다. 이 작품을 읽고 삶이 무엇인지 정답을 알았다고 착각하지 않으면 된다. 이 작품은 삶 그 자체이지 삶에 대한 해답이 아니기 때문이다.

우리가 세상을 살면서 흔히 빠져드는 착각이 있다. 마치 삶에 정답이 있는 것처럼 생각하는 것, 바로 그것이다. 그런 착각에 빠져 있는 사람은 이미 살았던 사람의 삶이나 생각을 하나의 정답이나 결론처럼 여기고 그대로 따라 하려 한다. 마치 하늘을 나는 새가 부러워서 그 새의 날개를 자기 어깨에 달아보려는 짓처럼 무모한 짓이다. 삶에 정답은 없다. 반드시 따라야 할 모델도 없다. 삶의 의미와 답은 언제나 삶 그 자체 속에 있고, 그 구체적 경험 속에 있다. 톨스토이의 『전쟁과 평화』가 삶 그 자체라는 것은 이 소설을 읽으면서 그 구체적인 경험을 하라는 뜻이다. 남의 날개를 내 어깨에 달아보겠다는 생각을 버리고 내 어깨에서 날개가 스스로 돋는 훈련을 하라는 뜻이다.

그 어떤 문학작품도 마찬가지이지만 특히 『전쟁과 평화』는 줄거리가 아무 의미 없는 소설이다. 아무리 정확하게 줄거리를 줄여보았자, 그건 마치 우리네 삶을 '태어났다, 살았다, 죽었다'고 요약하는 것과 같다. 삶의 의미는 '태어났다, 살았다, 죽었다'는 엄연한 사실, 그 객관적 사실에 있는 게 아니라, 사는 것 자체에 있다. 살면서 스스로 체화하고 느끼고, 울고, 웃고…… 그게 삶이다. 나만의 삶이다. 실은 이 소설뿐 아니라 모든 소설의 의미가 바로 그런 것이다. 소설에는 단 하나의 객관적 의미나 교훈이 들어 있지 않다. 어떤 사람이 그 소설을 어떻게 읽느냐에 따라 그 의미는 그야말로 무궁무진하다. 그건 마치 지구상에 존재한 수많은 인류 중 똑같은 삶을 산 사람은 하나도 없는 것과 같다. 그런 의미에서 책은 우주이고 삶이다. 게다가 『전쟁과 평화』에는 그야말로 온갖 알록달록한 삶들이 있다. 우리를 유혹하고, 감동 주고, 반감을 주고…….

다시 말하자. 결론 내리지 마라. 이 작품이 말하는 바는 무엇인지, 이 작품에서 나는 무엇을 배웠는지, 억지로 끄집어내려 하지 마라. 나는 누가 마음에 들어, 누구누구는 마음에 들지 않아, 이런 식의 독법도 자제하라. 안드레이의 입을 통해 나오건, 피에르의 입을 통해 나오건, 작가 자신의 입을 통해 나오건 감동적인 대목이 나오면 고개를 끄덕이다가 잠시 책을 덮고 생각에 잠기면 된다. 가령 다음과 같은 대목들…….

'아, 모든 것이 마리아가 생각하듯 단순명료하면 얼마나 좋을까? 이승에서는 어디서 구원을 얻을 수 있으며, 저승에서는 무엇을 기대할 수 있는지 알 수만 있다면 얼마나 좋을까? 지금 내가 '하느님이시여, 저를 불쌍히 여기소서!'라고 기도할 수 있다면 얼마나 좋을까? 아아, 확실한 것은 아무것도 없다. 다만 내가 내 지성(知性)으로 이해할 수 있는 것들은 하찮을 뿐이라는 사실, 이 헤아릴 수 없는 미지의 그 무엇, 그것만이 위대하다는 것, 그것이 아마 유일한 현실이며 유일하게 위대한 것이라는 것만은 확실하다.' (『전쟁과 평화 Ⅰ』223쪽)

"그렇다면 이웃에 대한 사랑은? 자기희생은?" 피에르는 큰 소리로 외쳤다. "나는 절대로 당신 생각에 동의할 수 없어요. 단지 악을 행하지 않기 위해 산다는 것, 단지 후회하지 않기 위해 산다는 것, 그것만으로는 턱없이 부족합니다. 나는 이제까지 그렇게 살아왔습니다. 그래서 나는 삶을 낭비했습니다. 나는 겨우 지금에야 남을 위해 살기 시작했습니다. 아니, 최소한 그러려고 노력하고 있습니다. 그리고 이제야 행복이 무언지 깨달았습니다. 나는 절대로, 그래요, 절대로 당신 생각에 동의할 수 없습니다. 아마 당신 자신도 당신이 한 말과는 다르게 생각하고 있을 겁니다." (『전쟁과 평화 Ⅰ』 281~282쪽)

그 상념의 절정에서, 자신을 그토록 괴롭혔던 것들, 그를 강하게 사로잡고 있던 모든 것이 갑자기 차가운 흰빛을 받아 그림자도, 원근도, 윤곽도 사라진 것처럼 되어버렸다. 그의 모든 과거가 그의 앞에서 주마등처럼 흘러갔다. 이제까지는 렌즈를 끼고 인위적 광선을 통해 보았던 것들을 이제 그 렌즈를 빼버리고 환한 대낮의 햇빛 아래 덕지덕지 서툴게 그려진 그림 그대로 바라보게 된 것이다. '그래, 맞아! 저 거짓된 환상들이 나를 흥분시키고 나를 사로잡고, 나를 황홀하게 하고 나를 괴롭혔던 거야.' 그는 죽음에 대한 명징한 의식이라는 그 차가운 흰빛을 통해 주마등처럼 펼쳐지는 자신의 삶에서의 주요 그림들을 바라보며 생각했다. '그렇게 거친 그림들이 한때 아름답고 신비스럽게 보였던 것이다. 명예, 사회 기여, 여성에 대한, 더 나아가 조국에 대한 사랑, 이런 그림들이 내게 얼마나 깊은 의미를 담고 있는 것처럼 보였는가! 하지만 그것들을 오늘 아침, 이제 막 비치기 시작한 차갑고 하얀 광선에 비춰보니 그 얼마나 보잘것없고 창백하며 하찮은 것인가!' (『전쟁과 평화 II』108~109쪽)

역사적인 사건들의 경우 우리는 대부분 그 사건들이 가장 중요한 지위에 있던 사람들, 즉 영웅들의 의지에 의해 이끌렸다고 생각한다. 하지만 역사적 사건들의 본질을 조금 깊이 파고들기만 해도 한 영웅이 그 사건에 직접 참여한 다수를 이끈 것이 아니라 그가 다수에 의해 이끌렸다는 사실을 확인할 수 있다. 역사적 사건의 의미를 이렇게 이해하건 저렇게 이해하건 그게 뭐 그리 중요하냐고 말하는 사람이 있을지도 모른다. 아니, 그런 사람들이 다수일 것이다. 하지만 서구 국민들이 동방으로 향한 것은 오로지 나폴레옹이 그것을 원했기 때문이라고 말하는 사람과 필경 그렇게 될 수밖에 없었기에 그런 일이 벌어졌다고 말하는 사람 간에는, 천체가 지구를 중심으로 돌고 있다고 말하는 사람과 지구를 비롯한 천체 전부가 그 무언가 알지 못할 힘에 의해 움직이고 있다고 말하는 사람 간의 차이만큼 차이가 있다.

분명히 역사적 사건들을 빚어내게 한 가장 결정적 원인은 있을 수 있다. 하지만 그 원인은 우리가 지금 이해할 수 없는 다른 원인들을 염두에 두어야만 찾아낼 수 있다. 역사적 사건들의 원인을 오로지 영웅 한 사람의 의지 속에서 찾으려는 시도를 포기해야만 그 원인을 찾아낼 수 있는 것이다. 그것은 천동설에 대한 믿음을 버려야만 지동설을 발견할 수 있는 것과 같은 이치다. (『전쟁과 평화 II』 270~271쪽)

피에르는 수용소 생활을 하면서 인간은 행복을 위해 태어난 존재라는 것, 그 행복은 작으나마 자신의 욕망을 충족하는 데 있다는 것을 깨달았다. 그러나 3주에 걸친 행군을 하면서 그는 또 하나 마음에 평화를 가져다줄 진리를 깨달았다. 그것은 이 세상에 진정으로 끔찍한 것은 없다는 진리였다. 그는 인간은 결코 완전하게 행복하거나 자유로울 수는 없다는 것, 따라서 완전하게 불행하거나 완전한 예속 상태에 놓일 수도 없다는 것을 깨달았다. 그는 그 진리를 머리를 통해 깨달은 것이 아니라 자신의 삶 자체를 통해, 자신의 영혼을 통해 깨달은 것이다.

그는 고통에도 한계가 있고 자유에도 한계가 있다는 것 그리고 그 두 한계는 아주 근접해 있음을 깨달았다. 그는 장미 화원에 누워 꽃잎이 한 장 떨어져 있다고 괴로워하는 사람이나, 축축한 땅에 누워 엄습해오는 추위 때문에 괴로워하는 사람이나, 그 괴로움은 별반 다르지 않다는 것을 깨달았다. 그가 전에 너무 발에 꽉 끼는 무도화 때문에 받은 괴로움이나, 지금 맨발로 걸으면서 겪은 괴로움이나 그가 보기에는 똑같았다. 자기 자신의 의지에 의해(적어도 그때 그는 그렇게 생각했다) 결혼하고 기뻐했을 때나 밤중에 마구간에 처박힌 지금이나 별로 자유가 없기는 마찬가지였다. (『전쟁과 평화 Ⅱ』 310~311쪽)

그만하자. 따로 떼어놓고 곰곰 우리를 생각에 잠기게 만드는 대목은 부지기수다. 우리는 그 대목 앞에서 생각에 잠기면서 우리의 삶, 남의 삶이 아닌 바로 우리의 삶에 스스로 깊이를 더하고 폭을 넓힌다. 그러니 수없이 고민하고, 결론 내리고, 다시 부정하고, 다시 깨닫고, 다시 세상을 살아가는 이 소설의 온갖 주인공들에게 마음껏 매혹당하다가 마음껏 비웃기도 하고, 마음껏 공감하다가 마음껏 반감을 느끼기도 하고, 마음껏 괴로워하다가, 마음껏 기뻐하기도 하라.

당신이 때로는 안드레이가 되고, 때로는 피에르가 되고, 때로는 니콜라이가 된들 어떤가? 때로는 안드레이처럼 명예욕에 사로잡혔다가 세상사 모두 허망하게 여긴들 어떤가? 때로는 피에르처럼 아무 목적 없이 살아가는 자신의 삶이 부끄러운들 어떤가? 그러다가 살아간다는 사실 자체에서 기쁨과 행복을 느낀들 어떤가? 화려한 것만 좇는 니콜라이처럼 철없는 젊은이인들 어떤가? 그러다가 모범적이고 착실한 생활인이 된들 어떤가? 때로는 지혜와 신앙을 지닌 여성 마리아에게 반했다가 생기와 활력 넘치는 나타샤에게 매혹당한들, 혹은 헌신과 희생의 여인상인 소냐 앞에서 이상형을 발견한들 어떤가?

그래도 미진한 게 남는다면 가까운 사람들과 이야기를 나누어라. 대화거리가 무궁무진하다. 혹시 알겠는가? 내게서 나만의 날개가 돋으려고 어깨가 근질근질해질지…….

마지막으로 한 가지만 더 말하기로 하자. 『전쟁과 평화』의 에필로그는 두 부분으로 되어 있다. 하지만 두 번째 에필로그는 아예 생략했다. 톨스토이가 장황할 정도로 자신의 역사철학을 작심하고 강의하고 있는 부분으로서 이 소설에는 마치 사족처럼 보이기 때문이다.

또한 독자 여러분은 첫 번째 에필로그 마지막에 나오는 피에르와 니콜라이, 데니소프가 나눈 대화 역시 사족처럼 보일지도 모른다. 게다가 안드레이의 아들 니콜렌카의 '오, 피에르 아저씨는 정말 훌륭한 분이야! 그리고 아버지는? 오, 아버지, 아버지! 그래, 아버지께서 만족하실 그 뭔가를 이루고야 말 거야!'라는 다짐으로 끝나는 결말이 좀 엉뚱해 보일 것이다. 하지만 톨스토이의 『전쟁과 평화』 집필 동기를 알면 그 결말을 이해할 수 있다.

톨스토이는 애당초 1825년 12월에 발생한 러시아 개혁 운동을 다룬 장편소설 『데카브리스트』를 쓰려고 생각했었다. 그는 그 소설을 구상하기 위해 자료를 수집하다가 그 혁명운동이 1812년 나폴레옹의 러시아 침공과 밀접한 연관이 있음을 발견한다. 결국 그는 『전쟁과 평화』(1805~1820년까지를 다룬 소설)를 쓴다. 애당초 의도했던 1825년의 혁명 이야기는 미완으로 남긴 셈이다. 그러므로 작품의 에필로그는 애당초 구상했던 작품의 맨 앞이 되는 셈이다. 작품에서 보듯 톨스토이는 '데카브리스트'의 시발점을 피에르로 보고 있으며, 안드레이의 아들이 미래의 '데카브리스트'가 되는 셈이다.

『전쟁과 평화』는 오페라로도 제작되었으며 여러 편의 영화로 각색되기도 했다. 그중 가장 잘 알려진 것은 헨리 폰다와 오드리 헵번이 주연한 1956년작 영화이며 1965년에 러시아에서 제작한 영화는 아카데미 영화제에서 최우수 외국 영화상을 받았다.

하지만 작품의 길이 때문에 가장 각색이 활발했던 분야는 역시 텔레비전 드라마다. 특히 1972년에 영국 BBC에서 제작한 드라마에서는 앤서니 홉킨스가 피에르 역을 맡아 그해 BAFTA(영국 아카데미 시상식)에서 최우수 남우주연상을 받았다. 러시아에서도 7부작으로 제작되었으며, 2016년에 BBC에서 다시 6부작으로 제작 방영했다.

톨스토이는 1828년 9월 9일 러시아의 야스나야 폴랴나에서 명문 백작의 넷째 아들로 태어났다. 그는 여덟 살 때 어머니를 열다섯 살 때 아버지를 여의고 카잔에 살고 있던 친척 집에서 자란다. 카잔 대학에서 법학을 전공하던 그는 1847년 '건강과 가정 문제'를 구실로 대학을 중퇴한다. 실은 대학 교육에 환멸을 느낀 때문이다.

이후 모스크바와 페테르부르크에서 방탕한 생활을 하던 그는 1852년 군에 입대한다. 군 생활 중 그는 첫 소설인『유년 시대』(1852)를 발표해 네크라소프로부터 격찬을 받는다. 이어서 군 복무 중에『소년시대』(1854)와『세바스토폴 이야기』(1855~1856)를 집필하면서 작가로서의 입지를 굳혔고, 1856년에 제대한다.

1862년 그는 그의 든든한 후원자였던 궁정 의사의 딸 소피야와 결혼하고, 이듬해『전쟁과 평화』집필을 시작해 1869년에 발표한다. 1877년에는 장편소설『안나 카레니나』를 잡지에 연재하기 시작해 이듬해 발표하고, 1899년에는 장편소설『부활』을 발표해 큰 반향을 일으킨다. 이후 그는 건강이 좋지 않은 상황에서도『신부(神父) 세르게이』(1898), 희곡「산송장」(1900), 단편「항아리 알료샤」(1905) 등의 문학 작품과「종교와 도덕」(1894), 「셰익스피어론(論)」(1903),「러시아 혁명의 의의」(1906) 등의 논문을 왕성하게 집필하고 발표했다.

그는 1910년 11월 20일, 여행 중에 걸린 감기가 폐렴으로 번지면서 건강이 악화되어 생을 마감한다.

앞서 인용한 작가들 외에도 수많은 동시대와 후대 작가들이 톨스토이를 칭송했다. 그의 시골집을 자주 방문했던 안톤 체호프는 "작가 톨스토이가 있는 한 작가가 된다는 것은 쉽고도 즐거운 일이다. 당신이 아무것도 이루지 못하더라도 별로 끔찍한 일이 아니다. 톨스토이가 모든 작가들을 대신해 그 무언가를 이루어놓았기 때문이다"라고 했으며 19세기 영국의 작가인 매튜 아널드는 "톨스토이의 소설은 예술 작품이 아니라 삶의 하나다"라고 했다. 또한 버지니아 울프는 "톨스토이는 가장 위대한 예술가다"라고 극찬했으며, 토마스 만은 "그의 작품만큼 자연과 닮은 것은 없다"라고 했다. 그 때문에 톨스토이 앞에는 작가라는 호칭 대신 대문호(文豪)라는 호칭이 더 자연스럽게 따라다닌다.

전쟁과 평화 II

생각하는 힘: 진형준 교수의 세계문학컬렉션 52

펴낸날	**초판 1쇄 2020년 12월 24일**

지은이	**레프 톨스토이**
옮긴이	**진형준**
펴낸이	**심만수**
펴낸곳	**(주)살림출판사**
출판등록	**1989년 11월 1일 제9-210호**

주소	**경기도 파주시 광인사길 30**
전화	**031-955-1350 팩스 031-624-1356**
홈페이지	**http://www.sallimbooks.com**
이메일	**book@sallimbooks.com**

ISBN	**978-89-522-4277-8 04800**
	978-89-522-3984-6 04800 (세트)

책임편집 **최정원**